CONTEMPORÁNEA

Ernest Hemingway, nacido en 1899 en Oak Park, Illinois, forma parte ya de la mitología de este siglo, no solo gracias a su obra literaria sino también a la leyenda que se formó en torno a su azarosa vida y a su trágica muerte. Hombre aventurero y amante del riesgo, a los diecinueve años se enroló en la Primera Guerra Mundial como miembro de la Cruz Roja. Participó en la guerra civil española y otros conflictos bélicos en calidad de corresponsal. Estas experiencias, así como sus viajes por África, se reflejan en varias de sus obras. En la década de los años veinte se instaló en París, donde conoció los ambientes literarios de vanguardia. Más tarde vivió también en lugares retirados de Cuba o Estados Unidos, donde pudo no solo escribir sino también dedicarse a una de sus grandes aficiones, un tema recurrente en su producción literaria: la pesca. En 1954 obtuvo el Premio Nobel. Siete años más tarde, sumido en una profunda depresión, se quitó la vida. Entre sus novelas destacan *Adiós a las armas*, *Por quién doblan las campanas* o *Fiesta*. A raíz de un encargo de la revista *Life* escribió *El viejo y el mar*, por la que recibió el Premio Pulitzer en 1953.

Biblioteca

ERNEST HEMINGWAY

Fiesta

Traducción de

Joaquín Adsuar

DEBOLSILLO

Título original: *The Sun Also Rises*
Diseño de la portada: Departamento de diseño de Random House Mondadori
Fotografía de la portada: Encierro, 1924. © Archivo Municipal de Pamplona/Julio Cía

Cuarta edición: enero, 2008

Printed in Spain – Impreso en España

ISBN: 978-84-9759-793-7 (vol. 361/1)
Depósito legal: B. 56.194 - 2007

Fotocomposición: Lozano Faisano, S. L. (L'Hospitalet)

Impreso en Novoprint, S. A.
Energia, 53. Sant Andreu de la Barca (Barcelona)

P 897931

Prólogo

El 6 de julio de 1918, a dos semanas de cumplir diecinueve años, Ernest Hemingway repartía chocolates, cigarrillos y tarjetas postales a las tropas italianas cuando fue alcanzado por la metralla de un mortero. Dos combatientes murieron a su lado y él fue trasladado a un hospital donde viviría sus momentos más intensos de la Primera Guerra Mundial, al lado de la enfermera Agnes von Kurowsky.

Durante tres semanas, Hemingway participó en la contienda como voluntario, a bordo de una ambulancia de la Cruz Roja. La herida le dejó una sensación ambivalente; se curtió en el fuego sin gran heroísmo de por medio: una víctima pasiva, no un protagonista del coraje. En la posguerra, las cicatrices de una generación se iban a abrir en la conciencia; aquellos cuerpos jóvenes y lastimados buscarían variadas compensaciones al horror que habían dejado atrás. Unos tratarían de borrar su paranoia en el estruendo de la era del jazz, otros se arrepentirían de no haber sido capaces de mayor valentía, otros más añorarían los sobresaltos y la adrenalina de los días de combate.

En lo que toca a Hemingway, la herida en la rodilla lo inquietó como una condecoración inmerecida. Desde muy joven luchó para construir su propio personaje. Son indescifrables las causas que lo llevaron a encumbrarse como el autor más fotografiado de todos los tiempos. Aunque detestaba la publicidad, no siempre daba entrevistas, rechazaba las ofertas de Hollywood y preconizaba la soledad del escritor (tema rector de su discurso de aceptación del Premio Nobel en 1954), trabajó con denuedo para forjarse una imagen arquetípica: el narrador antiintelectual que pescaba salmones y veía partidos de béisbol. Su biógrafo Michael Reynolds escribe al respecto: «Todo el mundo lo recuerda esquiando en las pistas de Suiza, pero nadie lo imagina leyendo los diecisiete volúmenes de Turguenev, que sabemos que pasaron por sus manos». Hemingway concibió una estrategia protectora que terminó por engullirlo. No quería hablar de literatura ni posar de hombre culto para no convertir su arte en un superficial tema de conversación. Al mismo tiempo, era un hombre hipergregario, incapaz de prescindir del contacto con los otros. Su carisma y su sociabilidad lo situaban en el centro de las reuniones y los actos públicos. ¿Cómo estar ahí sin sacrificar la diversión? En el a veces entrañable y a veces primitivo disfraz que escogió para sí mismo se mezclaban varias causas: el puritano respeto a la creación literaria como hecho solitario y casi sagrado, la inseguridad intelectual por su condición autodidacta (en cualquier actividad, sólo respetaba a los expertos y, curiosamente, jamás sintió que pudiera hablar de libros como de caballos, armas o toros de lidia), el repudio al esnobismo y la palabrería hueca. Para proteger su arte, construyó una imagen opuesta a la del «artista». Esta paradoja explica la fascinación mediática y el recelo de los críticos ante una figura destinada a convertirse en un mito del siglo XX y, en tal medida, a ser valorado como personaje antes que como creador. El icono del escritor simpático y juerguista, accesible a los temas comunes o épicos pero indispuesto a la reflexión intelectual, borraría del mapa al disciplinado artífice que también fue Ernest Hemingway. Cuando era un patriarca de barba blanca y todo el mundo lo llamaba «Papa», el más célebre escritor de la historia se comparaba con los demás en términos deportivos y no vacilaba en proclamarse campeón de la prosa. La periodista Lillian Ross le hizo el dudoso favor de retratarlo en la revista *New Yorker* como un borracho empedernido que hablaba como indio piel roja y en su delirio egomaníaco pretendía haber noqueado a Flaubert y Maupassant. Generoso y fiel a su código de honor de no corregir las interpretaciones sobre su obra o sobre sí mismo, Hemingway aprobó este devastador retrato.

Volvamos a la posguerra. En 1921, Hemingway llega a París con su esposa Hadley y en las tertulias del Barrio Latino improvisa explicaciones para la metralla alojada en su pierna. Había estado muy poco tiempo en la guerra y demasiado lejos del frente. Las historias de falso honor sobre su herida comienzan a convertirlo en personaje e incuban la trama de *Fiesta*, el libro que cambiaría su destino en 1926.

En sus primeros años parisinos, Hemingway trabajó como corresponsal del *Toronto Star*. Es mucho lo que le debe al periodismo en su formación y en su estilo sintético, apoyado en vívidas observaciones. Sin embargo, su superación del realismo en boga no se explica sin otras influencias literarias. Buena parte de sus lecturas parisinas se decidieron en los anaqueles de la librería-biblioteca Shakespeare & Co. Ahí encontró a los clásicos rusos y a Conrad, Proust, Joyce y Eliot. En dilatadas reuniones, dos renovadores extremos del lenguaje ejercieron en él su magisterio, Gertrude Stein y Ezra Pound. Ellos lo impulsaron a llevar cuadernos de «notas sueltas», ideas y frases con las que buscaba adecuar el flujo de su conciencia a su percepción del entorno, es decir, a encontrar datos objetivos que se correspondieran con lo que sentía. Como Chéjov, descubriría que la sensación de tristeza es mayor al describir un charco en el que se refleja la luna que al decir que un personaje está triste.

La estética de Hemingway, donde todo depende de contar bien una historia, se aparta mucho de las novelas sin acción de Stein o la poesía hermética de Pound, pero gracias a ellos adquirió un insólito rigor lingüístico. Además, Stein le impuso un sofisticado código de austeridad: un joven león de las letras debía cortarse el pelo a sí mismo para no gastar en peluqueros, pero también debía saber derrochar en pintura. Poco antes de escribir *Fiesta*, Hemingway dedicó todos sus ahorros (500 francos) al primer pago de los 3.500 que costaba *La granja*, de Joan Miró.

En sus cuadernos, el discípulo de Stein y Pound inventaba rápidas formas de observar la realidad. En forma paralela, el periodismo le otorgaba un amplio, extenuante y estricto campo de aplicación. Hemingway cubrió la guerra greco-turca, entrevistó a Mussolini y a Clemenceau, redactó notas de circunstancia sobre los nuevos sombreros o los romances de moda. Su peculiar manera de aproximarse a lo real confirmó la lección wildeana de que la ficción anticipa la verdad. En abril de 1923, Georges Parfrement, máximo *jockey* de la época, murió al caer de su caballo tal y como Hemingway había escrito en un cuento dos semanas antes.

Decidido a no aceptar ningún tipo de educación formal ni de academia, el joven narrador buscó estímulos en la pesca, la pintura de Cézanne, las peleas de boxeo, los artificios verbales de Joyce, los recuerdos del remoto y rural Oak Park, Illinois, donde nació en 1899. Esta insólita combinación de realidad dura y vanguardia lo llevó desde muy pronto a escribir cuentos de alta originalidad. A los veintisiete años escribe dos clásicos del género, «Cincuenta grandes» y «Los asesinos». Ese mismo año de 1926 publica la novela *Fiesta*, con el título en inglés de *The Sun Also Rises*.

Pero lo que hoy parece un triunfo avasallante tardó en ser percibido como tal. Durante años las revistas norteamericanas rechazaron los relatos de Hemingway. Después de tantos leones cazados, tantos tragos bebidos en el Floridita de La Habana y tantas fotos en el primer tendido de una plaza de toros, cuesta trabajo pensar en Hemingway como un autor arriesgado y minoritario. Eso fue en los años pobres de París. Condenado a publicar en las revistas marginales del exilio, era visto como un aventajado discípulo de Sherwood Anderson, un autor correcto, en el que confiaba el generoso Pound y por el que apostaba el audaz crítico Edmund Wilson, pero que aún no demostraba su potencial.

En 1923, cuando su buzón se llenaba de cartas de rechazo, Hemingway tomó una licencia de un año en el *Toronto Star* para dedicarse a la ficción, decisión que parecía suicida. Pero aquel ilustre desconocido jamás dudó que tarde o temprano la literatura pagaría sus deudas. Aunque vivía con su esposa Hadley en un húmedo departamento, se comparaba con el campeón de boxeo Jack Dempsey, que dormía en París en una suite de dos mil francos. Puede tratarse de un ideal extraño pero Hemingway fue el primer escritor en luchar para ser tratado como un profesional de boxeo y no encontró mejor piropo para Marlene Dietrich que decirle: «Eres lo mejor que ha subido al ring».

Para impedir que lo siguieran ubicando a la sombra de su maestro Sherwood Anderson, el siempre competitivo Hemingway escribió en 1925 *Torrentes de primavera*, una sátira de relativo ingenio contra un autor al que admiraba y al que debía infinidad de favores. Hadley trató de convencerlo de que el libro era un error y una muestra de ingratitud, pero su amiga Pauline Pfeiffer le dijo lo contrario, y en esos meses Ernest escuchaba cada vez más a Pauline, que se convertiría en su segunda esposa.

La mayoría de las amistades de Hemingway duraron unos cinco años. De acuerdo con su biógrafo Michael Reynolds, la simpatía y el carisma del novelista rivalizaban con su insensible capacidad de herir a la gente próxima. En los años de formación, muchos de sus contactos fueron determinados por la necesidad de avanzar en su carrera. Con todo, este sentido utilitario de la amistad nunca estuvo desvinculado del afecto. Turbulentas, estimulantes, con rachas alternas de crueldad y pasión, las amistades de Hemingway fueron una variante emocional de sus safaris.

En los cafés del Barrio Latino y en sus escapadas a esquiar en Austria o ver corridas en Pamplona, el autor de culto al que le faltaban regalías y le sobraban mujeres frecuentó a una turba que le parecía tan atractiva como irritante. Era el momento de los norteamericanos en París. Hemingway detestaba la noción de «aficionado» y despreciaba a sus compatriotas deseosos de ser parisinos por un fin de semana. Cuando Hadley y él llegaron a la ciudad, unos seis mil norteamericanos vivían ahí. En 1924, apenas tres años después, la cifra alcanzaba los treinta mil y seguía creciendo. *Fiesta* ofrece un retrato indeleble de los norteamericanos que buscaban en París un re-medio para sus crisis de posguerra. En esa ronda donde abundan los heridos de bala, un conde presume de chic porque tiene «heridas de flecha». Vivero del esnobismo, refugio de los heterodoxos, zona de prueba para que los extranjeros demuestren si son genios o simplemente insoportables, la capital francesa despliega una vitalidad desaforada que contrasta con el vacío interior y la depresión de sus visitantes, las mujeres y los hombres que Gertrude Stein describía en su salón como «la generación perdida» y que en *Fiesta* encontraron carta de ciudadanía.

Uno de los norteamericanos que bebió los mejores martinis de aquel tiempo era egresado de Princeton, tenía aspecto patricio, cobraba una fortuna por cada cuento y estaba llamado a convertirse en la más importante de las breves amistades de Ernest Hemingway. Francis Scott Fitzgerald, quien jamás haría nada sin elegancia ni melancolía, ayudó a Hemingway con devoción y transformó esa compleja relación en una de las muchas razones de su caída. El autor de *A este lado del paraíso* y *El gran Gatsby*, el delicado cronista de las *flappers* (la primera promoción de chicas que besaban en público), buscó las más atractivas formas de la autodestrucción y encontró en el bar del hotel Ritz de París un infierno definitivo y confortable. Se emborrachó ahí demasiadas veces y sufrió la humillación de no ser reconocido por el barman después de una larga ausencia. Otra de sus formas de hacerse daño fue el interés y el tiempo que dedicó a Ernest Hemingway. Lo puso en contacto con editores de revistas, le ayudó a corregir textos (eliminó las primeras páginas del cuento «Cincuenta grandes» y sugirió cortes decisivos en el tramo inicial de *Fiesta*), lo hospedó en su casa de campo e inició una auténtica cruzada para que su amigo fuera reconocido en Estados Unidos. Por sugerencia de Fitzgerald, Hemingway cambió de editorial, viajó a Nueva York, firmó contratos, se convirtió en un profesional con la asesoría del más exitoso autor de su generación. Pero la influencia más honda de Fitzgerald fue otra: Hemingway leyó *El gran Gatsby* dos meses antes de iniciar *Fiesta*, un impulso básico para narrar con sutileza el derrumbe de los norteamericanos en el agridulce exilio de París.

Después del minoritario entusiasmo suscitado por *Tres cuentos y diez poemas* (1923) y los relatos de *En nuestro tiempo* (1925), *Fiesta* significó un incendiario rito de paso. Hemingway rompió con la estética de Gertrude Stein, para quien era vulgar que en un texto sucediera otra cosa que no fuera únicamente el lenguaje, y dejó de ser apreciado por quienes lo preferían como oscuro autor experimental. Virginia Woolf escribió que la novela estaba llena «de cosas ordinarias, como botellas y periodistas». Por otra parte, numerosos conocidos se sintieron maltratados en ese mural del Barrio Latino. En una carta, Hemingway le comentó a Fitzgerald: «He corrido la voz de que estaré desarmado en la Brasserie Lipp's el sábado y el domingo por la tarde, de dos a cuatro, para que todos los que deseen dispararme lo hagan de una vez o dejen de hablar del asunto, por Dios santo».

Otros cambios acompañaron el surgimiento de la novela. Hemingway se enamoró de la sofisticada Pauline Pfeiffer, que escribía para *Vogue*. En esa temporada de pasión y remordimientos, dedicó *Fiesta* a Hadley, su primera esposa, y a John Hadley Nicanor, su hijo de dos años. En lo que toca a Fitzgerald, la amistad empezó a diluirse terminado el libro. Los escritores se encontraron cuando la estrella de Fitzgerald declinaba. Se diría que, siguiendo alguna de sus tramas, el autor de *El gran Gatsby* utilizó sus últimas energías, no en salvarse a sí mismo, sino en transferir el resto de su talento a su joven colega. Al respecto, Scott Donaldson escribe en *Hemingway vs. Fitzgerald*: «Entre junio de 1926 y mayo de 1927 [Fitzgerald] no publicó ningún cuento. Hubo varias razones para esta baja de productividad. Su manera de beber encabezaba la lista, pero al menos una parte de esta sequía se debió al total involucramiento de Scott en la carrera de Ernest. Fitzgerald invirtió mucha de la energía psíquica que de otro modo hubiera ido a dar a su propia obra en garantizar el éxito de su amigo. Fue un *fan*, un devoto».

La amistad terminó en tono amargo. Muchos años después, Hemingway no tuvo mejores palabras para saldar su deuda que decir: «Scott fue generoso sin ser afectuoso».

Hemingway temía que el título de *Fiesta*, con el que encabezó su manuscrito y los sucesivos borradores, no fuera entendido por quienes desconocían las corridas de toros y buscó en la Biblia un título alternativo. El resultado fue *The Sun Also Rises*.

Ocho años después de ser herido en el frente, Hemingway concibió la imposible historia de amor entre Jake Barnes y Brett Ashley. Durante la guerra, el protagonista y narrador, Jake, ingresa en un hospital en Italia y es atendido por una enfermera de la que se enamora. Las similitudes con la historia de Hemingway terminan aquí. Jake se entera de que su pasión por Brett es correspondida al mismo tiempo que un coronel le comunica con ridículo sentido del heroísmo que ha quedado impotente: «Ha dado usted algo más que su vida». Jake y Brett deciden separarse. La trama es lo que ocurre después. A nueve años de aquel amor genuino e irrealizable, Jake y Brett coinciden en el enloquecido París de los años veinte. Ella es una mujer divorciada, libre, ingeniosa, seductora, atribulada, divertida, promiscua. A los treinta años seduce por igual a un vetusto aristócrata que a un torero casi adolescente. De algún modo, sigue enamorada de Jake, el hombre que la acompaña en sus malas horas, pero con el que jamás podrá compartir su destino. Condenado a ser testigo de los hechos, Jake lleva su oficio de periodista a las relaciones personales: los que actúan son siempre los otros, él sólo puede contar la historia. Las noches de champaña de París y los escalofriantes encierros de Pamplona son descritos por una voz resignada y melancólica. Con humor amargo, Jake vive en forma vicaria, a través de la palabra. Pocas veces el vitalismo de Hemingway alternó en forma tan perfecta con la incapacidad de participar en la acción. La multiplicación del deseo en Brett es tan ineficaz como la pasividad de Jake, su sombra amorosa. En una cercanía que nunca incluye el cuerpo, el periodista asume la posesión narrativa de su amada. Como todo testigo, en ocasiones desvía el curso de los hechos, no siempre a donde él quisiera. Jake sufre los amoríos de Brett pero nada sería peor que quedar fuera de su órbita. Un pasaje resume la situación con pericia: «Por aclamación popular se le concedió una oreja a Romero, que a su vez se la regaló a Brett, quien la envolvió en un pañuelo, mío, por cierto». Jake participa en el romance entre el torero y su amada como el tercero, el resignado e imprescindible padrino que les entrega un pañuelo.

Y pese a todo, la historia en primera persona no tiene el menor tono de chantaje sentimental. Jake vive hasta la última frase un amor mutilado pero extrañamente cumplido. El hombre que perdió en la guerra la juventud y el derecho a la sensualidad, encontró en la proximidad del testigo una forma dolorosa y perdurable de seguir amando. El tema parece extraído del mejor Fitzgerald y revela la complejidad de Hemingway, novelista para siempre simplificado por su leyenda. El autor que rozó el arquetipo del macho primario y posó gustoso con sus presas —ya se tratara de mujeres hermosas o leones de África— escribió la excepcional historia de un amor impotente en el gozoso París de los años veinte. Fitzgerald podría haber terminado su carrera con el trágico romanticismo de *Fiesta*. Fue así como Hemingway inició la suya, una trayectoria más variada y ascendente que la del amigo que tanto lo ayudó, que hizo del fracaso con estilo su divisa y tituló sus memorias con el consecuente título de *El desplome*.

Un clásico nunca deja de emitir su mensaje, pero algunos de sus componentes cambian con el tiempo. En 1926, París no era la ciudad que hoy ofrecen las agencias de viajes. Hemingway pondera toda clase de bares y de restaurantes; el recurso, novedoso antes de los oficios de la *Guía Michelin*, pierde misterio en tiempos del turismo en masa y hace pensar en el restaurante del que se habla en la novela, que está lleno de norteamericanos justo porque una guía informa que ahí no van los norteamericanos.

También el toreo debe ser visto a la luz de la época. Hemingway describe las corridas con el pulso del corresponsal de guerra que transmite una realidad inaudita. Para el contemporáneo de habla hispana, su crónica puede sonar tópica o folclórica. Sin embargo, la inclusión de la fiesta brava representa algo más que un arrebato de exotismo; brinda un necesario contraste a la generación que perdió su destino entre las bombas y buscó en vano recuperarlo en las noches de París. «Honor y coraje eran palabras corrompidas por los años de la guerra», escribe Michael Reynolds; en este contexto, las corridas significan una oportunidad de redimir la valentía y superar la tragedia a través del rito. *Fiesta* inaugura el largo trato de Hemingway con una religiosidad sensorial, fundada en la naturaleza. El católico Jake entra en la iglesia y moja sus dedos en la pila bautismal; al salir, experimenta algo sencillo e indescifrable: «Ya en la escalinata, me alcanzaron los rayos del sol. Tenía el dedo índice y el pulgar todavía humedecidos y sentí cómo se me secaban al sol»; el entorno lo envuelve con intensidad pánica; con una mínima señal —el sol abrasador que seca el agua bendita en los dedos del protagonista— Hemingway crea una atmósfera que anuncia el rito que ocurrirá bajo la luz dorada de Pamplona.

Dueño de un oído excepcional para registrar conversaciones, Hemingway reprodujo en la novela la estupenda mala leche con que Ezra Pound se refería a los emigrados en los cafés de París, e incluyó chismes de otros escritores. Ford Madox Ford solía contar que Henry James se volvió impotente al accidentarse en una bicicleta y Hemingway incorporó la anécdota en *Fiesta* (Jake desdramatiza su insuficiencia sexual dándole pedigrí literario). Los editores le dijeron que no podían ofender de ese modo la memoria de James y Hemingway modificó la frase. En el capítulo 12, se dice que su impotencia «es como la bicicleta de Henry». La referencia pierde ironía si se ignora que se trata de Henry James y que con el comentario se pretende dar alcurnia literaria al drama de Jake.

Hemingway reinventó el arte del cuento con diálogos donde los silencios, las frases rotas y las cosas dichas a medias adquieren poderosa elocuencia. Esta destreza aparece en *Fiesta* con menos concentración pero con suficiente abundancia para que la novela sea, simultáneamente, un notable guión de cine. Una contundente oralidad articula la narración: «Una parte muy importante de la ética profesional consiste en que parezcea que nunca trabajas»... «Este vino es demasiado bueno para brindar con él. No deben mezclarse las emociones con un vino como éste. Pierde sabor...» «Les voy a regalar animales disecados a todos mis amigos. Soy un escritor de la naturaleza»... «Cohn tenía la maravillosa capacidad de sacar lo peor de cada uno de nosotros»...

Fiesta marcó el comienzo de una era. Como las grandes improvisaciones de jazz, el idioma de Hemingway parecía depender del azar objetivo. Nada tan real ni tan libre como esas frases entrecortadas que componían el vibrante tapiz de la realidad. Los duros años de aprendizaje habían quedado atrás. En 1926 Ernest Hemigway se convirtió en vocero de una generación que sólo podía estar orgullosa de sus heridas. Y ya nada sería como antes.

JUAN VILLORO

FIESTA

Este libro está dedicado a Hadley
y a John Hadley Nicanor

Sois todos una generación perdida.

GERTRUDE STEIN,
en una conversación

Una generación va, otra generación viene; pero la tierra para siempre permanece. Sale el sol y el sol se pone; corre hacia su lugar y allí vuelve a salir. Sopla hacia el sur el viento y gira hacia el norte; gira que te gira sigue el viento y vuelve el viento a girar. Todos los ríos van al mar y el mar nunca se llena; al lugar donde los ríos van, allá vuelven a fluir.

Eclesiastés, I, 4-7

Libro primero

Capítulo 1

Robert Cohn fue en su día campeón de boxeo de los pesos medios en Princeton. No deben pensar que como título pugilístico me impresiona demasiado, pero significaba mucho para Cohn. A él, en realidad, el boxeo no le importaba en absoluto, de hecho le disgustaba, pero lo había aprendido penosamente y a fondo para contrarrestar el sentimiento de inferioridad y la timidez que le provocó ser tratado como un judío durante su estancia en Princeton. Le producía cierta satisfacción interna el saber que podía noquear a cualquiera que lo tratara despectivamente, aunque, siendo como era muy tímido y de buen carácter, jamás se pegó con nadie fuera del gimnasio. Fue el discípulo preferido, la estrella, de Spider Kelly.

Spider Kelly enseñaba a boxear a sus jóvenes caballeros como si fuesen pesos pluma, independientemente de que pesaran cincuenta y cinco kilos u ochenta y cinco. Eso parecía irle muy bien a Cohn, que era muy rápido. Era tan bueno que Spider Kelly le hacía boxear en exceso, y muy pronto su nariz quedó aplastada para siempre. Aquello aumentó el desagrado que Cohn siempre había sentido hacia el boxeo, pero a la vez le producía una satisfacción un tanto peculiar y, ciertamente, mejoró el aspecto de su nariz. Durante el último año que estuvo en Princeton leía demasiado y empezó a llevar gafas. Ninguno de sus compañeros de clase se acuerda de él. Ni siquiera de que fue campeón de boxeo de los pesos medios.

Personalmente, desconfío de la gente en extremo franca y sencilla, especialmente cuando sus historias tienen lógica, así que siempre sospeché que Robert Cohn jamás había sido campeón de los pesos medios, que tal vez hubiese sido un caballo el que le aplastó la nariz, o que quizá su madre se llevó un susto o vio algo mientras estaba embarazada, o tal vez de niño tropezó con cualquier cosa. Finalmente hice que alguien comprobara el relato hablando con Spider Kelly. Éste no sólo recordaba a Cohn, sino que con mucha frecuencia se había venido preguntando qué habría sido de él.

Por parte de padre, Robert Cohn era miembro de una de las familias judías más ricas de Nueva York; por parte de madre, de una de las más antiguas. En la academia militar donde se preparó para Princeton, y donde fue un excelente extremo del equipo de fútbol americano, nadie le recordó su origen racial. Nadie le hizo sentirse judío, ni distinto en nada a los demás, hasta que llegó a Princeton. Era un buen muchacho, un chico simpático y amable, y muy tímido, lo cual le producía bastante amargura. Se desahogaba boxeando, y salió de Princeton acomplejado y con la nariz aplastada. La primera chica que lo trató con consideración logró casarse con él. Estuvo casado cinco años, tuvo tres hijos y perdió la mayor parte de los cincuenta mil dólares que su padre le dejó; el resto de la fortuna pasó a su madre. Todo eso, más una vida doméstica dada con una esposa rica, lo endureció hasta hacerle adquirir un carácter poco atractivo. Cuando estaba ya decidido a abandonar a su esposa fue ésta la que lo dejó para marcharse con un pintor miniaturista. Como durante meses había estado pensando en dejarla, pero no se atrevía a hacerlo porque creía que sería demasiado cruel privarla de su presencia, la marcha de su esposa fue para él un acontecimiento muy beneficioso.

Se arregló el divorcio y Robert se fue a vivir a la costa. En California se encontró metido en el ambiente literario y, como todavía le quedaba algo de los cincuenta mil dólares, al poco tiempo se vio patrocinando una revista literaria dedicada a las bellas artes que comenzó a publicarse en Carmel, California, y terminó en Provincetown, Massachusetts. Para entonces Cohn, que antes había sido considerado por todos un ángel puro, cuyo nombre aparecía en la página editorial simplemente como miembro del consejo asesor, se había convertido en el único director de la publicación. Al fin y al cabo se trataba de su dinero, y se dio cuenta de que le gustaba la autoridad de su cargo. Se sintió muy apenado cuando la revista resultó demasiado costosa y tuvo que dejar de publicarla.

Por aquellos días tenía, además, otras cosas de las que preocuparse. Había caído en manos de una dama que confiaba en ascender con la revista. Era una mujer enérgica y Cohn no tenía la menor posibilidad de escapar de ella. Además, estaba seguro de que la amaba. Cuando la dama vio que la revista no prosperaba como ella había esperado, se sintió un tanto disgustada con Cohn y decidió que debía sacar lo que pudiera mientras quedara algo, e insistió en que debían marcharse a Europa para que Cohn pudiera escribir. Vinieron a Europa, donde la señora en cuestión había sido educada, y se quedaron tres años, de los cuales el primero lo pasaron viajando y los otros dos en París. Robert Cohn tenía en esa época dos amigos, Braddocks y yo. Braddocks era su amigo en el ámbito literario, y yo en el campo del tenis.

La dama que lo tenía en sus manos, cuyo nombre era Frances, al final del segundo año de estar juntos empezó a darse cuenta de que su aspecto físico empeoraba y cambió su actitud hacia Robert, pasando de una posesión y explotación despreocupadas a la más absoluta determinación de que se casara con ella. En los últimos tiempos la madre de Robert le había concedido una renta de trescientos dólares al mes.

No creo que durante aquellos dos años y medio Robert Cohn volviera a poner los ojos en ninguna otra mujer. Era medianamente feliz, salvo que, como muchos otros norteamericanos residentes en Europa, hubiera preferido estar en Estados Unidos; y había descubierto que era escritor. Escribió una novela que en realidad no era tan mala como posteriormente la consideraron los críticos, aunque sí bastante pobre de ideas. Leía muchos libros, jugaba al bridge y al tenis, y boxeaba en un gimnasio local.

Yo empecé a darme cuenta de la actitud de su compañera hacia él una noche en que acabábamos de cenar los tres juntos. Habíamos cenado en L'Avenue y seguidamente nos fuimos al café Versailles. Tomamos varios *fines* después del café. Cohn habló de que debíamos ir los dos a algún sitio durante el fin de semana, pues deseaba salir de la ciudad y dar un buen paseo. Le sugerí una escapada a Estrasburgo y un paseo hasta Saint Odile o algún otro lugar de Alsacia.

—Conozco a una chica en Estrasburgo que nos puede enseñar la ciudad —le dije.

Alguien me dio un puntapié por debajo de la mesa. Supuse que había sido un accidente y continué:

—Lleva dos años viviendo allí y sabe todo lo que hay que saber de la ciudad. Es una chica sensacional —insistí.

De nuevo me volvieron a dar con el pie por debajo de la mesa, y al alzar la vista vi a Frances, la dama de Robert, con la barbilla levantada y una expresión severa en el rostro.

—¡Demonios! —corregí—, ¿por qué tenemos que ir a Estrasburgo? También podemos ir a Brujas o a las Ardenas.

Cohn pareció aliviado. Nadie volvió a darme otro puntapié. Les di las buenas noches y me dispuse a salir. Cohn dijo que quería comprar un periódico y vino conmigo hasta la esquina.

—¡Por el amor de Dios! —me dijo—. ¿Cómo se te ha ocurrido mencionar a esa chica de Estrasburgo? ¿No has visto la cara que ha puesto Frances?

—No, ¿por qué? Si yo conozco a una chica norteamericana que vive en Estrasburgo, ¿qué diantres tiene eso que ver con Frances?

—No se trata de esa chica en particular, sino de todas las chicas, de cualquiera. No podría ir, eso es todo.

—No seas tonto.

—No conoces a Frances. Se pone así por todas las mujeres, por cualquiera. ¿No te has dado cuenta de la cara que ha puesto?

—Está bien —concedí—. Iremos a Senlis.

—¡No te enfades, eh...!

—No, no estoy enfadado. Senlis es un buen sitio. Podemos alojarnos en el Grand Cerf, dar un paseo por el bosque y volver a casa.

—Me parece acertado.

—Bien, de acuerdo, pues. Hasta mañana en las pistas —terminé.

—¡Buenas noches, Jake! —se despidió, y emprendió el camino de regreso al café.

—Te has olvidado de comprar el periódico —le recordé.

—¡Ah, sí! —Dio media vuelta y vino conmigo hasta el quiosco de la esquina—. No estás disgustado, ¿verdad?

Se volvió hacia mí con el periódico en la mano.

—No, ¿por qué habría de estarlo?

—Nos vemos en el tenis —dijo.

Lo contemplé mientras regresaba al café con el periódico en la mano. Yo lo apreciaba y era evidente que Frances le estaba haciendo la vida bastante difícil.

Capítulo 2

Ese invierno Robert Cohn se trasladó a Estados Unidos con su novela, y se la aceptó un editor bastante bueno. Su marcha, según oí decir, provocó un terrible escándalo y creo que fue entonces cuando Frances lo perdió porque en Nueva York encontró a muchas mujeres que fueron consideradas con él. Cuando regresó a París había cambiado mucho. Estaba más entusiasmado que nunca con Estados Unidos, y no era tan sencillo ni tan amable como antes. Sus editores alabaron mucho su novela y eso se le subió a la cabeza. Después hubo varias mujeres que se esforzaron en ser consideradas con él, y con todo esto su horizonte se amplió. Durante cuatro años su horizonte había estado absolutamente limitado a su esposa. Durante tres años, o casi tres años, no había visto nada más allá de Frances. Estoy seguro de que no había estado enamorado en toda su vida.

Se había casado de rebote, como consecuencia de la mala época que pasó en la universidad, y Frances se hizo con él de rebote tras su descubrimiento de que no lo había sido todo para su primera esposa. Tampoco ahora estaba enamorado, pero se daba cuenta de que tenía cierto atractivo para las mujeres, y de que el hecho de que una mujer quisiera vivir con él y cuidarlo no era simplemente un milagro divino. Esto lo cambió hasta tal punto que ya no resultaba agradable tratarlo. Por otra parte, apostando más de lo que podía permitirse en algunas partidas de bridge fuertes que jugaba con sus conocidos de Nueva York, supo manejar bien las cartas y ganar unos cientos de dólares. Esto lo volvió un tanto presuntuoso sobre su modo de jugar y solía decir que un hombre siempre podía ganarse la vida jugando al bridge en caso de verse forzado a ello.

Otra cosa más. Había estado leyendo a W. H. Hudson. Esto puede sonar a ocupación inocente, pero Cohn había leído y releído *La tierra purpúrea*, que es un libro bastante siniestro si se lee a una edad avanzada. Relata las imaginarias y espléndidas aventuras amorosas de un perfecto caballero inglés en un interesante país romántico cuyos paisajes están muy bien descritos. El que un hombre de treinta y cuatro años lo tome como guía del contenido de la vida es tan peligroso como, para un hombre de esa misma edad, entrar directamente en Wall Street procedente de un convento francés y equipado con una colección completa de los libros más prácticos de Alger. Cohn, según creo, se tomó al pie de la letra todo lo escrito en *La tierra purpúrea*, como si pensara que se trataba de un informe de R. G. Dun. Ya me entienden: tenía ciertas reservas, pero tomado en conjunto el libro le merecía absoluta confianza. Eso era todo lo que se necesitaba para hacerle entrar en acción. No supe en qué medida, hasta un día en que se presentó en mi despacho.

—¡Hola, Robert! —le dije—. ¿Has venido a animarme?

—¿Te gustaría ir a Sudamérica, Jake? —me preguntó.

—No.

—¿Por qué no?

—No lo sé. Nunca me ha gustado la idea. Es demasiado caro. Además ahora se puede encontrar en París tantos sudamericanos como se quiera.

—Ésos no son sudamericanos auténticos.

—A mí me parecen de lo más auténtico.

Tenía que hacer llegar al tren que enlaza con el barco de Inglaterra todas las noticias de la semana y sólo había redactado la mitad de ellas.

—¿No te has enterado de nada escandaloso? —le pregunté.

—No.

—¿Ninguno de tus exaltados amigos va a divorciarse?

—No. Escucha, Jake, si corro con todos los gastos, ¿te vendrías a Sudamérica conmigo?

—¿Por qué yo?

—Hablas español, y es más divertido si vamos los dos juntos.

—No —respondí—. Me gusta la ciudad y voy a ir a España este verano.

—Toda la vida he soñado con un viaje como ése —dijo Cohn y se sentó—. Me haré viejo antes de poder realizarlo.

—No seas estúpido —le dije—. Puedes ir a donde quieras. Tienes mucho dinero.

—Lo sé. Pero no me decido.

—¡Anímate! —le aconsejé—. Todos los países se parecen a las películas.

Me daba pena, se tomaba mal las cosas.

—No soporto la idea de pensar que mi vida transcurre tan deprisa que no la estoy viviendo de verdad.

—Nadie vive por completo su vida excepto los toreros.

—No me interesan los toreros. No tienen una vida normal. Lo que quiero es adentrarme en Sudamérica. Podemos hacer un viaje fantástico.

—¿Nunca has pensado en ir de caza al África oriental británica?

—No, no me apetece.

—Yo iría contigo.

—No, no me interesa.

—Eso es porque no has leído nunca un libro sobre el tema. Lee un libro todo lleno de aventuras amorosas con bellas y lustrosas princesas negras.

—Lo que quiero es irme a Sudamérica.

Como buen judío, era de lo más testarudo.

—Bajemos a tomar una copa.

—¿No estás trabajando?

—No —le respondí.

Descendimos las escaleras hasta el café de la planta baja. Había descubierto que ésa era la mejor manera de librarse de los amigos. Una vez terminada la copa sólo hay que decir: «Bueno, ahora tengo que subir a enviar unos cables», y todo queda solucionado. En el mundillo periodístico es indispensable hallar salidas airosas como ésa, ya que una parte muy importante de la ética profesional consiste en que parezca que nunca trabajas. En definitiva, bajamos al bar y nos tomamos un whisky con soda. Cohn contempló las botellas alineadas en las estanterías que colgaban de las paredes.

—Está bien este sitio —comentó.

—¡Y hay una buena cantidad de bebidas! —dije.

—Escucha, Jake. —Se echó hacia delante apoyándose en la barra—. ¿No has tenido nunca la impresión de que tu vida va pasando y no sacas nada en claro de ella? ¿Te das cuenta de que ya has vivido casi la mitad de todo el tiempo que te concede la vida?

—Sí, de vez en cuando.

—¿Sabes que dentro de unos treinta y cinco años estaremos todos muertos?

—¿Qué demonios te pasa, Robert? —le corté—. ¿Qué demonios te pasa?

—Estoy hablando en serio.

—Eso es algo que no me preocupa en absoluto —dije.

—Debería preocuparte.

—He tenido muchas cosas de que preocuparme y ahora ya he dejado de preocuparme.

—Bien, pero yo lo que quiero es ir a Sudamérica.

—Oye, Robert, da lo mismo ir a un país u otro. Yo lo he intentado ya. Uno no puede escapar de sí mismo yéndose de aquí para allá. Eso es todo.

—Tú nunca has estado en Sudamérica.

—¡Al diablo Sudamérica! Si te vas allí tal y como estás ahora, nada cambiará. Ésta es una buena ciudad. ¿Por qué no comienzas a vivir tu vida en París?

—Estoy harto de París. Estoy harto del Barrio.

—Aléjate de él. Recorre la ciudad por tu cuenta y mira a ver qué te sucede.

—Nunca me ocurre nada. Me pasé toda una noche andando solo por ahí y no me sucedió nada. Excepto que un gendarme en bicicleta me paró para pedirme la documentación.

—¿No te pareció bella la ciudad por la noche?

—París no me dice nada.

Así estaban las cosas. Me daba pena, pero no podía hacer nada al respecto, porque siempre tropezaba con las dos ideas fijas: su locura por Sudamérica y el hecho de que no le gustaba París. La primera idea la sacó de un libro, y supongo que la segunda provenía también de algún libro.

—Bien —le dije—, tengo que subir a enviar unos cables.

—¿De veras te tienes que ir?

—Sí, tengo que mandar unos cables.

—¿Te importa si subo y me quedo por ahí en tu despacho?

—No, sube.

Se sentó en la antesala leyendo los periódicos, y mientras el director y el redactor y yo trabajamos con ahínco durante dos horas. Después quité los papeles de calco, sellé la data, lo puse todo en un gran sobre marrón y llamé a un chico para que lo llevara a la estación de St. Lazare. Me dirigí a la otra habitación y allí estaba Robert Cohn, adormilado en la butaca. Se había quedado dormido con la cabeza sobre los brazos. No quería despertarlo, pero tenía que cerrar la oficina y marcharme. Le puse una mano en el hombro. Él movió la cabeza.

—No puedo —dijo, y hundió con más fuerza la cabeza sobre los brazos—. ¡No puedo! ¡Nada podrá forzarme a hacerlo!

—¡Robert! —lo llamé, y lo sacudí por los hombros. Alzó los ojos para mirarme. Sonrió y me hizo un guiño.

—¿Acabo de hablar en voz alta?

—Sí, has dicho algo, pero no se entendía.

—¡Dios mío, qué sueño más terrible!

—¿Te has quedado dormido con el ruido de la máquina de escribir?

—Supongo que sí. No dormí nada anoche.

—¿Qué pasó?

—Estuvimos hablando.

Me hice una imagen mental de lo ocurrido. Tengo la asquerosa costumbre de imaginarme, como si las viera, las escenas de dormitorio de mis amigos. Nos dirigimos al café Napolitain para tomar un *apéritif* y contemplar la multitud que por las tardes solía poblar el bulevar.

Capítulo 3

Hacía una cálida noche de primavera y yo seguí sentado a una mesa en la terraza del Napolitain, después que Robert se hubo marchado; me quedé observando cómo iba oscureciendo y se iban encendiendo las luces eléctricas, contemplando los semáforos con sus señales verdes y rojas, la muchedumbre que paseaba, los coches de caballos con el sonido de los cascos junto al denso tráfico de los taxis y las *poules* solas o emparejadas en busca de la cena. Me fijé en una chica muy guapa que pasaba junto a mi mesa y la seguí con la vista calle arriba hasta que la perdí. Después vi a otra y, seguidamente, a la primera, que regresaba. Pasó otra vez por delante de mí, capté su mirada, y la joven se acercó y se sentó a mi mesa. El camarero se aproximó.

—Bien, ¿qué quiere tomar? —le pregunté.

—Pernod.

—Eso no es bueno para las niñas.

—Eso lo será usted. *Dites garçon, un Pernod.*

—Y otro para mí.

—¿Qué pasa? —me preguntó—. ¿Va a una fiesta?

—Claro. ¿Usted, no?

—No lo sé. En esta ciudad nunca se sabe.

—¿No le gusta París?

—No.

—¿Por qué no se va a otra parte?

—No hay otra parte.

—Es usted feliz, ¿verdad?

—¡Feliz...! ¡Un cuerno!

El Pernod es una verdosa imitación de la absenta. Si se le añade agua adquiere un color lechoso. Sabe a regaliz y al principio anima, pero después su efecto decae con la misma rapidez. Estábamos allí tomándonos uno, pero la joven parecía hosca y malhumorada.

—Bueno —le pregunté—, ¿va usted a invitarme a cenar?

Hizo un mohín y me di cuenta de que se esforzaba por no reírse. Con la boca cerrada era verdaderamente bonita. Pagué las copas y salimos a la calle. Le hice señas a un cochero y éste acercó su coche a la acera. Sentados cómodamente en el *fiacre*, que se movía con lentitud y suavidad, ascendimos por la avenue de l'Opéra, dejando atrás las puertas cerradas de las tiendas y sus escaparates iluminados. La avenida, ancha y resplandeciente, estaba casi desierta. El coche pasó frente a la sede del *Herald* de Nueva York con su escaparate lleno de relojes.

—¿Para qué sirven tantos relojes? —me preguntó.

—Marcan las distintas horas de toda América.

—¡No me diga!

Dejamos la avenida para tomar la rue des Pyramides, cruzamos el tráfico de la rue de Rivoli y atravesamos un oscuro portalón para entrar en las Tullerías. La muchacha se apretó contra mí y yo le pasé el brazo por los hombros. Alzó la cara para que la besara. Me tocó con la mano y yo se la aparté.

—No hace falta...

—¿Qué le pasa? ¿Está enfermo?

—Sí.

—Todo el mundo lo está. Yo también.

Salimos de las Tullerías de nuevo a la luz, cruzamos el Sena y dimos la vuelta en la rue des Saints Pères.

—No debería beber Pernod si está enfermo.

—Usted tampoco.

—Eso no es nada para mí. No importa en una mujer.

—¿Cómo te llamas?

—Georgette. ¿Y tú?

—Jacob.

—Un nombre flamenco.

—También norteamericano.

—¿No eres flamenco?

—No, soy norteamericano.

—Menos mal. Detesto a los flamencos.

Mientras tanto habíamos llegado al restaurante. Ordené al *cocher* que se detuviera. Bajamos del coche y a Georgette no pareció gustarle el local.

—No es un restaurante muy bueno que digamos.

—No —respondí—. Tal vez prefieras ir al Foyot. ¿Por qué no te vas en el mismo taxi?

La había recogido impulsado por una idea vaga y sentimental de que sería agradable comer con alguien. Hacía mucho tiempo desde la última vez que había cenado con una *poule* y se me había olvidado lo tétrico que puede resultar. Entramos en el restaurante, dejamos atrás a madame Lavigne en su mostrador y nos sentamos en un pequeño saloncito. Georgette se animó un poco con la comida.

—No se está mal aquí —dijo—. No es muy chic, pero la comida es buena.

—Mejor que la de Lieja.

—Bruselas, si no te importa.

Pedimos otra botella de vino y Georgette me contó un chiste. Sonrió, mostró sus dientes estropeados y brindamos.

—No eres un mal tipo —me dijo—. Es una lástima que estés enfermo. Nos llevaríamos bien. ¿Qué es lo que tienes, si se puede saber?

—Me hirieron en la guerra —respondí.

—¡Cochina guerra!

Posiblemente hubiéramos continuado con el tema, discutiendo sobre la guerra hasta estar de acuerdo en que se trata realmente de una calamidad para la civilización, y que quizá hubiera sido mejor evitarla. Yo estaba ya bastante aburrido. En aquel momento, desde el otro comedor, alguien gritó:

—¡Barnes! ¡Jacob Barnes!

—Es un amigo —le expliqué a la joven y fui a verlo.

Allí estaba Braddocks en una gran mesa con un grupo: Cohn, Frances Clyne, la señora Braddocks y algunas personas más que no conocía.

—Vienes al baile, ¿verdad? —me preguntó Braddocks.

—¿Qué baile?

—Los bailes, ¿no sabes que los hemos resucitado? —intervino la señora Braddocks.

—Tienes que venir, Jake. Vamos todos —dijo Frances desde el otro extremo de la mesa. Era alta y tenía una bonita sonrisa.

—Claro que viene —dijo Braddocks—. Vamos, ven a tomar el café con nosotros, Barnes.

—De acuerdo.

—Y tráete a tu amiga —añadió su esposa sonriendo. Era canadiense y tenía la graciosa sencillez social de sus compatriotas.

—Gracias, ahora venimos —asentí, y volví al pequeño comedor.

—¿Quiénes son tus amigos? —me preguntó Georgette.

—Escritores y pintores.

—Abundan mucho en esta orilla del río.

—Demasiado.

—Yo también lo creo, pero algunos ganan dinero.

—Y que lo digas.

Terminamos la comida y el vino.

—Vamos —le dije a Georgette—, tomaremos el café con los demás.

Georgette abrió el bolso y se retocó el maquillaje frente a un espejo diminuto, se repasó los labios y se colocó bien el sombrero.

—Ya estoy lista —dijo.

Nos dirigimos al otro comedor lleno de gente, y Braddocks y los demás hombres de su mesa se levantaron.

—Quiero presentarles a mi novia, mademoiselle Georgette Leblanc —dije.

Georgette sonrió con su maravillosa sonrisa y estrechamos las manos de todos.

—¿Es usted pariente de Georgette Leblanc, la cantante? —quiso saber la señora Braddocks.

—*Connais pas* —respondió Georgette.

—Pero tienen ustedes el mismo apellido —insistió cordialmente la señora Braddocks.

—No, en absoluto —dijo Georgette—. Mi apellido es Hobin.

—Pero el señor Barnes la ha presentado a usted como mademoiselle Georgette Leblanc. Estoy segura —insistió la señora Braddocks que, en su excitación por hablar francés, era muy posible que no tuviese idea de lo que estaba diciendo.

—Es un tonto —dijo Georgette.

—¡Oh, era una broma, entonces...! —exclamó la señora Braddocks.

—Sí —le confirmó Georgette—. Para reírse.

—¿Lo has oído, Henry? —la señora Braddocks se dirigió a su esposo desde el otro extremo de la mesa—. El señor Barnes nos ha presentado a su novia como Georgette Leblanc y su verdadero apellido es Hobin.

—Claro, querida. Mademoiselle Hobin, la conozco desde hace mucho tiempo.

—Oh, mademoiselle Hobin —intervino Frances Clyne, hablando francés muy rápidamente y sin dar la impresión de sentirse tan orgullosa y sorprendida de poder hacerlo como la señora Braddocks—. ¿Lleva mucho tiempo en París? ¿Le gusta? Le debe encantar París, ¿verdad?

—¿Quién es ésa? —me preguntó Georgette—. ¿Tengo que hablar con ella?

Se volvió a mirar a Frances, sentada, sonriente, las manos juntas, la cabeza en equilibrio sobre su largo cuello, los labios fruncidos como dispuesta a empezar a hablar de nuevo.

—No, la verdad es que no me gusta en absoluto. París es caro y sucio.

—¿De veras? Yo lo encuentro extraordinariamente limpio. Una de las ciudades más limpias de Europa.

—Yo lo encuentro sucio.

—¡Qué raro! Quizá lleva poco tiempo aquí.

—¡Más que suficiente!

—Pero hay gente muy simpática. Eso hay que reconocerlo.

Georgette se volvió hacia mí.

—Tienes unos amigos muy simpáticos.

Frances estaba un poco bebida y hubiera querido seguir con la discusión, pero nos sirvieron el café y vino Lavigne con los licores; después nos levantamos para dirigirnos al salón de baile de los Braddocks.

El salón de baile era un *bal mussette* en la rue de la Montagne Sainte Geneviève. Cinco noches a la semana los obreros del barrio del Panthéon bailaban allí. Los lunes por la noche cerraba. Cuando llegamos estaba casi vacío, con la excepción de un agente de policía sentado junto a la puerta, la esposa del propietario, detrás del mostrador de cinc, y el propio dueño. La hija de la casa descendió la escalera y entró en la sala. Había unos bancos largos y mesas a los lados; la pista de baile estaba al fondo.

—Me gustaría que la gente viniera más temprano —comentó Braddocks.

La hija del dueño vino a preguntarnos qué íbamos a tomar. El dueño se sentó en un taburete alto, junto a la pista de baile y comenzó a tocar el acordeón. Llevaba un sonajero con varias campanillas en uno de los tobillos y marcaba el ritmo con él.

Todo el mundo bailaba. Hacía calor y salíamos de la pista sudando.

—¡Dios mío! —comentó Georgette—. ¡Esto es peor que un sudadero!

—Sí, hace calor.

—¡Calor... menudo calor!

—Quítate el sombrero.

—Buena idea.

Alguien sacó a bailar a Georgette y yo me fui al bar. Realmente hacía mucho calor y la música del acordeón resultaba agradable en la tórrida noche. Me tomé una cerveza cerca de la puerta respirando el frescor del viento de la calle. Dos taxis descendían por la empinada calle y se pararon en la puerta del baile. Bajó un grupo de jóvenes, algunos de los cuales llevaban jerséis mientras otros iban en mangas de camisa. A la luz que se escapaba por la puerta pude distinguir sus manos y sus cabellos rizados recién lavados. El agente de policía que estaba junto a la entrada me miró y sonrió. Los muchachos entraron. Cuando quedaron de lleno bajo la luz vi sus manos blancas, sus cabellos rizados y sus rostros blanquecinos, mientras gesticulaban y hablaban. Con ellos venía Brett. Estaba encantadora, y parecía encontrarse muy a gusto en aquella compañía.

Uno de ellos vio a Georgette y dijo:

—Os lo aseguro, aquí tenemos a una auténtica ramera. Voy a bailar con ella, Lett. Fíjate bien.

El chico alto y moreno, que se llamaba Lett, le aconsejó:

—No seas imprudente.

El rubio del pelo rizado respondió:

—No te preocupes, querido.

Y con ellos estaba Brett.

Me puse furioso. De un modo u otro siempre lograban ponerme en ese estado. Sabía que trataban de divertirse y que hay que ser tolerante, pero algo me impulsaba a arrojarme sobre uno de ellos, cualquiera de ellos, a hacer cualquier cosa para romper aquel aire de superioridad y afectación. Pero en vez de hacerlo, me fui a la calle y me tomé una cerveza en otro baile semejante que había muy cerca de allí. La cerveza no era buena, así que para quitarme el mal sabor de boca me tomé un coñac que aún era peor. Cuando regresé al baile la pista estaba atestada y Georgette bailaba con el muchacho alto y rubio, que lo hacía a saltos, agitando la cabeza de un lado para otro y mirando al techo. En cuanto cesó la música, otro miembro del grupo le pidió a Georgette que bailara con él. Había caído en sus manos y sabía que no la dejarían hasta que todos hubieran bailado con ella. Eran así.

Volví a la mesa y me senté. Cohn estaba allí. Frances bailaba. La señora Braddocks regresó con alguien a quien presentó como Robert Prentiss. Procedía de Nueva York, pasando por Chicago, y era un joven novelista que empezaba a destacar. Tenía una especie de acento inglés. Lo invité a tomar una copa.

—Gracias, pero acabo de tomar una —dijo.

—Tómese otra.

—De acuerdo, gracias.

Hicimos venir a la hija del dueño de la casa y tomamos un *fine à l'eau* cada uno.

—Usted es de Kansas City, según me han dicho —quiso saber.

—Sí.

—¿Se divierte en París?

—Sí.

—¿De verdad?

Estaba un poco bebido, no de una forma alegre, sino sólo lo necesario para ser impertinente.

—¡Por el amor de Dios, ya se lo he dicho! ¡Sí, sí! ¿Usted no?

—¡Oh, es maravilloso ver que puede enfadarse! —dijo—. Me gustaría tener esa facultad.

Me levanté y me dirigí hacia la pista de baile. La señora Braddocks me siguió.

—No te enfades con Robert —me pidió—. Sigue siendo un niño, ¿sabes?

—No estaba enfadado —respondí—. Pensé que iba a vomitar, eso es todo.

—Tu novia tiene mucho éxito.

La señora Braddocks miró hacia la pista donde Georgette estaba bailando en los brazos del muchacho alto y moreno llamado Lett.

—¿Verdad que sí?

—Desde luego.

Cohn se acercó a nosotros.

—Ven, Jake, vamos a tomar una copa —dijo. Nos dirigimos al bar—. ¿Qué es lo que te pasa? Pareces enormemente preocupado por algo.

—No es nada en particular. Todo este espectáculo me pone malo.

Brett llegó a la barra.

—Hola, chicos.

—Hola, Brett —le respondí—. ¿Cómo es que no estás trompa?

—No me emborracharé nunca más. ¿No hay brandy y soda para los amigos?

Estaba de pie, con el vaso en la mano, y vi cómo la miraba Robert Cohn. Tenía el mismo aspecto que debía de tener su compatriota cuando vio la Tierra Prometida, aunque Cohn, desde luego, era mucho más joven. Sin embargo, tenía la misma mirada de ansiosa y fundada esperanza.

Brett era preciosa, llevaba un jersey ancho, una falda de tweed y el cabello peinado hacia atrás como un muchacho. Estaba hecha a base de curvas, como el casco de un yate de carreras, y el jersey de lana no disimulaba ninguna de ellas.

—Vienes con una buena pandilla, Brett —le dije.

—Son fantásticos, ¿verdad? Y tú, querido, ¿dónde la pescaste?

—En el Napolitain.

—¿Has pasado una buena velada?

—Sí, inigualable.

Brett se echó a reír.

—Has hecho mal, Jake. Es un insulto a todas nosotras. Mira a Frances y a Jo.

Esto en beneficio de Cohn.

—Es competencia desleal —dijo Brett, volviendo a reír.

—Estás maravillosamente sobria —observé.

—Sí, ¿verdad? Cuando uno va con una pandilla como la mía, se puede beber con tranquilidad.

La música comenzó a sonar de nuevo y Robert Cohn le preguntó:

—¿Quiere bailar conmigo, lady Brett?

Brett le dirigió una sonrisa.

—Le he prometido este baile a Jacob —rió—. Tienes un nombre verdaderamente bíblico, Jake.

—¿Y el siguiente? —insistió Cohn.

—Nos marchamos —respondió Brett—. Hemos quedado en Montmartre.

Mientras bailábamos miré por encima del hombro de Brett y vi a Cohn de pie junto a la barra y sin apartar la vista de ella.

—Has hecho una nueva conquista —le dije.

—No me hables. Pobre muchacho. No me había dado cuenta hasta este mismo momento.

—Bien —continué—, supongo que te gustará añadir uno más a la lista.

—No hables como un estúpido.

—Tú lo haces.

—¿Y qué?

—Nada —respondí.

Bailábamos al son de la música del acordeón a la que se había sumado un banjo. Hacía calor y yo estaba contento. Pasamos junto a Georgette que bailaba con otro de los jóvenes.

—¿Cómo se te ha ocurrido traerla aquí?

—No lo sé. Simplemente la he traído.

—Te estás volviendo de lo más romántico.

—No, aburrido.

—¿Ahora?

—No, ahora no.

—Vámonos de aquí. Cuidarán bien de ella.

—¿Quieres que nos vayamos?

—No lo diría si no quisiera.

Dejamos la pista y cogí el abrigo, que había dejado colgado en una percha de la pared, y me lo puse. Brett estaba junto a la barra y Cohn hablaba con ella. Me detuve un momento en la caja y pedí un sobre. La patrona encontró uno. Saqué un billete de cincuenta francos, lo metí en el sobre, lo cerré y se lo entregué a la dueña del local.

—Si la chica que ha venido conmigo pregunta por mí, ¿tendría la bondad de entregarle esto? —Pero añadí enseguida—: Si se va con alguno de esos caballeros me lo guardará, ¿verdad?

—*C'est entendu*, monsieur —dijo la dueña—. ¿Se marchan ya? ¿Tan pronto?

—Sí.

Nos dirigimos a la puerta. Cohn seguía hablando con Brett. Se despidió de él y se cogió a mi brazo.

—¡Buenas noches, Cohn! —me despedí.

Fuera, en la calle, buscamos un taxi.

—Vas a perder los cincuenta francos —me dijo Brett.

—Sí, claro.

—No hay taxis.

—Podemos ir andando hasta el Panthéon y tomar uno allí.

—Vamos a tomar una copa al bar más próximo y que nos llamen uno.

—Eres incapaz de cruzar una calle a pie.

—Así es, si puedo evitarlo.

Entramos en el primer bar que encontramos y envié al camarero a que nos buscara un taxi.

—Bien —le dije—, ya estamos lejos de todos ellos.

Estábamos de pie junto al alto mostrador de cinc del bar, sin hablar, mirándonos el uno al otro. Llegó el camarero y nos dijo que el taxi esperaba fuera. Brett me apretó la mano. Le di al camarero un franco y salimos.

—¿Adónde le digo que nos lleve? —le pregunté.

—Dile que nos dé una vuelta por cualquier sitio.

Le pedí al taxista que nos llevara al parc Montsouris, entré y cerré la portezuela con fuerza. Brett se había acomodado en el otro rincón del asiento con los ojos cerrados. Me senté a su lado. El automóvil se puso en marcha con un violento tirón.

—¡Oh, cariño, soy tan desgraciada...! —me dijo Brett.

Capítulo 4

El taxi ascendió por la colina, dejó atrás la plaza iluminada, volvió a la oscuridad sin dejar de subir, y después abandonó la cuesta para entrar en una calle en penumbra detrás de St. Etienne du Mont. Corría suavemente sobre el asfalto. Pasó los árboles y un autobús parado en la place de la Contrescarpe, después torció para circular sobre los adoquines de la rue Mouffetard. Había luces a ambos lados de la calle procedentes de los bares y de algunas tiendas que cerraban muy tarde. Íbamos sentados algo separados uno del otro y nos aproximamos al descender por la vieja calle. Brett se había quitado el sombrero. Tenía la cabeza echada hacia atrás. Vi su rostro con claridad cuando entramos en la avenue des Gobelins. La calle estaba cortada por obras y los obreros trabajaban en la calzada a la luz de unas lámparas de acetileno. El rostro de Brett era blanco y la larga línea de su cuello destacaba con la brillante luz de los faroles. De nuevo la calle se oscureció y la besé. Nuestros labios permanecieron juntos, apretados, pero ella se separó y se apretó contra el rincón del asiento, lo más lejos de mí que pudo. Se quedó allí con la cabeza gacha.

—No me toques —me dijo—. Por favor, no me toques.

—¿Qué te pasa?

—No lo soporto.

—¡Oh, Brett!

—No debes hacerlo. Tienes que hacerte cargo. No lo resisto, eso es todo. ¡Por favor, querido, entiéndelo!

—¿Es que no me quieres?

—¿Quererte? Simplemente es que me vuelvo de gelatina cuando me tocas.

—¿No podemos hacer nada para arreglarlo?

Se había erguido más en su asiento. Yo la tenía cogida por los hombros y ella se apoyaba en mí; nos quedamos callados, en calma. Me miraba a los ojos con ese modo de mirar tan peculiarmente suyo que llevaba a uno a preguntarse si realmente veía algo más allá de sus propios ojos. Sus ojos seguían mirando y mirando después de que todos los demás ojos del mundo dejaran de mirar. Miraba como si no hubiera nada en la tierra que no pudiera mirar del mismo modo, y en verdad la asustaban demasiadas cosas.

—Y no podemos hacer nada —dije.

—No lo sé —dudó—. No quiero volver a pasar ese mismo infierno de nuevo.

—Lo mejor que podemos hacer es mantenernos alejados el uno del otro.

—Pero yo tengo que verte, cariño. Tú no lo sabes todo.

—No, pero todo resulta como digo yo.

—Es culpa mía. ¿No pagamos siempre por todo lo que hemos hecho?

No había dejado de mirarme fijamente. Sus ojos tenían distintas profundidades, pero en ocasiones parecían planos. Sin embargo, en esos momentos uno podía penetrar hasta lo más hondo.

—¡Cuando pienso en lo mucho que he hecho sufrir a todos esos jóvenes! Ahora estoy pagando por todo.

—No hables como una estúpida —le reñí—. Además, lo que a mí me ha pasado se supone que debe ser divertido. Nunca pienso en ello.

—Oh, no. Espero que no lo hagas.

—Entonces dejemos de hablar de ello.

—Hasta en una ocasión me hizo gracia a mí. —Ahora no me miraba—. Un amigo de mi hermano vino a casa en esa situación, de Mons. Fue como un mal chiste. Los chicos nunca saben nada, ¿verdad?

—No —respondí—. Nadie sabe nada en absoluto.

Yo estaba bien enterado del tema. En alguna ocasión lo había considerado desde sus ángulos más diversos, incluyendo aquel desde el cual ciertas heridas o imperfecciones son objeto de diversión, pero siguen siendo algo muy serio para la persona que las sufre.

—Es divertido —comenté—. Muy divertido. Y también es muy divertido estar enamorado.

—¿Tú crees?

Sus ojos eran de nuevo planos, sin profundidad.

—No quiero decir divertido en ese sentido. Pero en cierto modo es un sentimiento alegre.

—No —repuso—. Yo creo que es el infierno en la tierra.

—Es bueno que nos sigamos viendo.

—No, no lo creo.

—¿No quieres que nos veamos?

—Más bien tengo la necesidad.

Estábamos sentados uno al lado del otro como dos extraños. A la derecha quedaba el parc Montsouris. El restaurante del vivero de truchas, desde el que se disfruta de una amplia vista del parque, estaba cerrado y a oscuras. El chófer volvió la cabeza.

—¿Adónde quieres ir? —pregunté.

Brett apartó la cabeza.

—¡Vamos al Select!

—¡Al café Select! —le dije al taxista—, en el bulevar de Montparnasse.

Fuimos allí directamente, dando la vuelta al Lion de Belfort que monta guardia en el camino de los tranvías de Montrouge. Brett tenía la mirada fija al frente. En el bulevar Raspail, cuando ya teníamos a la vista las luces de Montparnasse, Brett me dijo:

—¿Te importaría hacerme un favor?

—No seas tonta.

—Bésame otra vez antes de que lleguemos.

Cuando el taxi se detuvo salí y pagué. Brett bajó enseguida colocándose el sombrero. Me extendió la mano en el momento en que bajaba del coche. Temblaba.

—¿Qué te parece? ¿Tengo muy mala pinta?

Se colocó bien el sombrero de fieltro de caballero, y se dirigió al bar. Dentro, en la barra y en algunas mesas, estaban casi todos los conocidos que habían estado en el baile.

—¡Hola, amigos! —saludó Brett—. Voy a tomar una copa.

—¡Oh, Brett, Brett! —El pequeño retratista griego que se jactaba de ser duque y al que todo el mundo llamaba Zizi se abrió paso hasta llegar a su lado—. Tengo algo bueno que decirte.

—¡Hola, Zizi! —respondió Brett.

—Quiero que conozcas a un amigo —le dijo Zizi. Un hombre gordo se acercó a ellos—. El conde Mippipopolous. Te presento a mi amiga lady Ashley.

—¿Cómo está usted? —lo saludó Brett.

—¿Milady lo pasa bien en París?

El conde Mippipopolous lucía un diente de alce en la cadena de su reloj de bolsillo.

—Muy bien.

—París es una ciudad fantástica —comentó el conde—, pero supongo que también lo pasará bien en Londres.

—Oh, sí —dijo Brett—, estupendamente.

Braddocks me llamó desde una de las mesas.

—Barnes —me dijo—, tómate una copa. Tu chica se ha metido en una buena bronca.

—¿Por qué?

—Por algo que le dijo la hija de la dueña del baile. Una buena bronca. Estuvo espléndida, ¿sabes? Sacó su tarjeta amarilla* y le pi-

* Una identificación obligatoria en aquellos días para las profesionales de la prostitución. *(N. del T.)*

dió a la hija de la dueña que le enseñara la suya. Una buena bronca, te lo digo yo.

—¿Cómo ha terminado?

—Alguien se la ha llevado a casa. No estaba mal la chica. Un supremo dominio del idioma. Quédate y tómate una copa.

—No —respondí—. Tengo que marcharme. ¿Has visto a Cohn?

—Se ha ido a casa con Frances —intervino la señora Braddocks.

—Pobre muchacho, parece muy deprimido —comentó el marido.

—Me temo que lo está de verdad —subrayó su esposa.

—Tengo que marcharme. —Y me despedí—: ¡Buenas noches!

Le dije adiós a Brett en la barra. El conde estaba invitando a champán.

—¿Quiere tomar una copa de vino con nosotros, caballero? —me preguntó.

—No, muchas gracias. Tengo que irme.

—¿Te vas de verdad? —quiso saber Brett.

—Sí, me duele mucho la cabeza.

—¿Te veré mañana?

—Ven a mi oficina.

—Será difícil.

—Bueno, ¿dónde podré verte entonces?

—Donde quieras a eso de las cinco de la tarde.

—Quedemos en la otra orilla, ¿de acuerdo?

—Bueno. Te espero a las cinco en el Crillon.

—Intenta estar allí.

—No te preocupes —dijo Brett—. ¿Te he dado plantón alguna vez?

—¿Sabes algo de Mike?

—Hoy he tenido carta.

—Buenas noches, caballero —me despidió el conde.

Salí a la calle y caminé por la acera en dirección al bulevar St. Michel dejando atrás las mesas de la Rotonde, todavía llenas de gente. Miré al otro lado de la calle. Las mesas de la terraza del Dôme ocupaban toda la acera. Desde una de ellas alguien me llamó agitando la mano. No sabía quién era y continúe mi camino. Quería irme a casa. El bulevar Montparnasse estaba desierto. Lavigne había cerrado ya y estaban retirando las mesas en la puerta de la Closerie des Lilas. Pasé junto a la estatua de Ney que se levantaba entre los castaños de hojas nuevas. En el pedestal había una corona púrpura ya marchita. Me detuve a leer la inscripción: DE LOS GRUPOS BONAPARTISTAS, y una fecha que he olvidado. El mariscal Ney tenía muy buen aspecto con sus botas altas, blandiendo la espada entre las verdes hojas nuevas de los castaños silvestres. Mi apartamento estaba exactamente al otro lado de la calle, un poco más abajo por el bulevar St. Michel.

Había luz en la portería, llamé a la puerta y la portera me entregó la correspondencia. Le di las buenas noches y subí a casa. Había dos cartas y algunos documentos que leí a la luz de gas del comedor. Las cartas procedían de Estados Unidos. Una de ellas era un balance bancario que indicaba un saldo de 2.432,60 dólares. Tomé el talonario de cheques, deduje los cuatro cheques que había extendido desde primeros de mes y vi que me quedaba un saldo de 1.832,60 dólares, cantidad que escribí en la parte de atrás del balance. La otra carta era una participación de boda. El señor Aloysius Kirby y señora me anunciaban el matrimonio de su hija Katherine. Yo no conocía ni a la novia ni al hombre que se casaba con ella. Por lo visto estaban invadiendo la ciudad con sus participaciones de boda como si fueran circulares. Era un nombre ridículo y gracioso, y yo estaba convencido de que recordaría un nombre como aquél: Aloysius. Era un buen nombre católico. Había un escudo en la participación. Como Zizi, el duque griego, y aquel conde, un tipo divertido, Brett también tenía título: lady Ashley. Que se vaya al diablo. ¡Vete al diablo, lady Ashley!

Encendí la lámpara que había junto a la cama y apagué la de gas del comedor. Abrí los ventanales. La cama estaba alejada de las ventanas y yo me senté desnudo sobre ella. Fuera, un tren nocturno pasó cargado de verduras, circulando por la vía del tranvía en dirección a los mercados. Hacía mucho ruido en las noches de insomnio. Me contemplé desnudo en el espejo del gran armario situado junto a la cama. Un modo típicamente francés de amueblar un dormitorio. Muy práctico, supongo. De todas las formas en que uno puede ser herido, la mía era la más ridícula. Me puse el pijama y me metí en la cama. Había recibido dos revistas de toros y les quité las fajas. Una de color naranja, la otra amarilla. Las dos revistas traerían las mismas noticias, de modo que la primera que leyera me estropearía la lectura de la otra. *Le Toril* era la mejor, así que empecé por ella. La leí entera, de cabo a rabo, incluyendo la *Petite Correspondance* y los Cornigramas. Apagué la lámpara. Tal vez conseguiría dormir.

Mi cabeza comenzó a trabajar. La vieja queja de siempre. Una forma asquerosa de ser herido y sobre todo si ocurrió en un frente de chiste, como el italiano. En el hospital italiano íbamos a formar una sociedad con un ridículo nombre en italiano. Me preguntaba qué habría sido de los demás, los italianos. Eso fue en el Ospedale Maggiore de Milán, Padiglione Ponte. El edificio contiguo era el Padiglione Zonda. Había una estatua de Ponte, o quizá de Zonda. Fue allí donde vino a visitarme el coronel de enlace. Fue divertido. La primera cosa divertida que me ocurrió. Yo estaba todo envuelto en vendas, pero se lo habían dicho, puesto que hizo aquel maravilloso discurso: «Usted, un extranjero, un inglés —para él todo extranjero era inglés—, ha dado algo más que su vida». ¡Vaya un discurso! Me gustaría tenerlo ilustrado para colgarlo en mi despacho. No se rió ni una sola vez. Supongo que se ponía en mi lugar. *«Che mala fortuna! Che mala fortuna!»*

Creo que nunca llegué a darme por aludido. Trataba de acostumbrarme a la idea, y sobre todo a no crear problemas a nadie. Posiblemente yo mismo nunca los hubiera tenido si no me hubiera encontrado con Brett cuando decidieron embarcarme para Inglaterra. Supongo que Brett simplemente quiso aquello que no podía tener. Bueno, la gente es así. Al diablo la gente. La Iglesia católica tiene un estupendo procedimiento para manejar esos asuntos. No pensar en ello. ¡Oh, es un consejo estupendo! Traten de seguirlo de vez en cuando. ¡Inténtenlo!

Estaba tumbado, despierto, pensando y con la mente dando saltos. No podía mantenerme al margen del asunto y comencé a pensar en Brett, entonces todo lo demás se desvaneció. Empecé a pensar en Brett y mi mente dejó de saltar y comenzó a fluir como una especie de oleaje suave. Entonces, de repente, comencé a llorar. Al cabo de un rato me encontraba mejor y me puse a escuchar el ruido de los pesados tranvías que circulaban sin cesar calle abajo; luego me quedé dormido.

Me desperté. Fuera había una discusión. Presté atención y creí reconocer una voz. Me puse un batín y me dirigí a la puerta. La portera hablaba al final de la escalera. Estaba muy enfadada. Oí mi nombre y la llamé:

—¿Es usted, monsieur Barnes? —preguntó la portera desde abajo.

—Sí, soy yo.

—Aquí abajo hay una especie de mujer que ha despertado a toda la calle. ¡Qué poca consideración a estas horas de la noche! Dice que tiene que verlo. Le he dicho que estaba durmiendo.

Entonces oí la voz de Brett. Hasta entonces, medio dormido, había pensado que se trataba de Georgette. No sé por qué, puesto que en ningún caso podía saber mi dirección.

—¿Quiere hacer el favor de dejarla subir?

Brett subió las escaleras. Vi que estaba un poco borracha.

—He hecho una tontería —dijo—. Y he armado un gran escándalo. Le dije que no estabas durmiendo. ¿Verdad que no dormías?

—¿Qué pensabas que estaba haciendo?

—No lo sé. ¿Qué hora es?

Miré el reloj. Eran las cuatro y media.

—No tenía idea de la hora que era —me explicó Brett—. ¿Tienes una silla para una amiga? No te enfades, cariño. Acabo de dejar al conde. Fue él quien me trajo aquí.

—¿Qué clase de persona es?

Fui a buscar brandy, soda y vasos.

—Sólo un poco —indicó Brett—. No trates de emborracharme. ¿El conde? Es uno de los nuestros.

—¿Es realmente conde?

—Buena pregunta. Podría serlo. Yo creo que sí, ¿sabes? O al menos merece serlo. Conoce muy bien a la gente. Está enterado de todo, aunque no sé cómo. Es dueño de una cadena de confiterías en Estados Unidos.

Bebió un sorbo.

—Me parece que la llamó cadena. Algo así. Todas enlazadas. Me explicó un poco de qué va. Resulta muy interesante. Sin embargo, es uno de los nuestros. ¡Sí, seguro! No hay duda. Eso se ve enseguida.

Bebió otro poco.

—¿Qué voy a hacer respecto a todo este asunto? A ti no te importa, ¿verdad? Está ayudando a Zizi, ¿sabes?

—¿Zizi también es realmente duque?

—No me extrañaría. Es griego, ya sabes. Y un pintor terrible. Me gusta más el conde.

—¿Adónde has ido con él?

—Hemos estado en todas partes. Acaba de traerme aquí. Me ha ofrecido diez mil dólares si me iba a Biarritz con él. ¿Cuánto es eso en libras?

—Unas dos mil.

—Mucho dinero. Le he dicho que no podía. Se ha mostrado muy comprensivo y amable. Le he dicho que conozco a demasiada gente en Biarritz.

Brett se echó a reír.

—Me parece que bebes muy despacio —me dijo.

No había hecho más que mojar los labios en el vaso, así que me bebí un buen trago.

—Así está mejor. Muy divertido —dijo Brett—. Después quería que me fuera a Cannes con él. Le he dicho que conocía a demasiada gente en Cannes. Montecarlo. Le he dicho que conocía a demasiada gente en Montecarlo. Le he dicho que conocía a demasiada gente en todas partes. Además es verdad. Así que le he pedido que me trajera aquí.

Me miró con una mano sobre la mesa y la otra alzada sosteniendo el vaso.

—No me mires de ese modo —protestó—. Le he dicho que estaba enamorada de ti; lo cual también es verdad. No me mires así. Lo ha comprendido y ha estado muy amable. Quiere que vayamos a cenar con él mañana por la noche. ¿Quieres?

—¿Por qué no?

—Ahora creo que debo irme.

—¿Por qué?

—Sólo quería verte. ¡Menuda tontería! ¿Quieres vestirte y bajar? Tiene el coche abajo, en la calle.

—¿El conde?

—El mismo. Y un chófer de librea. Quiere llevarme a dar un paseo y a desayunar en el Bois. Un picnic. Lo ha comprado todo en Zelli's. Docenas de botellas de champán, del mejor: Mumms. ¿No te animas?

—Tengo que trabajar mañana por la mañana —le dije—. Además ahora estoy muy por debajo de vuestro nivel de euforia, no sería nada divertido.

—No seas burro.

—No, no puedo.

—Está bien. ¿No le envías cariñosos saludos?

—Todo lo que tú quieras. Absolutamente todo.

—Buenas noches, cariño.

—No te pongas sentimental.

—Me pones mala.

Le di un beso de despedida y noté que su cuerpo se estremecía.

—Vale más que me vaya —repitió—. ¡Buenas noches, cariño!

—No tienes que irte.

—Sí.

Nos besamos de nuevo en las escaleras. Tiré del cordón de la portería y oí que la portera murmuraba algo detrás de la puerta cerrada. Subí de nuevo a casa y desde la ventana abierta contemplé a Brett andando por la calle en dirección al gran automóvil, una limusina aparcada bajo la luz de un farol. Entró en el coche y éste se puso en marcha. Me aparté de la ventana. Sobre la mesa había un vaso vacío y otro medio lleno de brandy con soda. Los cogí y me los llevé a la cocina donde vacié en el fregadero el que aún estaba lleno. Apagué la luz de gas del comedor. Me senté en el borde de la cama, me quité las zapatillas y me metí dentro. Ésta era Brett, la Brett que me había hecho llorar. Después pensé en ella andando por la calle y entrando en el coche, como la había visto hacer y, naturalmente, al cabo de un rato volví a sentirme destrozado. Es facilísimo sentirse duro como una piedra ante cualquier circunstancia durante el día, pero por la noche es otra cosa.

Capítulo 5

A la mañana siguiente descendí por el bulevar hasta la rue Soufflot para tomar un café y un *brioche*. Hacía una mañana deliciosa. Los castaños silvestres de los jardines de Luxemburgo estaban en flor. Se notaba aquella agradable sensación que vaticina un día caluroso. Leí los periódicos mientras tomaba el café y me fumaba un cigarrillo. Las floristas regresaban del mercado y preparaban sus puestos. Los estudiantes pasaban camino de la facultad de derecho o hacia la Sorbona. El bulevar estaba muy animado con los tranvías y la gente que iba camino de su trabajo. Tomé un autobús hasta la Madeleine y me quedé de pie en la plataforma posterior. Desde la Madeleine caminé por el bulevar des Capucines hasta la Ópera y desde allí a mi oficina. Pasé junto al hombre de las ranas saltarinas y al vendedor de boxeadores de juguete. Me tuve que apartar para no enredarme en las cuerdas con las que la ayudante manipulaba los muñecos. La chica parecía ausente, sosteniendo las cuerdas con las manos unidas. El hombre trataba de convencer a dos turistas para que le compraran. Otros tres turistas más se detuvieron a mirar los juguetes. Dejé atrás a un hombre que llevaba una especie de rodillo giratorio que estampaba la palabra CINZANO con tinta de imprenta sobre la acera. Estaba rodeado de gente que se dirigía al trabajo y me sentí contento por ser uno de ellos. Crucé la avenida y subí al despacho.

Una vez arriba me puse a leer los periódicos franceses de la mañana mientras me fumaba un pitillo; luego me senté detrás de la máquina de escribir y saqué adelante un buen trabajo matutino. A las once tomé un taxi y me dirigí al quai d'Orsay donde me encontré con casi una docena de corresponsales reunidos con el portavoz del Ministerio de Asuntos Exteriores, un joven diplomático de la Nouvalle Revue Française con gruesas gafas de montura de concha que contestó a nuestras preguntas durante media hora. El presidente del gobierno estaba en Lyon pronunciando un discurso, o mejor dicho, ya estaba camino de París. Algunos hicieron preguntas sólo por el gusto de escucharse a sí mismos; hubo también un par de preguntas hechas por los periodistas de agencias que sí querían saber las respuestas. No había ninguna novedad. A la vuelta del quai d'Orsay compartí un taxi con Woolsey y Krum.

—¿Qué haces por las noches, Jake? —me preguntó Krum—. No se te ve el pelo por ninguna parte.

—Bueno, suelo ir al Barrio.

—Yo también suelo ir al Barrio alguna que otra vez. Al Dingo. Es un sitio estupendo, ¿no te parece?

—Sí. Y también ese sitio nuevo que se ha puesto de moda, el Select.

—Alguna vez he tenido intención de ir —dijo Krum—. Pero ya sabes cómo son las cosas cuando se tiene mujer e hijos.

—¿No juegas al tenis? —le preguntó Woolsey.

—No, no —dijo Krum—. Me parece que no he jugado en todo el año. He tratado de hacerlo, pero casi todos los domingos llueve y las pistas siempre están hasta los topes.

—Los ingleses tienen los sábados libres —se lamentó Woolsey.

—¡Dichosos ellos! —exclamó Krum—. Bien, pronto llegará el día en que dejaré de trabajar para una agencia. Entonces tendré tiempo suficiente para ir al campo.

—Eso es lo que hay que hacer. Vivir en el campo y comprarse un coche pequeño para ir y venir.

—Yo ya he estado pensando en ello, creo que lo compraré el año que viene.

Golpeé en el cristal que nos separaba del conductor y el taxi se detuvo.

—Ésta es mi calle —les dije—. Venid a tomar una copa.

—¡Gracias, viejo! —me respondió Krum.

Woolsey movió la cabeza negativamente.

—Tengo que pasar en limpio las noticias de la mañana.

Puse una moneda de dos francos en la mano de Krum.

—Estás loco, Jake —protestó—. El taxi corre de mi cuenta.

—Lo paga la empresa de todos modos —insistí.

—No importa. Yo lo pagaré.

Me despedí agitando la mano. Krum asomó la cabeza por la ventanilla.

—Nos veremos el miércoles en el almuerzo.

—Hasta entonces.

Tomé el ascensor para subir a mi despacho. Robert Cohn me estaba esperando.

—¡Hola, Jake! —me saludó—. ¿Vas a salir a comer?

—Sí. Déjame ver si hay alguna novedad.

—¿Adónde quieres que vayamos?

—A cualquier parte.

Revisé mi mesa por si había algo nuevo.

—¿Adónde quieres ir?

—¿Qué te parece Wetzel's? Tienen unos entremeses estupendos.

En el restaurante pedimos entremeses y cerveza. El *sommelier* nos trajo las jarras frías y llenas hasta el borde. Los entremeses eran muy variados.

—¿Lo pasaste bien anoche? —le pregunté.

—No, qué va.

—¿Cómo marcha tu libro?

—Mal. No consigo acabar mi segunda obra.

—Eso le suele pasar a todo el mundo.

—Sí, claro, pero de todos modos me preocupa.
—¿Sigues pensando en lo de ir a Sudamérica?
—Estoy decidido a hacerlo.
—¿Por qué no te pones en marcha ya?
—Frances.
—¡Vaya! —le dije—. ¡Llévatela!
—No creo que le gustara. No es eso lo que le gusta. Siempre quiere estar rodeada de conocidos.
—Mándala al diablo.
—No puedo. Tengo ciertas obligaciones para con ella.
Apartó a un lado los pepinillos en rodajas y tomó un arenque en vinagre.
—¿Qué sabes de lady Brett Ashley, Jake?
—Se llama lady Ashley. Brett es el nombre de pila. Es buena chica —le expliqué—. Está esperando el divorcio para casarse con Mike Campbell, que ahora está en Escocia. ¿Por qué?
—Es una mujer extraordinariamente atractiva.
—¿Verdad que sí?
—Tiene clase, categoría, cierta delicadeza. Da la impresión de ser una chica honesta y absolutamente correcta.
—Sí, es muy agradable.
—No sé cómo describirla —insistió Cohn—. Es algo especial, supongo que es cuestión de educación.
—Parece que te gusta mucho.
—Así es. No me sorprendería que me estuviera enamorando de ella.
—Es una borracha —le corté—. Está enamorada de Mike Campbell y va a casarse con él. Mike será multimillonario uno de estos días.
—No creo que llegue a casarse con él.
—¿Por qué no?
—No lo sé, pero no lo creo. ¿La conoces desde hace mucho?
—Sí —le respondí—. Era voluntaria de la Cruz Roja durante la guerra. La conocí en el hospital.

—Debía de ser una niña…

—Tiene ya treinta y cuatro años.

—¿Cuándo se casó con Ashley?

—Durante la guerra. Su verdadero amor acababa de morir de disentería.

—Hablas como si estuvieras resentido.

—Lo siento. No era ésa mi intención. Sólo intentaba contarte los hechos.

—No la creo capaz de casarse con alguien a quien no quiera.

—Bueno, pues lo ha hecho dos veces —le dije.

—No lo creo.

—Está bien. No me hagas un montón de preguntas tontas si no te gustan mis respuestas.

—Yo no te he preguntado esas cosas.

—Me has preguntado qué sabía de Brett Ashley.

—No te he dicho que la insultaras.

—¡Vete al infierno!

Se levantó de un salto, con el rostro lívido, y se quedó allí, pálido y furioso, detrás de los platitos de entremeses.

—Siéntate —le dije—. No seas tonto.

—Tienes que retirar lo que has dicho.

—Vamos, deja esas tonterías de adolescente.

—Retira lo que has dicho.

—Claro, hombre. Todo lo que he dicho. Jamás he oído hablar de Brett Ashley. ¿Es eso lo que quieres?

—No, no es eso. Lo que has dicho de que me vaya al infierno.

—Está bien —lo apacigüé—. No te vayas al infierno. ¡Quédate donde estás! Vamos, siéntate. Estamos empezando a comer.

Cohn sonrió de nuevo y tomó asiento. Parecía satisfecho de volver a sentarse. ¿Qué hubiera hecho si no hubiera vuelto a sentarse?

—Dices unas cosas muy insultantes, Jake.

—Lo siento. Tengo mala lengua. Nunca siento lo que dig[illegible] cosas desagradables.

—Ya lo sé —asintió Cohn—. Eres mi mejor amigo, Jake.

¡Que Dios te ayude!, pensé.

—Olvida lo que te he dicho —dije en voz alta—. Lo siento.

—Está bien. No te preocupes. Ya se me ha pasado.

—Bueno, comamos algo más.

Cuando terminamos de comer nos dirigimos al café de la Paix. Mientras tomábamos café me di cuenta de que Cohn quería volver a hablar de Brett, pero lo aparté del tema. Hablamos de varias cosas y lo dejé para regresar a la oficina.

Capítulo 6

A las cinco estaba en el hotel Crillon esperando a Brett. No había llegado y me senté a escribir unas cartas mientras la esperaba. No eran nada interesantes, pero pensé que el membrete del lujoso hotel las haría más agradables. Brett no apareció, así que a eso de las seis menos cuarto me levanté y me dirigí al bar para tomar un Jack Rose con George, el barman. Brett tampoco había estado en el bar. Volví a mirar en el vestíbulo a la salida, tomé un taxi y me dirigí al café Select. Al cruzar el Sena vi cómo remolcaban una fila de barcazas vacías río abajo. Se deslizaban con rapidez y los barqueros, situados en la proa, llevaban las pértigas a punto cuando se aproximaban al puente. El río tenía un aspecto agradable. Siempre resultaba un placer cruzar los puentes de París.

El taxi dio la vuelta a la estatua del inventor del semáforo, enfiló el bulevar Raspail y yo me eché hacia atrás, cómodamente, para pasar esa parte del recorrido. El bulevar Raspail siempre resultaba deprimente. Era como cierto trecho entre Fontainebleau y Monterau que siempre me hacía sentir mortalmente aburrido y deprimido hasta que lo dejaba atrás. Supongo que debe de tratarse de una especie de asociación de ideas lo que nos lleva a aburrirnos mortalmente durante algunos trayectos de nuestros viajes. En París hay también otras calles tan feas y desalentadoras como el bulevar Raspail. Es una calle por la que no me importa caminar, pero que no soporto si la paso en coche. Es posible que eso se deba a algo que haya leído en alguna ocasión.

Robert Cohn pensaba así de todo París. A menudo me preguntaba de dónde provenía aquella incapacidad de Cohn para disfrutar de París. Posiblemente se le había contagiado de Mencken. Mencken odia París, me parece. Y son muchos los jóvenes que siguen a Mencken para decidir lo que les gusta y lo que no les gusta.

El taxi se detuvo frente a la Rotonde. Cuando se le pide a un taxista que lo lleve a uno a algún café de Montparnasse desde la orilla derecha del Sena, siempre se detiene delante de la Rotonde. Quizá dentro de diez años paren frente al Dôme. De todos modos la distancia no era grande, así que pasé junto a las mesas de la terraza de la Rotonde hasta llegar al Select. Había bastante gente dentro, en la barra; fuera, sentado solo, estaba Harvey Stone. Tenía un montón de platitos delante, y no se había afeitado.

—Siéntate —me dijo—. Te he estado buscando.

—¿Qué pasa?

—Nada. Sólo que quería verte.

—¿Has estado en las carreras?

—No. Desde el domingo no voy.

—¿Sabes algo de Estados Unidos?

—Nada, absolutamente nada.

—Bien, ¿qué es lo que pasa, hombre?

—No lo sé. No quiero saber nada de ellos, no quiero saber absolutamente nada. —Se inclinó hacia delante y me miró a los ojos—. ¿Quieres saber algo, Jake?

—Sí.

—Llevo cinco días sin probar bocado.

Reflexioné y rápidamente hice mis cálculos mentales. Sólo hacía tres días que Harvey me había ganado doscientos francos al póquer de dados en el bar New York.

—¿Por qué? ¿Qué te pasa?

—Estoy sin dinero. No me ha llegado. —Hizo una pausa—. Te digo que es algo extraño, Jake. Cuando estoy en esta situación me gusta estar solo. En mi habitación. Soy como un gato.

Me metí la mano en el bolsillo.

—¿Te servirían de algo cien francos, Harvey?

—Sí.

—Venga, vamos a comer.

—No hay prisa. Toma una copa.

—Mejor vamos a comer.

—No. Cuando me encuentro en una situación como ésta, no me importa si como o no.

Nos tomamos una copa. Harvey colocó mi platito junto a los suyos.

—¿Conoces a Mencken, Harvey?

—Sí. ¿Por qué?

—¿Cómo es?

—Un buen chico. Dice cosas raras de vez en cuando. La última vez que cené con él hablamos de Hoffenheimer. «La pega está —me dijo— en que le gusten tanto las faldas.» No está mal, ¿verdad?

—No, no está mal.

—Está acabado —continuó Harvey—. Ha escrito ya sobre todo lo que sabe, y ahora está escribiendo sobre algo de lo que no tiene ni idea.

—Supongo que es un buen escritor. Pero yo no puedo leerlo —le dije.

—Ya no lo lee nadie —añadió Harvey—, excepto los que leían el boletín del instituto Alexander Hamilton.

—¡Bueno, tampoco estaba mal!

—Cierto.

Permanecimos sentados reflexionando profundamente durante algún tiempo.

—¿Otro oporto?

—Bueno —accedió Harvey.

—Ahí viene Cohn —le dije.

En efecto, Robert Cohn cruzaba la calle.

—Ese bobo —comentó Harvey.

Cohn se acercó a nuestra mesa.

—¡Hola, chicos! —nos saludó.

—¡Hola, Robert! —respondió Harvey—. Le estaba diciendo a Jake que eres un bobo.

—¿Qué quieres decir?

—Explícanoslo tú ahora mismo. No pienses. ¿Qué harías si pudieras hacer todo lo que quisieras?

Cohn comenzó a reflexionar.

—No lo pienses. Dilo tal y como se te ocurra.

—No lo sé —explicó Cohn—. Bueno, ¿a qué viene todo esto?

—Quiero saber qué te gustaría hacer. Lo primero que te venga a la cabeza. No importa que sea una tontería.

—No lo sé —dudó Cohn—. Me gustaría volver a jugar al fútbol americano ahora que sé controlarme.

—Te había juzgado mal —intervino Harvey—. No eres un bobo. Sólo un caso de retraso evolutivo.

—Pero qué gracioso eres, Harvey —le amenazó Cohn—. Un día alguien te romperá la cara.

Harvey Stone se echó a reír.

—Eso es lo que tú crees. Pero nadie lo hará. Porque saben que no me importaría en absoluto. No soy un luchador.

—¡Vaya si te importaría si alguien te diera un buen puñetazo!

—No, no me importaría en absoluto. Aquí es donde cometes una gran equivocación. Porque no eres inteligente.

—¡Deja ya de meterte conmigo!

—¡Claro, claro! —le respondió Harvey—. No me importa. La verdad es que tú para mí no eres más que un cero a la izquierda.

—¡Vamos, Harvey, déjalo ya! —intervine—. Toma otro oporto.

—No —me respondió—. Me voy a comer por ahí. Hasta luego, Jake.

Se alejó calle abajo. Observé cómo cruzaba la calle sorteando los taxis, pequeño, pesado, lento y seguro de sí mismo en medio del tráfico.

—Me saca de quicio —se quejó Cohn—. No lo soporto.

—A mí me cae bien —le dije—. Lo aprecio. No deberías enfadarte con él.

—Lo sé —aceptó Cohn—, pero me ataca los nervios.

—¿Has escrito algo esta tarde?

—No. No he podido empezar. Es más difícil que mi primer libro. Me cuesta muchísimo escribir algo.

El engreimiento que trajo a su regreso de Estados Unidos al comienzo de la primavera había desaparecido. Entonces estaba seguro de su obra, sólo afectado por aquellos deseos personales de aventuras. Ahora la seguridad había desaparecido. En cierto modo, tengo la sensación de no haber sabido describir exactamente a Cohn. Creo que eso es debido a que hasta el momento en que se enamoró de Brett, jamás le había oído hacer una observación que lo distinguiera de los demás. Era agradable verlo en la pista de tenis, tenía buen tipo y se mantenía en forma; sabía utilizar las cartas cuando jugaba al bridge y mostraba la agradable simpatía de un joven universitario a punto de terminar sus estudios. En medio de una muchedumbre, nada en él habría llamado la atención. Solía llevar ese tipo de camisas que llamábamos «polos» en nuestros tiempos de estudiantes y quizá aún sigan llamándose así, pero no era uno de esos tipos que las utilizan adrede para parecer más jóvenes. No creo que pensara mucho en la ropa que usaba. En su aspecto externo había sido formado en Princeton. Interiormente había sido moldeado por las dos mujeres que lo habían amaestrado. Poseía una especie de encanto juvenil, alegre y sano, que nadie le había podido arrebatar, y que probablemente no he mencionado. Le gustaba ganar cuando jugaba al tenis. Seguramente le gustaba ganar al menos tanto como a Lenglen, pongo por caso; pero, por otra parte, no se enfadaba si le vencían. Cuando se enamoró de Brett su capacidad tenística se vino abajo y acabó perdiendo con gente que poco antes jamás hubiera tenido la menor oportunidad de ganarle. Y no se disgustaba en absoluto por ello.

Bueno, de todos modos estábamos sentados en la terraza del café Select y Harvey Stone acababa de cruzar la calle.

—Vamos al Lilas —le dije.

—He quedado.

—¿A qué hora?

—Aquí a las siete y cuarto, con Frances.

—Ahí llega.

Frances Clyne estaba cruzando la calle y se dirigía hacia nosotros. Era una chica muy alta que andaba contoneándose más de la cuenta. Me saludó agitando la mano y nos sonrió. La observamos mientras cruzaba la calle.

—¡Hola! —saludó—. Me alegro mucho de que estés aquí, Jake. Hace tiempo que quiero hablar contigo.

—¡Hola, Frances! —dijo Cohn sonriente.

—Ah... hola, Robert. ¿Estás aquí? —siguió hablando con rapidez—. He pasado un rato horrible. Éste —señaló con la cabeza a Cohn— no ha venido a casa a comer.

—Ya sabías que no iría.

—Sí, yo lo sabía. Pero no le dijiste nada a la cocinera. Yo tenía una cita y Paula no estaba en la oficina, así que me fui al Ritz a esperarla... Naturalmente no se presentó... y yo no tenía bastante dinero para almorzar en el Ritz...

—¿Qué has hecho?

—¿Qué iba a hacer? Marcharme, naturalmente. —Hablaba como tratando de hacer una imitación divertida—. Yo siempre acudo a mis citas, cosa que hoy nadie hace. Debería saberlo ya. Y tú, ¿cómo estás, Jake?

—Bien.

—Vaya chica que llevaste al baile, y después la dejas para irte con la otra, esa Brett.

—¿No te gusta? —le preguntó Cohn.

—Me parece encantadora. ¿A ti no?

Cohn no respondió.

—Mira, Jake, quisiera hablar contigo. ¿Vienes un momento al Dôme? Tú te quedas aquí, ¿verdad, Robert? ¡Vamos, Jake!

Cruzamos el bulevar Montparnasse y nos sentamos a una de las mesas de la terraza. Un chiquillo pasó con el *Paris Times* y compré un ejemplar que empecé a hojear.

—¿Qué es lo que pasa, Frances?

—¡Oh, nada! Salvo que quiere abandonarme —me respondió.

—¿Qué quieres decir?

—Le dijo a todo el mundo que íbamos a casarnos y yo se lo dije a mi madre y a todos... Y ahora no quiere hacerlo.

—¿Cómo es eso?

—Ha decidido que no ha vivido aún lo suficiente. Yo ya sabía que iba a suceder algo así cuando se fue a Nueva York.

Alzó la vista, con los ojos muy brillantes, y trató de dar a su voz un tono intrascendente.

—No me casaré con él si no me lo pide. Naturalmente ahora no me casaría con él por nada del mundo. Me parece que sería ya un poco tarde, después de estos tres años de espera y ahora que acaban de darme el divorcio.

No le respondí nada.

—Habíamos decidido celebrarlo, pero en vez de eso sólo tenemos disgustos y discusiones. Es algo infantil. Tenemos escenas muy desagradables y llora y me pide que sea razonable, pero me dice que no puede hacerlo, eso es todo.

—Mala suerte.

—Sí, desde luego. He perdido dos años y medio con él. Ya no sé si encontraré a un hombre que quiera casarse conmigo. Hace dos años hubiera podido casarme con quien hubiera querido, allí, en Cannes. Todos los viejos que deseaban casarse con alguien chic y establecerse estaban locos por mí. Ahora los he perdido a todos.

—Estoy seguro de que podrías casarte con quien quisieras.

—No, no lo creo. Y además le quiero. Siempre he querido tener hijos. Pensaba que los llegaríamos a tener. —Me miró intensamente—. Los niños nunca me han gustado demasiado, pero no quiero pensar que jamás llegaré a tenerlos. Siempre he pensado que los tendría y llegaría a quererlos.

—Él ha tenido hijos.

—Sí, tiene hijos, y tiene dinero, y tiene una madre rica, y ha escrito un libro, y nadie quiere publicar mis cosas, nadie en absoluto. Tampoco son malas. Y yo no tengo ni un céntimo. Podría haber conseguido una pensión, pero quise obtener el divorcio lo antes posible. —Volvió a mirarme con ojos brillantes—. Eso no es justo. Es culpa mía y al mismo tiempo no lo es. Debía haberlo pensado antes. Y cuando le digo todas estas cosas, se limita a llorar y a decirme que no puede casarse. ¿Por qué no puede casarse? Sería una buena esposa, soy una persona de trato fácil. Lo dejo a su aire. Pero todo esto no me sirve de nada.

—Es una vergüenza.

—Sí, una asquerosa vergüenza. Pero no vale la pena hablar de ello, ¿no es eso? Bien, vamos, volvamos al café.

—Claro está, yo no puedo hacer nada...

—No. No le digas que he hablado contigo de esto. Sé lo que quiere. —Entonces, por vez primera, perdió su aire enérgico y alegre—. Quiere volver a Nueva York solo, para estar allí cuando se publique su libro, es decir, cuando haya un grupo de chavalas a su alrededor a las que el libro les guste. Eso es lo que quiere.

—Es posible que el libro no tenga éxito. No creo que él sea así, no lo creo.

—Tú no lo conoces como yo, Jake. Eso es lo que quiere, puedes creerlo. Lo sé. Lo sé. Ésa es la razón por la que no quiere casarse. Quiere tener un gran éxito este otoño y disfrutarlo solo.

—¿Quieres volver al café?

—Sí. Vamos.

Nos levantamos de la mesa. No nos habían servido nada y comenzamos a cruzar la calle en dirección al Select, donde Cohn seguía sentado. Nos sonrió desde el otro lado de la alta mesa de mármol.

—Vaya, ¿a quién sonríes? —le preguntó Frances—. ¿Estás contento?

—Os sonreía a ti y a Jake, con vuestros secretos.

—Lo que le he contado a Jake no es ningún secreto, sino algo que todo el mundo sabrá muy pronto. Sólo quería darle a Jake una versión honesta del asunto.

—¿De qué?, ¿de tu viaje a Inglaterra?

—Sí, de mi viaje a Inglaterra. ¡Oh, Jake, he olvidado decirte que voy a ir a Inglaterra!

—Es estupendo, ¿verdad?

—Sí. Así es como suele hacerse en las mejores familias. Robert me manda allí. Me dará doscientas libras y yo podré visitar a los amigos. ¿No es maravilloso? Pero los amigos no están enterados todavía. —Se volvió a Cohn y le sonrió. Él ya no sonreía—. Solamente pensabas darme cien libras, ¿no es así, Robert? Pero le obligué a darme doscientas. En realidad es muy generoso. ¿Verdad que lo eres, Robert?

No sé cómo puede haber gente capaz de decirle cosas tan terribles a Robert Cohn. Hay personas a las que no se puede insultar. Dan la impresión de que quedarán aniquiladas ante nuestros propios ojos si uno les dice ciertas cosas. Pero allí estaba Cohn resistiéndolo todo. Y delante de mis narices, sin que yo sintiera el más mínimo impulso de evitarlo. Y aquello no era más que un juego en comparación con lo que estaba por venir.

—¿Cómo puedes decir tales cosas, Frances? —la interrumpió Cohn.

—¡Escúchalo! Voy a ir a Inglaterra. Voy a ir a ver a unos amigos. ¿Alguna vez has visitado a amigos que preferirían no verte? Sí, por supuesto que me recibirán. «¿Cómo estás, querida? ¡Cuánto tiempo sin verte! ¿Cómo está tu querida madre?» Sí, ¿cómo está mi querida madre? Ha puesto todo su dinero en bonos de guerra franceses. Sí, lo hizo. ¡Quizá sea la única persona del mundo que lo hizo! «¿Y qué hay de Robert?», o quizá tengan cuidado al mencionarte. «Debes procurar no mencionarlo, querida. Pobre Frances. Acaba de sufrir la más desafortunada de las experiencias.» Será divertido, ¿verdad, Robert? ¿No crees que será divertido, Jake?

Se volvió hacia mí con aquella sonrisa radiante. Estaba muy satisfecha de tener un espectador para su actuación.

—¿Dónde estarás tú, Robert? Es culpa mía, de acuerdo. Sólo culpa mía. Cuando hice que te libraras de tu pequeña secretaria de la revista debí haber supuesto que te librarías de mí del mismo modo. Jake no está enterado de esto. ¿Puedo contárselo?

—¡Cállate, Frances, por el amor de Dios!

—Sí, se lo voy a contar. Robert tenía una secretaria jovencita. La cosa más dulce y cariñosa del mundo, y Robert creía que era una criatura maravillosa. Pero entonces llegué yo y pensó que yo también era maravillosa. Así que le obligué a librarse de ella. Se la había traído cuando trasladó la revista desde Carmel a Provincetown. Y ni siquiera le pagó el viaje de regreso a la costa. Todo por complacerme. Entonces pensaba que yo era una mujer estupenda, ¿no es así, Robert?

»No debes pensar mal, Jake, lo de la secretaria era algo totalmente platónico. Mejor dicho, ni siquiera platónico. En realidad nada de nada. Simplemente que era una chica muy simpática. Y lo hizo todo sólo por complacerme. Bien, supongo que quien a hierro mata a hierro debe morir. ¿No es una idea genialmente literaria? Deberías tomar nota y recordarlo para tu próximo libro, Robert.

»¿No lo sabes? Robert está recopilando material para una nueva obra. ¿No es así, Robert? Ésa es la razón por la que va a dejarme. Ha decidido que yo no soy buen material. Mira, durante todo el tiempo que llevamos viviendo juntos ha estado tan ocupado escribiendo ese libro que ya no recuerda nada de nosotros. Por eso ahora se va a marchar a buscar material nuevo. Bien, confío en que encuentre algo interesante.

»Escucha, Robert, querido. Deja que te diga una cosa. No te importa, ¿verdad? No les hagas escenas a tus amiguitas. No lo intentes. Tú eres de los que no pueden tener broncas sin llorar, y sientes tanta compasión de ti mismo que ni siquiera recuerdas lo que la otra persona te está diciendo. De ese modo jamás lograrás estar en condiciones de recordar una conversación. Así que intenta calmarte. Ya sé que es dificilísimo, pero recuerda que lo haces por la literatura. Todos debemos hacer sacrificios por la literatura. Fíjate en mí: me voy a Inglaterra sin protestar. Todo por la literatura. Todos debemos ayudar a los escritores jóvenes. ¿No lo crees así, Jake? Pero tú ya no eres un escritor joven, ¿verdad que no, Robert? Tienes treinta y cuatro años. Bueno, me imagino que eso es ser joven para un gran escritor. Fíjate en Hardy. Fíjate en Anatole France. No hace mucho que murió. Robert no cree que fuera un buen escritor. Eso le han dicho algunos de sus amigos franceses. Él no sabe leer francés muy bien. Anatole France no era un escritor tan bueno como tú, ¿verdad que no, Robert? ¿Piensas que él necesitaba irse en busca de material para escribir un libro? ¿Qué crees que le diría a su amante cuando decidió que no quería casarse con ella? Me pregunto si él también lloraba. ¡Ah, se me acaba de ocurrir algo! —Se puso la mano enguantada sobre los labios—. Ahora sé la verdadera razón por la cual Robert no quiere casarse conmigo, Jake, se me acaba de ocurrir. Se me ha aparecido como en una visión aquí, en el café Select. Es realmente místico, ¿verdad? Algún día pondrán una placa en este lugar para recordarlo. Como en Lourdes. ¿No quieres oírlo, Robert? Te lo voy a decir. Es muy sencillo. Lo que Robert ha querido siempre es tener una amante, así que si se casa conmigo dejará de tenerla, mientras que si sigue sin casarse sigue teniéndola. "Fue su amante durante dos años." ¿Ves cómo son las cosas? Pero si se casa conmigo, como me prometió, eso sería el final de toda la aventura. ¿No crees que he tenido una idea brillante al pensar todas estas cosas? Y además son ciertas. Míralo y dime si no tengo razón. ¿Adónde vas, Jake?

—Tengo que ir adentro a ver a Harvey Stone un momento.

Cohn alzó la vista para mirarme mientras me dirigía al interior del café. Estaba blanco. ¿Por qué seguía sentado allí? ¿Por qué seguía aguantando?

De pie, desde la barra, si miraba hacia fuera veía a través de la ventana cómo Frances seguía hablando con él, sonriendo abiertamente, mirándolo a la cara cada vez que le preguntaba: «¿No es así, Robert?». ¿O no era eso lo que ahora le estaba preguntando? Quizá decía alguna otra cosa. Le dije al camarero que no quería tomar nada y escapé por la puerta lateral. Al salir los miré a través de la cristalera doble y vi que seguían sentados allí. Frances continuaba hablándole. Por una calle transversal regresé al bulevar Raspail. En esos momentos pasaba un taxi, lo detuve, subí y le di al conductor la dirección de mi piso.

Capítulo 7

Cuando comenzaba a subir las escaleras, la portera golpeó el cristal de su cubículo, y cuando me detuve salió a mi encuentro. Tenía para mí varias cartas y un telegrama.

—El correo. Una señora ha venido a verle.

—¿Ha dejado su tarjeta?

—No. Venía con un caballero. Era la misma señora que estuvo aquí anoche. Al final me he dado cuenta de que es una gran señora, muy simpática.

—¿La acompañaba algún amigo mío?

—No lo sé. El caballero nunca había estado aquí. Era un hombre muy alto, muy alto. Ella es muy simpática, muy agradable, muy agradable. Anoche tal vez estaba un poco... —Apoyó la cabeza en una mano y empezó a balancearla de un lado para otro—. Francamente, monsieur Barnes, anoche no la encontré tan amable. Me formé de ella una idea totalmente distinta. Pero ahora tengo que decirle lo que pienso. Es muy, pero que muy amable y simpática, *très, très gentille*. Es de muy buena familia. Eso se nota.

—¿No ha dejado ningún recado?

—Sí. Me han dicho que volverían al cabo de una hora.

—Hágales subir cuando vuelvan.

—Sí, monsieur Barnes. Esa dama, esa señora es alguien. Quizá una excéntrica, pero *quelqu'une, quelqu'une!*

La portera, antes de dedicarse a este oficio, regentaba un bar en el hipódromo de París. Su vida transcurría junto a la pista, pero tenía los ojos puestos en la gente de la profesión. Estaba orgullosa de su capacidad de distinguir a las personas y le gustaba decirme cuáles de mis amigos o visitantes estaban bien educados, los que eran de buena familia, y cuáles eran deportistas. Ella pronunciaba *sportsmen*, en inglés, pero con el acento puesto en la última sílaba. El único problema era que las personas que según ella no entraban en ninguna de esas tres categorías corrían el riesgo de ser informadas de que no había nadie *chez* Barnes. Uno de mis amigos, un pintor con aspecto de hambriento y que a los ojos de madame Duzinell no estaba bien educado, no era de buena familia, ni tampoco un *sportsman*, me escribió una carta preguntándome si le podía facilitar un pase para que la portera le dejara entrar y salir y así poder venir a verme alguna que otra vez por las tardes.

Subí al piso preguntándome por el camino qué sería lo que Brett le había hecho a la portera. El telegrama era un cable de Bill Gorton avisándome de su llegada en el *France*. Puse el correo en la mesa, me dirigí al dormitorio, me desnudé y me duché. Me estaba frotando cuando oí que sonaba el timbre de la puerta. Me puse un batín y zapatillas y salí a abrir. Era Brett. Detrás de ella estaba el conde, que traía en las manos un gran ramo de rosas.

—Hola, querido, ¿no nos invitas a pasar? —me dijo Brett.

—Adelante. Me estaba bañando.

—Eres un hombre afortunado. ¡Un baño!

—Sólo una ducha en realidad. Siéntese, conde Mippipopolous. ¿Qué desea tomar?

—No sé si le gustarán a usted las flores, caballero —dijo el conde—, pero me he tomado la libertad de traerle estas rosas.

—Démelas a mí —Brett tomó el ramo—. Pon aquí un poco de agua, Jake.

Me fui a la cocina y llené de agua un jarrón de porcelana. Brett puso en él las flores y después dejó el jarrón encima de la mesa del comedor.

—Vaya un día que hemos tenido.
—¿No recuerdas nada de una cita conmigo en el Crillon?
—No. ¿Habíamos quedado? Debía de estar soñando.
—Estaba bastante borracha, querida —explicó el conde.
—¿Verdad que sí? Y el conde fue tan bueno conmigo, un compañero perfecto.
—Te has sabido ganar bien a la portera.
—Desde luego. Le hemos dado doscientos francos.
—¡Estás loca...!
—Él —dijo Brett, señalando al conde.
—Pensé que debíamos darle alguna cosa por las molestias de anoche. Era tardísimo.
—Es un hombre maravilloso —se entusiasmó Brett—. Se acuerda siempre de todo lo que pasa.
—Como usted, querida.
—¡Imagínate...! —dijo Brett—. ¿Quién quiere recordarlo todo? Vaya, Jake, ¿nos das una copa?
—Sírvelas tú mientras yo me voy a vestir. Ya sabes dónde están.
—Desde luego.
Mientras me vestía oí cómo Brett llenaba los vasos, después el ruido de un sifón y cómo seguían charlando. Me vestí despacio, sentado en la cama. Estaba cansado y bastante asqueado. Brett entró en mi habitación con un vaso en la mano y se sentó en la cama a mi lado.
—¿Qué te pasa, cariño? ¿Te encuentras mal?
Me dio un beso en la frente con toda frialdad.
—¡Oh, Brett, te quiero tanto...!
—Cariño... —dijo. Y añadió—: ¿Quieres que me libre de él?
—No. Es un hombre simpático.
—Le diré que se vaya.
—No, no lo hagas.
—Sí, que se vaya.
—No puedes hacerlo sin más ni más.

—¿Que no puedo? Quédate aquí. Está loco por mí, puedes creerlo.

Salió del dormitorio. Yo me eché boca abajo en la cama. Estaba pasando un mal rato. Los oí hablar, pero no quise escuchar. Brett regresó y se sentó a mi lado.

—¡Pobre amor mío! —Me acarició la cabeza.

—¿Qué le has dicho?

Estaba echado en la cama, mi rostro lejos del suyo. No quería verla.

—Lo he mandado a buscar champán. Le encanta ir a comprar champán. —Y algo después—: ¿Te encuentras mejor? ¿Te duele menos la cabeza, cariño?

—Sí, estoy mejor.

—Quédate echado. Ha ido al otro extremo de la ciudad.

—¿No podríamos vivir juntos, Brett? ¿Solamente vivir juntos?

—No, no lo creo. Te engañaría con todo el mundo. No podrías resistirlo.

—Lo resisto ahora.

—Sería diferente. Es culpa mía, Jake. Es mi manera de ser.

—¿No podríamos irnos al campo una temporada?

—No nos haría ningún bien. Iré contigo si así lo quieres, pero no podría vivir tranquila en el campo con mi auténtico y verdadero amor.

—Lo sé.

—¡Qué porquería! No sirve de nada que te diga que te quiero.

—Sabes que yo también te quiero.

—No hablemos más. Hablar no sirve de nada. Me voy a alejar de tu lado y además Michael va a regresar muy pronto.

—¿Por qué te marchas?

—Es mejor para ti. Y mejor para mí.

—¿Cuándo te vas?

—En cuanto pueda.

—¿Adónde?

—A San Sebastián.

—¿No podríamos irnos juntos?

—No. Sería una pésima idea, después de lo que hemos hablado.

—No había nada decidido.

—Lo sabes tan bien como yo, cariño. No seas obstinado.

—Claro —asentí—. Ya sé que tienes razón. Estoy en baja forma y cuando estoy en baja forma hablo como un estúpido.

Me senté en la cama, me incliné, cogí los zapatos y me los puse. Me levanté.

—¡Oh, por favor, no pongas esa cara!

—¿Qué cara quieres que ponga?

—No seas tonto. Me voy mañana.

—¿Mañana?

—Sí. ¿No te lo había dicho? Sí.

—Bien, tomemos una copa. El conde volverá enseguida.

—Sí. Ya debería estar de vuelta. Sabes, es un tipo extraordinario a la hora de comprar champán. Quiero decir en grandes cantidades.

Regresamos al comedor. Tomé una botella de brandy, le serví una copa a Brett y otra para mí. Sonó el timbre de la puerta. Abrí y allí estaba el conde. Detrás de él su chófer, cargando con una cesta de botellas de champán.

—¿Dónde las dejo, caballero? —me preguntó el conde.

—En la cocina —respondió Brett.

—Déjalas allí, Henry —le ordenó el conde a su chófer—. Y baja a buscar hielo. —Se quedó mirando cómo dejaba la cesta en la cocina—. Creo que es un buen vino, ya me lo diréis —añadió—. En Estados Unidos ahora no tenemos muchas posibilidades de juzgar un buen vino, pero éste me lo ha facilitado un amigo mío que está en el negocio.

—¡Siempre tiene a alguien en todas partes! —comentó Brett.

—Es un tipo que cría viñedos. Tienes miles de acres.

—¿Cómo se llama? —preguntó Brett—. ¿Veuve Cliquot?

—No —dijo tranquilamente el conde—. Mumms. Es barón.

—¿No es maravilloso? —dijo Brett—. Todos nosotros tenemos títulos. ¿Por qué no tienes tú también un título de nobleza, Jake?

—Le aseguro a usted, caballero —el conde me puso la mano en el brazo—, que no sirve de nada, no beneficia en absoluto. La mayoría de las veces le cuesta a uno dinero.

—No sé… —comentó Brett—. En ocasiones es muy útil.

—Que yo sepa, a mí nunca me ha beneficiado en absoluto.

—No lo ha utilizado debidamente. A mí el mío me facilitó mucho el crédito.

—Siéntese, conde —le dije—. Deme su bastón.

El conde se quedó mirando a Brett por encima de la mesa a la luz de la lámpara de gas. Brett estaba fumando un cigarrillo y echando la ceniza sobre la alfombra. Vio que me daba cuenta de ello.

—Jake, no quiero estropear tus alfombras. ¿Tienes un cenicero para una buena amiga?

Encontré varios ceniceros y los repartí por la habitación. El chófer regresó con un cubo lleno de hielo.

—Pon en él dos botellas, Henry —ordenó el conde.

—¿Alguna otra cosa, señor?

—No, espera abajo, en el coche. —Se volvió hacia Brett y hacia mí—. ¿Quieren que vayamos a cenar al Bois?

—Si quiere —respondió Brett—, pero yo no puedo comer nada.

—A mí siempre me apetece una buena comida —comentó el conde.

—¿Desea que traiga el vino, señor? —preguntó el chófer.

—Sí, tráelo, Henry —asintió el conde. Sacó una pesada cigarrera de piel de cerdo y me la ofreció—. ¿Desea probar un verdadero cigarro americano?

—Gracias, cuando termine el cigarrillo —respondí.

El conde cortó la punta de su puro con un cortacigarros que llevaba sujeto a un extremo de la cadena de su reloj de bolsillo.

—A mí me gustan los puros que tiran bien —dijo el conde—. La mitad de los cigarros que uno se fuma no tiran en absoluto.

Encendió el cigarro y miró a Brett, que estaba frente a él, al otro lado de la mesa.

—Y cuando usted se haya divorciado, lady Ashley, ¿no tendrá título?

—No. ¡Qué desgracia!

—No —replicó el conde—. No lo necesita. Tiene clase suficiente de los pies a la cabeza.

—Gracias. Muy amable de su parte.

—En serio. —El conde dejó escapar una bocanada de humo—. Tiene más clase que cualquiera de las personas que conozco. La tiene. Eso es todo.

—Es usted realmente amable —dijo Brett—. Mamá se sentiría muy satisfecha. ¿No podría escribírmelo y yo se lo enviaría en una carta?

—Estoy dispuesto a decírselo —afirmó el conde—. No me estoy burlando de usted. Nunca me burlo de la gente. Es el mejor modo de crearse enemigos. No me canso de repetirlo.

—Tiene razón, tiene toda la razón. Yo siempre me burlo de la gente y no tengo ni un solo amigo en el mundo; excepto Jake, aquí presente.

—No se burla de él.

—Eso es.

—¿No lo está haciendo ahora? —preguntó el conde—. ¿No se está burlando de él?

—No —negó Brett—. No lo haría nunca.

—Bueno, no se burla de él.

—Ésta es una conversación estúpida —afirmó Brett—. ¿Qué tal si nos dedicamos al champán?

El conde se inclinó y giró las botellas dentro del pequeño cubo de hielo.

—Aún no está frío. Se pasa el día bebiendo, querida. ¿Por qué no se limita a seguir charlando?

—Ya he hablado demasiado. Me he explayado con Jake.

—Me gustaría mucho oírla hablar en serio, querida. Cuando habla conmigo nunca termina las frases.

—Las dejo así para que usted las termine. Es mejor dejar que cada uno las concluya a su gusto.

—Un sistema muy interesante. —El conde volvió a girar las botellas—. Sin embargo, alguna que otra vez me gustaría oírla hablar en serio.

—¿Verdad que está loco? —preguntó Brett.

El conde sacó una de las botellas.

—Creo que ya está fría.

Traje una servilleta y se la di al conde, que secó la botella antes de abrirla.

—Me gusta tomar el champán en botellas gigantes. Generalmente la calidad es mejor, pero hubiera sido más difícil enfriarlas.

Alzó la botella y la miró un momento. Yo puse las copas sobre la mesa.

—Bien, ya puede abrirla —sugirió Brett.

—Sí, querida. Voy a abrirla.

Era un champán increíble.

—Un vino excelente. —Brett levantó su copa—. Debemos brindar por algo. ¡Por la realeza!

—Este vino es demasiado bueno para brindar con él. No deben mezclarse las emociones con un vino como éste. Pierde sabor.

La copa de Brett estaba vacía de nuevo.

—Debería usted escribir un libro sobre vinos, conde —dije.

—Señor Barnes —replicó el conde—, lo único que quiero de los vinos es degustarlos a mi satisfacción.

—Bien, saboreemos un poco más de éste. —Brett adelantó su copa. El conde la llenó cuidadosamente.

—Aquí tiene, querida. Deguste poco a poco y ya se emborrachará luego.

—¿Borracha, borracha yo?

—Está usted encantadora cuando se emborracha, querida.

—¿Oyes lo que dice?

—Señor Barnes —el conde llenó mi copa—, ella es la única dama que he conocido que resulta tan encantadora cuando está borracha como cuando está sobria.

—No ha viajado usted mucho, ¿verdad?

—Sí, querida. He viajado mucho. He estado por todas partes.

—Bébase la copa —dijo Brett—. Todos nosotros hemos viajado mucho. Me atrevería a decir que Jake conoce el mundo tan bien como usted.

—Querida, estoy seguro de que el señor Barnes habrá visto muchas cosas en su vida. No crea que no lo creo así, caballero. Yo también conozco lo suficiente.

—¡Claro que sí, querido! —intervino Brett—. Era una broma.

—He estado en siete guerras y en cuatro revoluciones —añadió el conde.

—¿Luchando?

—Algunas veces, querida. Tengo heridas de flecha. ¿Han visto ustedes alguna vez heridas de flecha?

—Déjeme verlas —pidió Brett.

El conde se levantó, se desabrochó el chaleco y la camisa. Se subió la camiseta y se quedó de pie, con su pecho oscuro y los grandes músculos del estómago destacando bajo la luz.

—¿Las ve?

Debajo de la línea donde terminan las costillas había dos grandes marcas blancuzcas.

—Miren en la espalda el lugar por donde salieron las puntas.

En la parte baja de la espalda sobresalían otras dos cicatrices semejantes de un dedo de grosor.

—¡Vaya! Dos buenas heridas.

—Me atravesaron de un lado a otro.

El conde se estaba metiendo los faldones de la camisa en los pantalones.

—¿Dónde se las hicieron? —pregunté.

—En Abisinia. Cuando tenía veintiún años.

—¿Qué hacía allí? —preguntó Brett—. ¿Estaba en el ejército?

—En viaje de negocios, querida.

Brett se volvió hacia mí.

—Ya te he dicho que era uno de los nuestros, ¿no es así? Le quiero, conde. Es usted un cielo.

—Me hace muy feliz, querida. Pero sé que no es verdad.

—No sea tonto.

—¿Sabe, señor Barnes? Precisamente porque he vivido mucho, ahora puedo disfrutar tanto de las cosas. ¿No le pasa a usted lo mismo?

—Sí, exactamente.

—Lo sé. Ése es el secreto. Hay que saber apreciar el valor de las cosas y establecer una prioridad de valores.

—¿No hay nada que pueda alterar sus prioridades? —preguntó Brett.

—No, ahora ya no.

—¿Nunca se ha enamorado?

—Siempre. Siempre estoy enamorado —replicó el conde.

—¿Cómo incide eso en sus prioridades?

—El amor figura entre mis prioridades.

—Usted no tiene prioridades. Está muerto por dentro, eso es todo.

—No, querida, se equivoca. No estoy muerto en absoluto.

Nos bebimos tres botellas de champán y el conde dejó la cesta en mi cocina. Cenamos en un restaurante del Bois. Fue una buena cena. La buena comida ocupaba un lugar muy alto en la lista de prioridades del conde. Igual que el buen vino. Durante la cena el conde estaba de buen talante. Y Brett también. Fue una reunión muy agradable.

Después de cenar, el conde preguntó:

—¿Adónde les gustaría ir ahora?

Nos habíamos quedado solos en el restaurante. Los dos camareros estaban de pie junto a la puerta, deseando que nos fuéramos para poder marcharse ellos también.

—Podemos subir a la colina —propuso Brett—. ¿Verdad que ha sido una cena estupenda?

El conde estaba radiante. Parecía muy contento.

—Son ustedes dos personas estupendas —dijo. Había encendido otro puro—. ¿Por qué no se casan?

—Queremos vivir nuestras propias vidas —dije yo.

—Tenemos nuestras carreras —dijo Brett—. Vámonos ya.

—Tomemos otro brandy.

—Lo tomaremos en la colina.

—No, aquí estamos más tranquilos.

—¡Vaya con la tranquilidad! ¿Qué manía tienen los hombres con la tranquilidad?

—Nos gusta —contestó el conde—. Como a usted el ruido y la agitación.

—Bueno, tomemos una copa —cedió Brett.

—¡Camarero! —llamó el conde.

—¿Señor?

—¿Cuál es el brandy más viejo de la casa?

—De mil ochocientos once, señor.

—¡Tráiganos una botella!

—¡Vaya! No sea tan ostentoso. Di que no la traiga, Jake.

—Escuche, querida. Obtengo más por mi dinero gastándolo en un brandy viejo que en cualquier otra antigüedad.

—¿Tiene muchas antigüedades?

—Una casa llena.

Finalmente subimos a Montmartre. Zelli's estaba lleno de gente, de ruido y de humo. Al entrar, la música restallaba en los oídos. Brett bailó conmigo. La pista estaba tan llena que apenas podíamos movernos. El negro que tocaba la batería saludó a Brett agitando la mano. Aprisionados entre la multitud nos habíamos quedado bailando frente a él.

—¿Qué tal está usted?

—Muy bien.

—Me alegro.

El hombre era todo dientes y labios.

—Es un gran amigo mío —me explicó Brett—. Y un excelente batería.

Cesó la música y comenzamos a dirigirnos hacia la mesa donde se había sentado el conde, pero la música sonó de nuevo y volvimos a bailar. Miré al conde. Seguía fumándose un puro. La música cesó de nuevo.

—¡Vamos a sentarnos!

Brett se encaminó hacia la mesa, pero empezaron a tocar y otra vez volvimos a bailar, apretados entre la muchedumbre.

—Bailas muy mal, Jake. Michael es el mejor bailarín que conozco.

—Michael es magnífico.

—Tiene sus cosas buenas.

—Me cae bien —dije—, en realidad lo aprecio mucho.

—Voy a casarme con él —me dijo Brett—. ¡Qué curioso! No he pensado en él en una semana.

—¿No le escribes?

—No. Nunca escribo cartas.

—Apuesto a que él sí te escribe a ti.

—Pues sí. Y unas cartas estupendas, además.

—¿Cuándo vais a casaros?

—¿Cómo quieres que lo sepa? Tan pronto como nos concedan el divorcio. Michael trata de lograr que su madre le ayude económicamente.

—¿Puedo ayudarte yo? —pregunté.

—No seas burro. La familia de Michael tiene muchísimo dinero.

La música cesó. Nos dirigimos a la mesa. El conde se levantó.

—Hacen muy buena pareja.

—¿Y usted, conde, no baila? —pregunté.

—No, soy demasiado viejo.

—No diga tonterías —dijo Brett.

—Querida, bailaría si me gustara hacerlo. Prefiero ver cómo lo hacen ustedes.

—Espléndido —asintió Brett—, volveré a bailar para usted alguna vez. ¿Y su amiguito Zizi?

—Yo mantengo a ese chico, pero no me gusta que esté siempre conmigo.

—Es un tipo difícil.

—¿Sabe una cosa? Creo que el muchacho tiene un buen porvenir. Pero personalmente no me gusta tenerlo a mi lado continuamente.

—A Jake le pasa más o menos lo mismo.

—Me pone la piel de gallina —dije.

—Bien —continuó el conde—. Nadie puede saber cuál será su futuro, pero su padre era un gran amigo del mío.

—Ven. Vamos a bailar —me dijo Brett.

Bailamos. La pista estaba llena a rebosar.

—¡Oh, cariño! —se lamentó Brett—. ¡Soy tan desgraciada!

Tuve la impresión de que estaba viviendo algo que ya me había sucedido con anterioridad.

—Hace sólo un minuto eras feliz.

El negro cantó: «No se puede dos veces...».

—Todo se ha desvanecido.

—¿Qué te pasa?

—No lo sé... Me siento fatal.

El batería seguía cantando; después volvió a sus baquetas.

—¿Quieres marcharte?

Tuve la impresión de estar sufriendo una pesadilla en la que algo se repetía una y otra vez, algo que había soportado con anterioridad y que ahora tenía que resistir de nuevo.

El negro de la batería volvió a cantar suavemente.

—¡Vámonos! —me pidió Brett—, si no te importa.

El negro gritó algo y le hizo un guiño a Brett.

—Está bien —respondí.

Salimos de entre la multitud que llenaba la pista. Brett se dirigió al tocador.

—Brett quiere marcharse —le dije al conde.

Hizo un gesto de asentimiento.

—¿Quiere irse? Muy bien. Mi chófer los llevará a ustedes, señor Barnes. Yo me voy a quedar un rato.

Nos dimos la mano.

—Hemos pasado una velada estupenda —dije—. Por favor, deje que me haga cargo de la cuenta…

Saqué un billete del bolsillo.

—No sea ridículo, señor Barnes —me cortó el conde.

Brett se acercó a la mesa. Se había puesto ya el abrigo. Le dio un beso al conde y le puso una mano en el hombro para evitar que se levantara a despedirnos. Mientras nos dirigíamos a la puerta me volví a mirarlo y ya había tres chicas sentadas a su mesa.

Nos encaminamos hacia el gran automóvil del conde y Brett le dio al chófer la dirección de su hotel.

Cuando llegamos al hotel, Brett me rogó:

—No, no subas.

Llamó al timbre y le abrieron la puerta.

—¿De veras no quieres?

—No, por favor.

—¡Buenas noches, Brett! —me despedí—. Siento mucho que estés tan deprimida.

—¡Buenas noches, Jake! ¡Buenas noches, cariño! No volveré a verte nunca más.

Nos besamos de pie, junto a la puerta. Brett se separó de mí. Volvimos a besarnos.

—¡Oh, no, no…! —se resistió.

Se volvió rápidamente y entró en el hotel. El chófer me llevó a mi apartamento. Le di veinte francos. Él se llevó la mano a la gorra, me dio las buenas noches y se alejó. Llamé al timbre. La puerta se abrió, subí a mi casa y me metí en la cama.

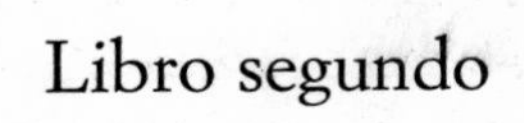

Libro segundo

Capítulo 8

No volví a ver a Brett hasta después de su regreso de San Sebastián. Recibí una postal suya desde allí con una vista de la Concha, donde me decía: «Cariño: Muy tranquilo y saludable. Recuerdos a todos los amigos. Brett».

Tampoco volví a ver a Robert Cohn. Me enteré de que Frances se había ido a Inglaterra y recibí una nota de Cohn que decía que iba a pasar unas semanas en el campo, no sabía adónde iría, pero seguía deseando que hiciera con él una excursión de pesca a España, como habíamos hablado el invierno anterior. Si quería ponerme en contacto con él podía hacerlo por medio de sus banqueros.

Brett se había ido, no me importaban los problemas de Cohn, me alegraba de no tener que jugar al tenis, tenía mucho trabajo que hacer, iba a menudo a las carreras de caballos, cenaba con los amigos y dedicaba algún tiempo extra a adelantar el trabajo de modo que pudiera dejarlo todo a cargo de mi secretaria cuando Bill Gorton y yo nos fuéramos a España hacia finales de junio.

Bill Gorton llegó, se quedó unos días conmigo en el piso y se marchó a Viena. Estaba muy alegre y decía que Estados Unidos era maravilloso. Nueva York, maravillosa. La temporada teatral había sido excelente, y había una pléyade de boxeadores de los pesos semipesados, todavía demasiado jóvenes pero que cuando alcanzaran el peso adecuado y ganaran experiencia, podrían ser buenos rivales para Dempsey. Bill estaba muy contento. Había ganado mucho dinero con su último libro y aún iba a ganar más. Lo pasamos muy bien durante el tiempo que estuvo en París. Después se fue a Viena. Pensaba regresar al cabo de tres semanas y luego nos íbamos a marchar a España para pescar e ir a las fiestas de Pamplona. Me escribió diciendo que Viena era maravillosa v me mandó una postal desde Budapest: «Jake, Budapest es maravillosa». Después recibí un telegrama: «Regreso el lunes».

El lunes por la tarde se presentó en casa. Oí llegar el taxi, me asomé a la ventana y lo llamé; me saludó agitando la mano y empezó a subir las escaleras con sus maletas. Salí a su encuentro y le ayudé a llevar uno de los bultos.

—Bien —le dije—, ya sé que has tenido un buen viaje.

—Maravilloso —me replicó—. Budapest es una ciudad absolutamente maravillosa.

—¿Y qué hay de Viena?

—No está tan bien, Jake. No está tan bien. Engaña un poco.

—¿Qué quieres decir? —le pregunté.

Fui a buscar copas y un sifón.

—Una trompa, Jake. Cogí una trompa.

—Qué raro. Más vale que ahora te tomes una copa.

Bill se frotó la frente.

—Una cosa extraña —me explicó—, no sé realmente cómo me ocurrió. Sucedió de repente.

—¿Te duró mucho?

—Me duró cuatro días, Jake. Exactamente cuatro días.

—¿Dónde fuiste?

—No me acuerdo. Te escribí una tarjeta. Eso es lo único que recuerdo perfectamente.

—¿Hiciste algo importante?

—No estoy seguro. Es posible.

—Vamos, adelante. ¡Cuéntame qué pasó!

—No me acuerdo. Te he dicho todo lo que recuerdo.

—Adelante. Tómate la copa y recuerda.

—Quizá recuerde algo, un poco —concedió Bill—. Recuerdo algo sobre un combate de boxeo. Uno de los mayores combates de Viena. Había un negro. Me acuerdo del negro perfectamente.

—Sigue.

—Un negro estupendo. Se parecía a Tiger Flowers, salvo que era cuatro veces más corpulento. De repente todo el mundo empezó a tirar cosas. Yo no. Lo que ocurría era que el negro había dejado K.O. al boxeador local. El negro levantó la mano, como si quisiera pronunciar unas palabras. Un negro con un aspecto noble como el que más. Comenzó a hablar. El boxeador local le golpeó. Él devolvió el golpe y lo tumbó en seco, lo dejó frío. Entonces todo el mundo empezó a tirar sillas. El negro se vino a casa con nosotros, en nuestro coche. No pudo ni recoger su ropa y le dejé mi abrigo. Ahora lo recuerdo todo. Una gran velada deportiva.

—¿Qué más pasó?

—Le presté algo de ropa al negro y regresé con él al lugar del combate para tratar de que le pagaran lo que le debían. Dijeron que iban a retenerle la bolsa a cuenta de los daños causados en el local. Me gustaría saber quién hizo de intérprete. ¿Sería yo?

—Seguro que no.

—Tienes razón, no fui yo. Fue otro tipo. Recuerdo que le llamábamos «el hombre de Harvard en Viena». Ahora lo recuerdo. Estudiaba música.

—¿Cómo se resolvió el asunto?

—No demasiado bien, Jake. Injusticia por doquier. El promotor dijo que habían quedado en que el negro dejaría ganar al boxeador local y, al no hacerlo así, había violado el contrato. No se puede dejar K.O. a un joven boxeador de Viena en la misma Viena. «Dios mío, señor Gorton —me explicó el negro—, me pasé cuarenta minutos sin hacer nada, tratando de dejarlo ganar. El chaval blanco debió de tumbarse solo, cansado de tanto pegarme. Yo no le golpeé en absoluto.»

—¿Conseguisteis algún dinero?

—Nada en absoluto. Lo único que logramos fue que le devolvieran la ropa al negro. Incluso le habían robado el reloj. Un negro espléndido. Cometió un gran error al acudir a Viena. No es una ciudad demasiado buena, Jake.

—¿Y qué fue del negro?

—Regresó a Colonia. Vive allí. Está casado. Tiene familia. Quedó en escribirme y devolverme el dinero que le presté. Un negro maravilloso. Supongo que le di la dirección sin equivocarme.

—Seguramente.

—Bien, vámonos a comer. A no ser que quieras que te cuente más historias del viaje.

—Adelante.

—Vamos a comer.

Bajamos a la calle y nos dirigimos al bulevar St. Michel en el cálido atardecer de junio.

—¿Adónde vamos?

—¿Quieres comer en la isla?

—De acuerdo.

Caminamos por el bulevar. En el cruce de la rue Denfert-Rochereau con el bulevar hay una estatua de dos hombres con amplias túnicas.

—Sé quiénes son. —Bill contempló el monumento—. Los caballeros que inventaron la farmacia. No trates de tomarme el pelo sobre París.

Seguimos andando.

—Mira, un taxidermista —dijo Bill—. ¿No quieres comprar nada? ¿Un bonito perro disecado?

—Vamos, sigue. Todavía estás borracho.

—Son muy bonitos los perros disecados —insistió Bill—. Animaría mucho tu piso.

—Vamos, camina —repetí.

—Sólo un perro disecado. Podemos llevárnoslo o dejarlo estar. Pero escucha, Jake. Un perro disecado, nada más.

—Vamos, sigue.

—Se convierte en lo más importante para uno una vez que lo ha comprado. Un simple intercambio de valores. Se les da el dinero y ellos le dan a uno el perro disecado.

—Compraremos uno cuando volvamos a pasar por aquí a la vuelta.

—De acuerdo, como quieras. El camino del infierno está lleno de perros disecados que nadie ha comprado. No es culpa mía.

Seguimos andando.

—¿Cómo te ha dado de repente por sentir tanto interés por los perros?

—Siempre he pensado así de los perros. Siempre he sido un gran enamorado de los animales disecados.

Nos detuvimos a tomar unas copas.

—La verdad es que me encanta beber —me explicó Bill—. Deberías intentarlo de vez en cuando, Jake.

—Me llevas como ciento cuarenta y cuatro de ventaja, Bill.

—No debes dejarte intimidar. No te intimides nunca. Ése es el secreto de mi éxito. Nunca me he dejado intimidar. Nunca he sido intimidado en público.

—¿Dónde has estado bebiendo?

—Me detuve en el Crillon. George me preparó unos cuantos Jack Rose. George es un gran hombre. ¿Sabes cuál es el secreto de su éxito? Nunca se ha dejado intimidar.

—Estarás intimidado, acabado, si te tomas tres Pernods más.

—En público no. Si empiezo a sentirme intimidado me voy sin llamar la atención y sin necesidad de ayuda. En ese aspecto soy como un gato.

—¿Cuándo has visto a Harvey Stone?

—En el Crillon. Estaba un poco acobardado. Lleva tres días sin comer. No come nunca. Se desliza como un gato, eso es todo. Muy triste.

—Está perfectamente.

—Espléndido. Me gustaría que no se deslizara así, como un gato. Me pone nervioso.

—¿Qué hacemos esta noche?

—Es igual, me da lo mismo. No debemos dejarnos intimidar. ¿Crees que tendrán huevos duros en este bar? Si tienen huevos duros aquí no tenemos por qué ir andando hasta la isla.

—No, de ningún modo —me opuse—. Vamos a tomar una cena normal.

—Solamente era una sugerencia —accedió Bill—. ¿Vamos yendo?

—Vamos.

De nuevo seguimos caminando bulevar abajo. Nos adelantó un coche de caballos. Bill se lo quedó mirando.

—¿Has visto el coche? Haré que disequen ese caballo y te lo regalaré para Navidad. Les voy a regalar animales disecados a todos mis amigos. Soy un escritor de la naturaleza.

Pasó un taxi y desde su interior alguien movió una mano saludándonos y después golpeó el cristal para ordenar al chófer que se detuviera. Era Brett.

—Una preciosa dama —comentó Bill—, ¿crees que va a secuestrarnos?

—¡Hola! —saludó Brett—. ¡Hola!

—Éste es Bill Gorton. Lady Ashley.

Brett le sonrió.

—Acabo de regresar. Ni siquiera me he duchado. Michael llega esta noche.

—Bueno. Vente a cenar con nosotros y después iremos todos a recibirlo.

—Tengo que lavarme.

—¡Bah, tonterías! Vente con nosotros.

—Tengo que tomar un baño. Michael no llega hasta las nueve.

—Entonces vente a tomar una copa antes de bañarte.

—Eso está mejor. Ahora hablas con sensatez.

Entramos en el taxi. El chófer volvió la vista esperando instrucciones.

—Pare en el primer bar —le ordené.

—Podríamos ir a la Closerie. No puedo beber esos licores baratos de las tabernas —dijo Brett.

—A la Closerie des Lilas.

Brett se volvió hacia Bill.

—¿Lleva mucho tiempo en esta apestosa ciudad?

—Acabo de llegar de Budapest.

—¿Qué tal en Budapest?

—Maravilloso. Budapest fue maravilloso.

—Pregúntale por Viena —le dije a Brett.

—Viena —explicó Bill— es una ciudad extraña.

—Muy parecida a París.

Brett le sonrió arrugando las comisuras de los ojos.

—Exactamente —concedió Bill—. Muy parecida a París en estos momentos.

—Me parece que ha empezado bien.

Una vez que nos hubimos sentado en la terraza de las Lilas, Brett pidió un whisky con soda, yo lo mismo, y Bill otro Pernod.

—¿Cómo estás, Jake?

—Bien —le respondí—. He pasado una buena temporada.

Brett me miró.

—Fui una estúpida marchándome —dijo—. Hay que ser burro para dejar París.

—¿Lo has pasado bien?

—Sí, muy bien. Interesante. No excesivamente divertido.

—¿Has visto a algún conocido?

—No, absolutamente a nadie. No salía nunca.

—¿No ibas a nadar?

—No. No hacía nada en absoluto.

—Es como si estuviera hablando de Viena —intervino Bill.

Brett le dedicó una graciosa mueca.

—Eso es lo que ocurría en Viena.

—Exactamente como en Viena.

Brett volvió a sonreírle.

—Tienes un amigo muy simpático, Jake.

—Sí, es buen chico —le respondí—. Es taxidermista.

—Eso fue en otro país —contó Bill—. Y además todos los animales estaban ya muertos.

—Una copa más y me voy corriendo —dijo Brett—. Manda al camarero a buscarme un taxi.

—Hay una fila allí enfrente.

—Bien.

Nos tomamos la copa y acompañamos a Brett hasta el taxi.

—Espero que estés en el Select a eso de las diez. Trae a tu amigo. Michael estará allí.

—Iremos —prometió Bill.

El taxi arrancó y Brett nos despidió con la mano.

—¡Vaya chica! —dijo Bill—. Es muy bonita y simpática. ¿Quién es ese Michael?

—El hombre con quien va a casarse.

—Bien, bien —comentó Bill—, ésa es la situación en la que están todas las chicas que conozco. ¿Qué debo regalarles para su boda? ¿Una pareja de caballos de carreras disecados?

—Es mejor que nos vayamos a cenar.

—¿Es una lady de verdad? —me preguntó Bill en el taxi que nos llevaba a la Île-Saint-Louis.

—Sí, figura en el libro de la nobleza y todo eso.

—Bien, bien.

Cenamos en el restaurante de madame Lecomte, al otro lado de la isla. Estaba lleno de norteamericanos y tuvimos que esperar de pie hasta encontrar sitio. Alguien lo había puesto en la lista del Club de Mujeres Americanas, citándolo como un restaurante típico de los muelles de París y no frecuentado por norteamericanos, así que tuvimos que esperar tres cuartos de hora hasta conseguir mesa. Bill había comido en aquel restaurante en 1918, poco después del armisticio, y madame Lecomte se mostró entusiasmada de volver a verlo.

—Pero no nos da una mesa —dijo Bill—. De todos modos es una gran mujer, de veras.

Cenamos bien: pollo asado, judías verdes, puré de patata, ensalada, tarta de manzana y queso.

—Tiene aquí a todo el mundo —le dijo Bill a madame Lecomte.

—¡Oh, Dios mío!

—Se va a hacer rica.

—Eso espero.

Después del café y un *fine* pedimos la cuenta que se nos presentó escrita con tiza en una pizarra, posiblemente una de sus características «típicas», la pagamos, estrechamos la mano de madame Lecomte y nos dispusimos a marcharnos.

—Ya no viene usted nunca por aquí, monsieur Barnes —se lamentó la dueña.

—Demasiados compatriotas.

—Venga a la hora del almuerzo. No hay tanta gente.

—Bien, volveré pronto.

Caminamos bajo los árboles que crecían junto al río en el lado del quai d'Orléans. Al otro lado del río se veían las ruinas de las casas viejas que estaban siendo demolidas.

—Van a abrir una calle nueva.

—Seguro —asintió Bill.

Seguimos caminando y dimos la vuelta a la isla. El río estaba oscuro y pasó un *bateau-mouche*, lleno de luces, que se alejó rápida y suavemente hasta perderse de vista al otro lado del puente. Más abajo, Notre-Dame destacaba contra el cielo nocturno. Pasamos a la orilla izquierda del Sena cruzando el puente peatonal de madera del quai de Bethune, pero nos detuvimos un momento en el puente y miramos río abajo, hacia Notre-Dame. De pie en el puente, la isla parecía oscura, las casas se alzaban hasta el cielo y los árboles eran sombras.

—Es algo grande —comentó Bill—. ¡Dios mío, qué contento estoy de haber regresado!

Nos apoyamos en el pretil de madera del puente y miramos también río arriba hacia las luces de los grandes puentes. A nuestros pies el agua era suave y negra. No hacía el menor ruido al rozar contra los pilares del puente. Un hombre y una joven pasaron junto a nosotros. Iban cogidos por la cintura.

Tras cruzar el puente nos dirigimos hacia la rue du Cardinal Lemoine. Despacio recorrimos a pie todo el camino hasta la place Contrescarpe. Las farolas brillaban entre las hojas de los árboles de la plaza, bajo los cuales había un autobús de la línea S dispuesto a partir. De la puerta del Nègre Joyeux salía música. A través de la ventana del café Aux Amateurs vi el largo mostrador de cinc. En la terraza un grupo de obreros bebía. En la cocina abierta una joven estaba friendo patatas. Una cazuela de hierro hervía al fuego. La muchacha puso algo de comida en un plato que entregó a un viejo que esperaba con una botella de vino tinto en una mano.

—¿Quieres una copa?

—No, no la necesito —me respondió Bill.

Salimos de la place Contrescarpe por la derecha y recorrimos callejones estrechos y tranquilos, bordeados de casas viejas a ambos lados. Algunas parecían sobresalir de la calle y otras quedaban retrasadas. Llegamos a la rue du Pot de Fer y continuamos por ella hasta llegar a su extremo norte y después al extremo sur de la rue Saint-Jacques, donde torcimos hacia el sur, dejando atrás Val de Grâce, al otro lado del patio y la reja de hierro, para llegar al bulevar du Port Royal.

—¿Qué quieres hacer? —le pregunté a mi amigo—. ¿Vamos al café Select a ver a Brett y Mike?

—¿Por qué no?

Seguimos por el Port Royal hasta que se convirtió en Montparnasse y después pasamos por las Lilas, el Lavigne's, los pequeños cafés y el Damoy's, y cruzamos la calle hasta la Rotonde, dejando atrás sus mesas y sus luces para llegar al Select.

Michael se acercó a nosotros desde una de las mesas. Estaba moreno y parecía gozar de excelente salud.

—¡Ho-la, Jake! —me dijo—. ¡Ho-la, ho-la! ¿Cómo estás, viejo amigo?

—Tienes un aspecto magnífico, Mike.

—Estoy perfectamente. No he hecho más que pasear durante todo el día. Y sólo una copa al día, con mi madre y a la hora del té.

Bill se había acercado a la barra y estaba de pie charlando con Brett, que se había sentado en uno de los altos taburetes con las piernas cruzadas. No llevaba medias.

—Me alegro mucho de verte, Jake —siguió diciendo Michael—. Estoy un poco bebido, sabes. Divertido, ¿eh? ¿Has visto mi nariz?

Tenía un poco de sangre seca en el puente de la nariz.

—Me lo ha hecho una anciana con sus maletas —me explicó—. Me levanté para ayudarla a bajarlas y se me cayeron todas encima.

Desde la barra, Brett le hizo señas con su larga boquilla y le guiñó el ojo.

—Una anciana —continuó Michael—. Se me cayeron encima sus maletas. Ven, vamos a ver a Brett. Es algo único. Eres una dama adorable, Brett. ¿De dónde has sacado ese sombrero?

—Me lo regaló un amigo. ¿No te gusta?

—Es un sombrero horrible. Cómprate uno que te siente mejor.

—Ahora tenemos dinero suficiente —dijo Brett—. ¿Conoces ya a Bill? Eres un anfitrión excelente, Jake. —Se volvió a Mike—. Éste es Bill Gorton. Este borracho es Mike Campbell. El señor Campbell es un insolvente incurable.

—¿De veras lo soy? Ayer me encontré en Londres con mi ex socio, el amigo que me metió en el negocio.

—¿Qué te dijo?

—Me invitó a una copa. Pensé que debía aceptarla. Vaya, Brett, eres algo único, adorable. ¿No os parece que es bellísima?

—¿Bellísima? ¿Con esta nariz...?

—Es una nariz adorable. Vamos, ponla apuntando hacia mí. Es adorable, ¿verdad?

—¿No podíamos haber dejado a este hombre en Escocia?

—¿Sabes lo que te digo, Brett? Vámonos enseguida a la cama.

—No seas indecente, Michael. Recuerda que hay señoras en el bar.

—Es una chica adorable. ¿No lo crees así, Jake?

—Hay un combate de boxeo esta noche —intervino Bill—. ¿Os gustaría ir?

—¿Un combate? —preguntó Mike—. ¿Quién pelea?

—Ledoux contra no sé quién.

—Es muy bueno ese Ledoux —concedió Mike—. Y tanto que me gustaría mucho verlo, pero no puedo. Tengo una cita con esta cosa que hay aquí. ¿Sabes lo que te digo, Brett? ¡Cómprate un sombrero nuevo!

Brett se echó el sombrero hacia delante, aún más, sobre uno de los ojos y nos sonrió.

—Vosotros dos podéis iros a ver la pelea —nos aconsejó Brett—. Yo tengo que llevar al señor Campbell directamente a casa.

—No estoy borracho —protestó Mike—. O quizá sólo un poco. ¿Sabes lo que te digo, Brett? Eres una chica adorable.

—Iros al combate —insistió Brett—. El señor Campbell se está poniendo difícil. ¿A qué se deben todas esas exageradas explosiones de cariño, Michael?

—Te digo que eres una chica adorable.

Les dimos las buenas noches.

Mike nos dijo:

—Siento mucho no poder ir.

Brett rompió a reír.

Me volví a mirarlos desde la puerta. Mike se apoyaba con una mano sobre la barra y se inclinaba sobre Brett hablando con ella. Ésta lo contemplaba con frialdad, pero había una sonrisa en las comisuras de sus ojos.

Una vez fuera del bar, ya en la calle, le pregunté a Bill:

—¿De verdad quieres ir a ver la pelea?

—Claro —me respondió—, si no tenemos que ir andando.

Ya en el taxi, comenté:

—Mike estaba muy excitado con su novia.

—Bueno, no creo que eso se le pueda reprochar demasiado —me respondió.

Capítulo 9

El combate entre Ledoux y Kid Francis tuvo lugar la noche del 20 de junio. Fue un buen combate. A la mañana siguiente recibí una carta de Robert Cohn escrita desde Hendaya. Estaba pasando unos días muy tranquilos, me decía, bañándose, jugando algo al golf y mucho al bridge. Hendaya tenía una playa espléndida, pero estaba ansioso por emprender nuestra excursión de pesca. ¿Cuándo iría a reunirme con él? Si le compraba un buen sedal doble, me lo pagaría cuando nos encontráramos.

Ese mismo día, desde el despacho, le escribí a Cohn diciéndole que Bill y yo saldríamos de París el día 25, salvo que le telegrafiara en sentido contrario, y nos encontraríamos con él en Bayona, donde podríamos tomar un autobús que cruza las montañas hasta Pamplona. Esa misma tarde, a eso de las siete, me detuve en el Select para ver a Michael y Brett. No estaban allí y me dirigí al Dingo. Estaban dentro, sentados junto a la barra.

—¡Hola, querido!

Brett me tendió la mano.

—Hola, Jake —me saludó Mike—. Creo que estaba trompa anoche.

—¿Y no lo estabas? —intervino Brett—. ¡Qué desagradable!

—Oye —dijo Mike—, ¿cuándo te vas a España? ¿Te importaría que fuéramos contigo?

—Sería fantástico.

—¿De verdad no te importaría? Yo ya he estado en Pamplona, como sabes, pero Brett se muere de ganas de ir. ¿Estás completamente seguro de que no seríamos un estorbo?

—No digas tonterías.

—Estoy un poco bebido, ¿sabes? No te lo preguntaría de este modo si no lo estuviera. ¿Estás seguro de que no te importa?

—¡Oh, cállate de una vez, Michael! —lo interrumpió Brett—. ¿Cómo te va a decir ahora si le molesta o no? Ya se lo preguntaré yo después.

—Pero no te importa, ¿verdad?

—No vuelvas a preguntármelo otra vez si no quieres que me enfade de veras. Bill y yo nos vamos el día 25 por la mañana.

—Y hablando de Bill, ¿dónde está? —preguntó Brett.

—Se ha ido al Chantilly a cenar con unos conocidos.

—Es un buen tipo.

—Un tipo estupendo —añadió Mike—. Sí que lo es.

—Ni siquiera te acuerdas de él —le dijo Brett.

—Claro que sí. Lo recuerdo perfectamente. Mira, Jake, nosotros saldremos el 25 por la noche. Brett no puede levantarse por las mañanas.

—¡Claro que no!

—Si nuestro dinero llega y estás seguro de que no te importa nuestra compañía.

—Llegará, desde luego. Yo me ocuparé de ello.

—Dime qué equipo debo mandar a buscar.

—Dos o tres cañas con carrete, y sedales y unas moscas.

—Yo no quiero ir a pescar —intervino Brett.

—Sólo dos cañas en ese caso, así Bill no tendrá que comprarse una.

—Bien, le enviaré un cable a mi administrador.

—Será magnifico, ¿verdad? —exclamó Brett—. ¡España! Lo pasaremos muy bien.

—¿Qué día de la semana es el 25?

—Sábado.
—Tenemos que prepararlo todo.
—Bueno, yo tengo que ir a la barbería —dijo Mike.
—Y yo a tomar un baño —añadió Brett—. Acompáñame hasta el hotel, Jake. Sé buen chico.
—Estamos en el más adorable de los hoteles —explicó Mike—. Me parece que es un burdel.
—Nos dejamos aquí las maletas, en el Dingo. Cuando entramos en el hotel nos preguntaron si queríamos la habitación sólo para la tarde. Parecieron muy complacidos cuando les dijimos que íbamos a quedarnos allí toda la noche.
—Sigo creyendo que es un burdel —insistió Mike—. Y yo sé lo que me digo.
—¡Oh, cállate y vete a cortarte el pelo!
Mike se fue. Brett y yo nos quedamos en la barra.
—¿Quieres otra copa?
—Sí, creo que sí.
—La necesito —se justificó Brett.
Subimos por la rue Delambre.
—No te había visto desde mi regreso —dijo Brett.
—No.
—¿Cómo estás, Jake?
—Bien.
Brett se me quedó mirando y me preguntó:
—Por cierto, ¿sabes si Robert Cohn nos acompañará en el viaje?
—Sí. ¿Por qué?
—¿No crees que será un poco desagradable para él?
—No. ¿Por qué?
—¿Con quién crees que estuve en San Sebastián?
—Te felicito —dije.
Continuamos andando.
—¿Por qué dices eso?
—No lo sé. ¿Qué te hubiera gustado oír?

Seguimos andando y dimos la vuelta a la esquina.

—Se portó muy bien. Hasta que empezó a ponerse un poco aburrido.

—¿De veras?

—Supuse que aquello le sentaría bien.

—Deberías dedicarte a hacer obras de caridad.

—No seas cruel.

—No quiero serlo.

—¿De veras no lo sabías?

—No —le respondí—. Ni se me había ocurrido.

—Y ahora que lo sabes, ¿no crees que será desagradable para él nuestra compañía?

—Eso es asunto suyo. Dile que vais a venir —le aconsejé—, y si no quiere siempre está a tiempo de no acompañarnos.

—Le escribiré y le daré la oportunidad de retirarse.

No volví a ver a Brett hasta la noche del 24 de junio.

—¿Has sabido algo de Cohn?

—Pues sí. Está loco de contento con la noticia.

—¡Dios mío!

—¡Me ha dicho que se muere de impaciencia por volver a verme!

—¿Cree que irás sola?

—No. Le escribí que iríamos todos juntos. Michael y los demás.

—¡Es un tipo fantástico!

—¿Verdad que sí?

Esperaban recibir el dinero al día siguiente. Acordamos encontrarnos en Pamplona. Ellos irían directamente hasta San Sebastián donde tomarían el tren. Nos reuniríamos todos en el Montoya de Pamplona. Si no habían llegado antes del lunes nosotros continuaríamos con nuestros planes y nos iríamos a Burguete, que está en las montañas. Les anoté el itinerario para que pudieran seguirnos.

Bill y yo tomamos el tren de la mañana en la gare d'Orsay. Hacía un día estupendo, no demasiado caluroso y el paisaje era bellísimo desde el primer momento. Desayunamos en el coche restaurante.

Cuando nos marchábamos me dirigí al revisor y le pedí una reserva para el primer turno del almuerzo.

—No hay nada hasta el quinto.

—¿Cómo es eso?

Por lo general en aquel tren sólo había dos turnos para el almuerzo y siempre había suficiente sitio libre en ambos.

—Están reservadas todas las plazas del vagón restaurante —nos explicó el encargado—. Habrá un quinto turno adicional a las tres y media.

—La cosa es seria —le dije a Bill.

—¡Dale diez francos!

—Oiga —le dije—, queremos comer en el primer turno.

Se guardó los diez francos en el bolsillo y replicó:

—Muchas gracias. Me permito aconsejarles, señores, que compren bocadillos. Todas las plazas para los primeros cuatro servicios fueron reservadas en las oficinas de la compañía.

—Va usted a hacer buena carrera, amigo —le dijo Bill en inglés—. Supongo que si sólo le hubiéramos dado cinco francos nos hubiese aconsejado saltar del tren en marcha...

—*Comment?*

—¡Váyase al diablo! —dijo Bill—. Tráiganos los bocadillos y una botella de vino. ¡Díselo, Jake!

—¡Y envíelos al vagón siguiente!

Terminé describiéndole en qué departamento estábamos.

En nuestro compartimiento iba un caballero con su esposa y su hijo, un muchacho joven.

—Me parece que son ustedes norteamericanos, ¿no es así? —preguntó el hombre—. ¿Están teniendo un buen viaje?

—¡Maravilloso! —respondió Bill.

—Eso es lo que hay que hacer: viajar mientras se es joven. Mamá y yo siempre deseamos cruzar el charco, pero hemos tenido que esperar bastante.

—Hubiéramos podido venir hace diez años, si hubieras querido —intervino su esposa—, pero no hacías más que repetir: «¡Conozcamos América primero!». Y la verdad es que hemos visto mucho, en un sentido u otro.

—Eh, este tren está lleno de norteamericanos —comentó el marido—. Han reservado siete vagones y vienen de Dayton, Ohio. Han estado de peregrinaje en Roma y ahora van a Biarritz y a Lourdes.

—¡Vaya, eso es lo que son! ¡Peregrinos! ¡Malditos puritanos! —exclamó Bill.

—¿De qué parte de Estados Unidos son ustedes, muchachos?

—Kansas City —le respondí—. Mi amigo es de Chicago.

—¿Van ustedes a Biarritz?

—No, continuaremos el viaje. Vamos a pescar a España.

—Nunca me ha interesado la pesca. Y eso que hay muchos aficionados en el lugar de donde venimos, según creo. Tenemos los mejores lugares de pesca del estado de Montana. He estado allí, pero nunca me ha interesado pescar.

—Me parece que en tus viajes pescaste más de un pez —dijo irónicamente su esposa.

El caballero nos hizo un guiño de complicidad.

—Ya saben cómo son las señoras. Si uno se divierte un poco y se toma unas cervezas, piensan que estamos a las puertas del infierno, en medio del pecado y la condenación.

—Así son los hombres —nos dijo la esposa, dirigiéndose exclusivamente a nosotros. Se alisó la falda sobre su confortable regazo—. Voté contra la prohibición por complacerlo y porque me gusta tener algo de cerveza en casa y ahora habla así. Es un milagro que los hombres encuentren a alguien dispuesto a casarse con ellos.

—Oigan —dijo Bill—, ¿saben ustedes que esa banda de curas peregrinos han copado todo el coche restaurante hasta las tres y media de la tarde?

—¿Qué dice? ¡No pueden hacer una cosa así!

—¡Intente reservar plaza, ya lo verá!

—Bien, mamá, me parece que lo mejor que podemos hacer es volver y tomar otro desayuno.

La mujer se levantó y se estiró el vestido.

—¿Nos cuidarán nuestras cosas? ¡Vamos, Hubert!

Los tres se dirigieron al coche restaurante. Poco después de haberse marchado un camarero pasó anunciando el primer turno para el almuerzo y los peregrinos y sus curas comenzaron a desfilar por el pasillo. Nuestro amigo y su familia no regresaron. Un camarero pasó por el corredor con nuestros bocadillos y una botella de Chablis. Lo llamamos.

—Le espera un buen día de trabajo —le dije.

Movió la cabeza afirmativamente.

—Ya han empezado a comer, ¡a las diez y media!

—¿Cuándo comeremos nosotros?

—¡Uh...! ¿Y cuándo comeré yo?

Dejó dos vasos para el vino, le pagamos y le di una propina.

—Volveré a buscar los platos —dijo—, o llévenlos ustedes.

Nos comimos los bocadillos, nos bebimos el vino y contemplamos el paisaje que desfilaba por la ventanilla. Los cereales empezaban a madurar y los campos estaban llenos de amapolas. Los pastizales tenían un color verde intenso y había hermosos árboles y a veces grandes ríos con *châteaux* en sus orillas, entre los árboles.

En Tours bajamos a comprar otra botella de vino y cuando volvimos al compartimiento el hombre de Montana, su esposa y su hijo Hubert habían vuelto y estaban sentados cómodamente.

—¿Hay buenos sitios para ir a nadar en Biarritz? —preguntó Hubert.

—Le vuelve loco el agua —comentó su madre—. Viajar es bastante pesado para los jóvenes de su edad.

—Sí —le respondí al muchacho—, hay buenos sitios donde nadar, pero es peligroso cuando el mar está embravecido.

—¿Han comido bien? —quiso saber Bill.

—Ya lo creo. Estábamos sentados cuando empezaron a llegar y

debieron pensar que formábamos parte de la peregrinación. Uno de los camareros nos dijo algo en francés y después hicieron volver atrás a tres de ellos.

—Sin duda pensaron que éramos de los suyos —añadió el marido—. Lo ocurrido demuestra el poder de la Iglesia católica. Es una pena que ustedes dos no sean católicos. Podrían conseguir una buena comida, y sin problemas.

—Yo lo soy —intervine—, y precisamente eso es lo que me hace sentir más molesto.

Finalmente comimos a las cuatro y cuarto. Bill había comenzado a ponerse difícil. Se dirigió a un sacerdote que regresaba del restaurante con un grupo de peregrinos.

—¿Cuándo vamos a tener la oportunidad de comer nosotros los protestantes, padre?

—Yo no sé nada de eso. ¿Han hecho las reservas?

—Esto es más que suficiente para hacer que uno se afilie al Ku Klux Klan —se indignó Bill. El sacerdote se volvió a mirarlo.

En el coche restaurante los camareros habían servido cinco turnos de comida sin interrupción. El que nos atendía a nosotros estaba empapado en sudor y su chaquetilla blanca tenía manchas moradas en las axilas.

—Debe de beber mucho vino tinto.

—O llevar una camiseta morada.

—Vamos a preguntárselo.

—No, no, está demasiado cansado.

En Burdeos el tren se detuvo durante media hora y bajamos al andén a pasear un poco. No había tiempo suficiente para ir a la ciudad. Cuando el tren reanudó la marcha dejamos atrás las Landas y contemplamos la puesta de sol. En los pinares había claros causados por los incendios, como si fueran amplias avenidas; al final de éstas se distinguía un grupo de boscosas montañas. Cenamos a eso de las siete y media y contemplamos el paisaje a través de la ventana abierta del coche restaurante. Una tierra arenosa cubierta de pinares y brezos.

Entre los árboles había pequeños calveros con casas, y de vez en cuando pasábamos junto a un aserradero. Oscureció, pero podíamos seguir percibiendo el paisaje, ardiente y arenoso, al otro lado del cristal.

A eso de las nueve llegamos a Bayona. El hombre, su esposa y Hubert nos estrecharon la mano. Tenían que dirigirse a La Négresse, donde tomarían el tren para Biarritz.

—Bien, espero que tengan ustedes mucha suerte —nos deseó.

—Tengan cuidado con esas corridas de toros.

—Quizá nos veamos en Biarritz —dijo Hubert.

Nos bajamos del tren con nuestras maletas y cañas de pescar, cruzamos la oscura estación y salimos a la luz de la calle donde había una fila de coches y otra de autobuses de los hoteles. Allí, junto con los mozos de los hoteles en busca de clientes, estaba Robert Cohn. Al principio no nos vio, pero enseguida se dirigió hacia nosotros.

—¡Hola, Jake! ¿Habéis tenido buen viaje?

—Muy bueno —le respondí—. Te presento a Bill Gorton.

—¿Cómo estás?

—Vamos —dijo Robert—, tengo un coche esperando.

Era un poco corto de vista, cosa que nunca había advertido hasta entonces. Se quedó mirando a Bill como si tratara de recordar dónde podía haberlo visto antes. Y además parecía un poco cohibido.

—Vamos a mi hotel. Está bien, es bastante agradable.

Subimos al coche. El cochero colocó las maletas en el pescante, a su lado, subió y restalló el látigo. Cruzamos el puente en tinieblas y llegamos a la ciudad.

—Me alegro muchísimo de conocerte —le dijo Robert a Bill—. He oído a Jake hablar mucho de ti y he leído todos tus libros. ¿Has traído mi caña, Jake?

El coche se detuvo en la puerta del hotel, nos bajamos y entramos. Era un hotel agradable y en recepción fuimos recibidos muy amablemente. Nos asignaron una habitación pequeña, pero cómoda, a cada uno.

Capítulo 10

A la mañana siguiente el día amaneció luminoso. Estaban regando las calles. Desayunamos en un café. Bayona es una bonita ciudad, semejante a una ciudad española limpia, y se encuentra situada a orillas de un gran río. Pese a lo temprano que era, hacía ya mucho calor en el puente que cruzaba el río cuando lo atravesamos camino del centro de la ciudad, donde queríamos dar un paseo.

No estábamos seguros de que el equipo de pesca de Mike llegara a tiempo desde Escocia, así que empezamos a buscar una tienda y finalmente compramos una caña de pesca para Bill en el piso alto de un almacén. El hombre encargado de la venta de los equipos de pesca estaba ausente y tuvimos que esperar a que regresara. Finalmente volvió y pudimos comprar una buena caña bastante barata y dos redes de recogida.

Volvimos de nuevo a la calle y fuimos a visitar la catedral. Cohn había hecho ciertas observaciones sobre que era un buen ejemplo de una cosa u otra, no me acuerdo de qué. Era una bonita catedral, bella y sombría como suelen ser las catedrales españolas. Después pasamos por el viejo castillo y el Sindicato de Iniciativas local, de donde debía salir nuestro autobús. Nos dijeron que el servicio de autocares no comenzaba hasta primeros de julio. En la oficina de turismo nos informamos de cuánto nos costaría alquilar un coche que nos llevara a Pamplona, y alquilamos uno en un gran garaje que se hallaba justo al volver la esquina del Teatro Municipal. Tuvimos que pagar cuatrocientos francos y quedamos en que pasaría a recogernos al hotel al cabo de cuarenta minutos. Nos detuvimos de nuevo en el café en que habíamos desayunado y nos tomamos una cerveza. Hacía calor, pero la ciudad tenía el hálito fresco de primeras horas de la mañana y resultaba muy agradable estar allí sentados. Se había levantado una brisa que inequívocamente procedía del mar. En la plaza había palomas y las casas eran amarillas, tostadas por el sol. No tenía ganas de dejar el café. Pero debíamos regresar al hotel para preparar las maletas y pagar la cuenta. Sorteamos quién debía pagar las cervezas, y creo que le tocó a Cohn. Hecho esto nos dirigimos al hotel. Bill y yo tuvimos que pagar sólo dieciséis francos cada uno, incluido el diez por ciento del servicio. Hicimos que nos bajaran las maletas al vestíbulo donde esperamos a Robert Cohn. Mientras esperábamos vi una cucaracha en el suelo del parquet que debía medir al menos seis centímetros. Se la mostré a Bill y la pisé. Quedamos de acuerdo en que posiblemente acababa de entrar del jardín. La verdad era que el hotel estaba extraordinariamente limpio.

Por fin bajó Cohn y nos fuimos a donde nos esperaba el coche, un automóvil cerrado, muy grande, conducido por un chófer que llevaba un guardapolvos blanco con cuello y puños azules. Le hicimos bajar la parte trasera del techo, que era descapotable. Guardó las maletas y nos pusimos en marcha calle arriba para salir de la ciudad.

Dejamos atrás unos hermosos jardines y volvimos la cabeza para ver de nuevo la ciudad que dejábamos atrás. Pronto nos encontramos en la campiña, verde y ondulada. La carretera ascendía continuamente. Nos cruzamos con muchos campesinos vascos, con sus carretas arrastradas por bueyes o mulos, y pasamos frente a bellos caseríos encalados de tejados bajos. En el País Vasco el campo da la impresión de ser rico y fructífero, y las casas y las aldeas están limpias y parecen prósperas. Cada aldea tenía un frontón y en algunos de ellos los niños jugaban bajo el ardiente sol. Había letreros en las fachadas de las iglesias advirtiendo que quedaba prohibido jugar a la pelota contra ellas. Las casas de los pueblos tenían los tejados cubiertos con tejas rojas. La carretera cambió de dirección y comenzó a ascender de nuevo mientras bordeaba una colina bajo la cual se extendía un valle. Al otro lado se divisaban unos montes que nos separaban del mar, que desde allí no se veía, estaba demasiado lejos. Lo único que veíamos eran colinas y más colinas, pero sabíamos dónde quedaba el mar.

Cruzamos la frontera española. Había un riachuelo y un puente. Los guardias civiles con sus tricornios de charol, que recordaban a Bonaparte, y mosquetones al hombro estaban en el lado español; en el otro se situaban gordos gendarmes franceses con quepis y bigotes. Sólo abrieron una de nuestras maletas y comprobaron nuestros pasaportes. A cada lado de la frontera había una tienda que vendía de todo y una fonda. El chófer tuvo que ir a arreglar ciertos documentos para su automóvil y nosotros nos bajamos y nos aproximamos al río a ver si había truchas en sus aguas. Bill trató de hablar unas palabras en español con uno de los guardias civiles, pero no consiguió gran cosa. Robert Cohn, señalando el agua con el dedo, le preguntó si había truchas en el arroyo, y el guardia le respondió que sí, pero pocas.

Le pregunté si solía pescar y me replicó que no, que no le interesaba en absoluto.

En esos momentos un hombre de edad, con el pelo y la barba desteñidos por el sol y unas ropas que parecían hechas de tela de saco, se acercó a nosotros cruzando el puente. Llevaba un bastón y un cabritillo en la espalda atado por las cuatro patas y con la cabeza colgando. El guardia civil le hizo señas con el sable para que se volviera. Sin decir una palabra el hombre dio la vuelta y comenzó a desandar su camino por la carretera blanca que se adentraban en España.

—¿Qué le pasa al viejo? —quise saber.

—No tiene pasaporte.

Le ofrecí al guardia un cigarrillo. Lo aceptó y me dio las gracias.

—¿Qué hará ahora?

El guardia escupió al suelo.

—Bueno, vadeará el río.
—¿Hay mucho contrabando por aquí?
—Se defienden.

El chófer del automóvil regresó con los documentos necesarios, que dobló y se guardó en el bolsillo interior de la chaqueta. Subimos al coche y nos pusimos en marcha por la carretera blanca y polvorienta. Hacia España. Durante algún tiempo el paisaje era igual que antes de cruzar la frontera. Después la carretera ascendía de manera continuada y cruzamos un collado. La carretera seguía serpenteando en múltiples curvas y entonces pudimos decir que realmente estábamos ya en España. Había largas cadenas de montañas pardas y algunos pinos y, más a lo lejos, bosques de hayas en algunas de las faldas de los montes. La carretera discurría a lo largo de la cima del collado, pero de repente comenzó a descender de manera abrupta; entonces el chófer tuvo que tocar la bocina, pisar el freno y hacer un viraje brusco para evitar atropellar a dos asnos que dormían en medio de la carretera. Descendimos de las montañas y cruzamos un bosque de robles en el que pacían vacas blancas. Más abajo había prados verdes y arroyos cristalinos. Cruzamos uno de ellos y dejamos atrás una pequeña aldea melancólica. Comenzamos a ascender de nuevo y atravesamos otro alto puerto. Tras cruzar la cima, otra vez la carretera comenzó a descender hacia la derecha. Vimos otro nuevo grupo de montañas hacia el sur, todas ellas oscuras, como tostadas al horno y con extrañas formas.

Al cabo de un rato salimos de las montañas y la carretera se deslizó entre una doble hilera de árboles, un arroyo y unos trigales maduros; hacia delante era recta y blanca, después ascendía por una pequeña pendiente. A la izquierda quedaba una colina con un viejo castillo rodeado de edificios y un campo de trigo ondulado por el viento que llegaba casi a sus murallas. Yo iba sentado delante, junto al conductor, y me volví hacia atrás. Robert Cohn estaba medio dormido, pero Bill me miró y asintió con la cabeza. Cruzamos una amplia meseta y, a lo lejos, apareció un gran río, a la derecha, brillando bajo los rayos de sol que se filtraban por entre los árboles que flanqueaban sus orillas. En la lejanía se veía la meseta de Pamplona, destacando en la llanura, y las murallas de la ciudad, y su gran catedral pardusca, y las siluetas de las otras iglesias. Detrás de la meseta se alzaban otras montañas y, a cualquier parte que se dirigiera, la vista topaba siempre con otras montañas, mientras que hacia delante la carretera se prolongaba blanca y recta cruzando la llanura en dirección a Pamplona.

Entramos en la ciudad por el lado opuesto de la meseta, por una carretera ascendente y polvorienta, con árboles a ambos lados que le ofrecían su sombra. Después se prolongaba hasta la parte moderna de la ciudad, que estaba en construcción en la parte externa de las antiguas murallas. Pasamos por la plaza de toros, alta, blanca y poderosa, con sus muros de hormigón destacando bajo la luz del sol. Por una calle lateral llegamos a la gran plaza, y nos detuvimos en la puerta del hotel Montoya.

El conductor nos ayudó a bajar el equipaje. Un numeroso grupo de chiquillos nos rodeó contemplando el automóvil con curiosidad. La plaza ardía, los árboles estaban verdes y las banderas y gallardetes ondeaban en sus astas. Era agradable alejarse del sol y refugiarse a la sombra de las arcadas que circundaban completamente la plaza. Montoya se alegró mucho de vernos, nos estrechó la mano y nos asignó unas habitaciones excelentes que daban a la plaza. Nos lavamos, nos cambiamos de ropa y bajamos al comedor para almorzar. El conductor del coche también se quedó a comer. Después le pagamos y emprendió el viaje de regreso a Bayona.

En el hotel Montoya había dos comedores. Uno de ellos, cuyos balcones daban a la plaza, estaba en el primer piso. El otro se encontraba un piso por debajo del nivel de la plaza y sus puertas daban a la calle de atrás, por la cual pasan los toros del encierro las mañanas en que son trasladados a la plaza. Siempre hacía fresco en el comedor de abajo, así que nos sentamos en él y nos sirvieron un excelente almuerzo. La primera comida en España siempre produce una conmoción, con sus entremeses, un plato de huevos, dos platos de carne, verduras, ensaladas, fruta y postre. Hay que beber una buena cantidad de vino para poder comerse todo esto. Robert Cohn empezó a decir que no quería nada del segundo plato de carne, pero nadie quería actuar de intérprete, así que la camarera pensó que aquello no le gustaba y le trajo otra cosa, un plato de carnes frías, creo. Cohn había venido dando muestras de gran nerviosismo desde que nos encontramos con él en Bayona. No sabía si estábamos enterados de que Brett había estado con él en San Sebastián, y eso le hacía sentirse un tanto incómodo.

—Bien —dije—, Brett y Mike llegarán esta noche.

—Dudo que vengan —dijo Cohn.

—¿Por qué no? —intervino Bill—. ¡Claro que vendrán!

—Lo que pasa es que siempre llegan tarde —dijo.

—Yo creo que no van a venir —insistió Cohn.

Lo dijo con un aire de superioridad, como quien sabe más que los demás, que nos irritó a los dos.

—Te apuesto cincuenta pesetas a que estarán aquí esta noche —dijo Bill.

Siempre apostaba cuando estaba enfadado, así que casi todas sus apuestas eran disparatadas.

—Acepto —respondió Cohn—. Bueno, acuérdate, Jake: cincuenta pesetas.

—Ya me acordaré yo —replicó Bill.

Me di cuenta de que estaba furioso y traté de conseguir que se calmara.

—Seguro que vendrán —intervine—, estoy totalmente seguro, pero quizá no sea esta noche.

—¿Quieres anular la apuesta? —preguntó Cohn.

—No. ¿Por qué? Subimos a cien si quieres.

—De acuerdo. Te cojo la palabra.

—Ya basta —corté—. ¿O es que queréis montar una casa de apuestas y darme comisión?

—Estoy satisfecho con la apuesta. —Cohn sonrió y añadió—: ¡Es probable que las recuperes jugando al bridge!

—Aún no las has ganado —contestó Bill.

Salimos a dar un paseo por los pórticos de la plaza y nos detuvimos en el Iruña a tomar café. Cohn dijo que iba al otro lado de la plaza a afeitarse.

—Dime —me preguntó Bill—, ¿crees que tengo alguna posibilidad de ganar la apuesta?

—Muy pocas, es una mala apuesta. Nunca llegan a tiempo a ninguna parte. Y además si no recibieron el dinero a tiempo no podrán estar aquí esta noche.

—Me arrepentí inmediatamente después de haber abierto la boca. Pero tenía que responderle. Creo que es buena persona, pero ¿de dónde saca esa desconfianza y esa seguridad de sabelotodo? Mike y Brett quedaron en venir.

Vi que Cohn cruzaba la plaza de regreso.

—Mira, ahí vuelve.

—Bueno, dejemos que tome ese aire de superioridad judía.

—La peluquería estaba cerrada —nos explicó—, no abre hasta las cuatro.

Tomamos café en el Iruña, sentados en cómodos sillones de mimbre mientras desde la fresca sombra de las arcadas contemplábamos la gran plaza. Al cabo de un rato, Bill dijo que tenía que marcharse a escribir unas cartas y Cohn volvió a la peluquería. Como estaba todavía cerrada decidió volver al hotel y tomar un baño. Me quedé solo en el café y después decidí dar un paseo por la ciudad. Hacía mucho calor, pero me mantuve a la sombra de las casas. Atravesé el mercado y pasé un rato agradable recorriendo otra vez la ciudad. Me dirigí al ayuntamiento y fui a ver al anciano caballero que cada año me abonaba a las corridas. Había recibido el dinero que le mandé desde París y me había renovado el abono, así que todo estaba en orden. Era el archivero y todos los archivos de la ciudad estaban en su despacho. En fin, esto no tiene nada que ver con nuestra historia. Su oficina tenía una puerta de persiana verde y otra gran puerta de madera; cuando me marché lo dejé sentado entre los archivos que cubrían las paredes de la sala y cerré ambas puertas. A la salida el portero me detuvo para cepillarme la chaqueta.

—Debe de haber venido en automóvil —me dijo.

La parte de atrás del cuello y la superior de los hombros estaban cubiertas de un polvo grisáceo.

—Desde Bayona.

—Bien, bien —le oí decir—, sabía que había venido en automóvil por el tipo de polvo.

Le di dos monedas de cobre de propina.

Al final de la calle vi la catedral y me dirigí a ella. La primera vez que vi la fachada me pareció fea, pero ahora me gustaba. Entré en el templo. Todo estaba en silencio y en una agradable penumbra; los pilares se alzaban hasta muy arriba, había gente rezando y olía a incienso. La catedral tenía unos grandes ventanales realmente maravillosos. Me arrodillé y comencé a rezar rogando por todos los que pude recordar en esos momentos: Brett, Mike, Bill y Robert Cohn y, naturalmente, por mí mismo, y por todos los toreros, separadamente por los que me gustaban y en grupo por los demás. Volví a rezar por mí mismo y entonces empecé a sentir una agradable sensación de somnolencia, así que le pedí a Dios que los toros salieran buenos y que las fiestas se desarrollaran a pedir de boca, y también que tuviéramos una buena pesca. Me pregunté si había algo más por lo que rezar y pensé que me gustaría tener un poco más de dinero, así que pedí ganar mucho dinero y empecé a pensar qué podía hacer para lograrlo. El pensamiento de cómo ganar dinero me hizo recordar al conde y pensar dónde debía de estar en aquellos momentos. Lamenté no haberlo vuelto a ver desde aquella noche en Montmartre y recordé algunas cosas divertidas que Brett me había contado de él. Durante todo ese tiempo permanecí arrodillado, con la frente en el respaldo del asiento de delante y pensando en mí mientras rezaba. Me sentí de repente bastante avergonzado al pensar que era un mal católico, pero comprendí que no podía hacer nada por evitarlo, al menos de momento, o tal vez nunca. De todos modos el catolicismo era una gran religión y mi único deseo era poder sentirme religioso; pensé que quizá llegaría a serlo la próxima vez que entrara en un templo. Salí de la catedral a la calle, y ya en la escalinata me alcanzaron los rayos de sol. Tenía el dedo índice y el pulgar todavía húmedos y sentí cómo se me secaban al sol. La luz era ardiente, así que crucé para ponerme a la sombra de algunos edificios, y me dirigí al hotel por callejuelas laterales.

A la hora de cenar comprobamos que Robert Cohn se había bañado, se había afeitado, lavado y cortado el pelo, que además se alisó con un fijador. Estaba nervioso y yo no hice nada para ayudarle a calmarse. El tren procedente de San Sebastián debía llegar a las nueve de la noche, y si Brett y Mike venían tenía que ser precisamente en ese tren. A las nueve menos veinte aún estábamos a medio cenar, pero Robert Cohn se levantó de la mesa y dijo que se iba a la estación. Le dije que iría con él sólo para fastidiarlo, pero Bill afirmó que no iba a dejar la cena a medias. Le dije que volveríamos lo antes posible.

Fuimos a la estación andando. Me divertía ver el nerviosismo y la tensión de Cohn. Confiaba en que Brett llegara en aquel tren. En la estación nos enteramos de que el tren llevaba retraso y nos sentamos en un carro de equipajes, fuera, en la oscuridad. Nunca he visto, en la vida civil, a nadie tan nervioso como lo estaba Robert Cohn, ni tan impaciente. Yo disfrutaba con ello. Ya sé que era despiadado por mi parte gozar con su estado de ánimo. Pero Cohn tenía la maravillosa capacidad de hacer salir a flote lo peor que hay en cada uno de nosotros.

Al cabo de un rato oímos el silbido del tren al aproximarse a la estación por el extremo opuesto del andén y divisamos la luz de sus faros que descendía por la colina. Corrimos a la estación y nos quedamos junto a la multitud que esperaba al otro lado de la salida. El tren llegó, se detuvo y los pasajeros comenzaron a salir.

Brett y Mike no estaban entre los viajeros. Esperamos hasta que todo el mundo hubo salido del andén. Algunos tomaron los autobuses o los coches que aguardaban fuera, y otros se marcharon con los amigos que habían ido a esperarlos, andando en la oscuridad camino de la ciudad.

—Sabía que no iban a venir —dijo Robert mientras caminábamos de regreso al hotel.

—Yo esperaba que lo hicieran —le contradije.

Bill estaba ya tomando la fruta y terminando la botella de vino cuando regresamos al comedor.

—No han venido, ¿eh?

—No.

—No importa. Te daré las cien pesetas mañana por la mañana, ¿de acuerdo, Cohn? —le preguntó Bill—. Aún no he cambiado dinero.

—¡Olvídalo! —le replicó Robert—. Apostemos sobre cualquier otra cosa. ¿Se pueden hacer apuestas sobre las corridas de toros?

—Se puede —dijo Bill—, pero no hay por qué hacerlo.

—Sería como apostar sobre la guerra —intervine yo—. Las corridas de toros no necesitan el menor incentivo económico.

—Siento mucha curiosidad por ver alguna —añadió Robert.

Montoya se aproximó a nuestra mesa. Llevaba un telegrama en la mano y me lo tendió:

—Es para usted.

Leí: «Pasamos noche en San Sebastián».

—Es de ellos —les dije.

Me guardé el telegrama en el bolsillo. Normalmente se lo hubiera dado a leer a mis amigos.

—Han decidido detenerse en San Sebastián —dije—. Os envían sus saludos.

No sé por qué sentí aquel impulso de incordiar a Cohn. O mejor dicho, sí que lo sé. Estaba terriblemente celoso de lo que le había ocurrido y no podía perdonárselo. El hecho de que tomara lo sucedido como cosa normal no cambiaba nada. En esos momentos lo odiaba.

No se me había ocurrido que pudiera odiarlo hasta el instante, durante el almuerzo, en que mostró su aire de superioridad... y todo aquel ir y venir a la peluquería. Ésa es la razón por la que me guardé el telegrama en el bolsillo. De todos modos era a mí a quien venía dirigido.

—Bueno —dije—. Mañana a mediodía debemos tomar el autobús para Burguete. Podrán seguirnos si llegan mañana en el tren de la noche.

Sólo había dos trenes procedentes de San Sebastián, uno que llegaba a primera hora de la mañana y el de la noche, que habíamos ido a esperar.

—Me parece buena idea —admitió Cohn.

—Cuanto antes vayamos al río, mejor.

—A mí me da lo mismo cuándo empecemos la pesca, pero cuanto antes, mejor —dijo Bill.

Nos quedamos un rato en el Iruña, tomamos café y dimos un paseo por la ciudad hasta la plaza de toros. Cruzamos el campo bajo los árboles hasta el borde de los peñascos y miramos hacia el río que se adivinaba a nuestros pies en la oscuridad. Bill y Cohn se quedaron en el café Iruña hasta bastante tarde, supongo, porque yo ya estaba dormido cuando volvieron al hotel.

A la mañana siguiente compré tres billetes para el autobús de Burguete que salía a las dos de la tarde. No había ninguno antes. Estaba sentado en el Iruña leyendo los periódicos cuando vi que Robert atravesaba la plaza. Se acercó a la mesa y se dejó caer en uno de los sillones de mimbre.

—Es un café muy cómodo —dijo—. ¿Has dormido bien, Jake?

—Como un tronco.

—Yo he dormido muy mal. Bill y yo no nos acostamos hasta muy tarde.

—¿Dónde estuvisteis?

—Aquí. Y cuando cerraron nos fuimos al otro café. El dueño habla alemán e inglés.

—El café Suizo.

—Eso es. Un buen tipo. Me parece que es mejor bar que éste.

—No es tan bueno durante el día —le respondí—. Hace demasiado calor. Hablando de otra cosa: ya tengo los billetes del autobús.

—No quiero irme hoy. Tú y Bill os podéis adelantar.

—Ya tengo tu billete.

—Dámelo. Haré que me devuelvan el dinero.

—Son cinco pesetas.

Robert Cohn sacó un duro de plata y me lo entregó.

—Tengo que quedarme —dijo Cohn—. Temo que haya alguna equivocación, algún malentendido.

—¿Por qué? —le pregunté—. Es posible que no vengan hasta dentro de tres o cuatro días, si empiezan a pasarlo bien en San Sebastián.

—Eso es exactamente lo que pienso —continuó Robert—. Tengo miedo de que esperasen encontrarme en San Sebastián y por eso se hayan quedado allí.

—¿Qué es lo que te hace pensar eso? —le pregunté.

—Bueno, es que le escribí a Brett sugiriéndoselo.

—En ese caso, ¿por qué no te quedaste allí a esperarlos? —empecé a decir, pero me detuve. Pensé que esa idea debía habérsele ocurrido, pero no creo que le llegara a pasar por la cabeza.

Se estaba mostrando confidencial, le agradaba suponer que yo sabía que entre Brett y él había existido algo.

—Bueno, Bill y yo nos iremos después de comer —le informé.

—Me gustaría poder ir con vosotros. Durante todo el invierno hemos estado haciendo planes para esta excursión de pesca —se estaba poniendo sentimental con sus recuerdos—, pero debo quedarme, estoy convencido. En cuanto vengan nos reuniremos allá arriba con vosotros.

—Vamos a buscar a Bill —sugerí.

—Quiero ir a la peluquería.

—Hasta la hora de comer, entonces.

Encontré a Bill en su cuarto, afeitándose.

—Sí, ya me habló de ello anoche —me dijo Bill—. Es un tanto presuntuoso y se confía demasiado. Me dijo que se había citado con Brett en San Sebastián.

—¡Maldito embustero!

—¡Oh, no...! —me aconsejó Bill—. No te enfades con él. No te enfades ahora al principio de la excursión. ¿Cómo conociste a ese tipo, si puede saberse?

—No me remuevas la herida.

Bill recorrió el cuarto con la mirada y después, a medio afeitar, se volvió y siguió hablando mientras se contemplaba en el espejo y terminaba su afeitado.

—¿No lo enviaste a verme el invierno pasado en Nueva York, con una carta tuya? ¡Gracias a Dios soy un hombre que viaja mucho! ¿No tienes más amigos judíos que se puedan unir a nosotros?

Se frotó el mentón con el pulgar, lo miró un momento en el espejo y comenzó a darse otra pasada.

—Tú también tienes algunos que se las traen.

—Sí, también tengo algunos amigos pesados, pero no tanto como este Robert Cohn. Y lo más ridículo de todo es que al mismo tiempo es un buen chico. Me gusta, pero es tan espantosamente aburrido.

—Puede ser muy simpático y agradable.

—Ya lo sé. Y ésa es la parte más terrible.

Me eché a reír.

—Sí, ríete... —se lamentó Bill—, ya se ve que no estuviste con él anoche hasta las dos.

—¿Estuvo muy pesado?

—¡Espantoso! ¿Qué pasa entre Brett y él? ¿Crees que Brett ha tenido algo que ver con él?

Levantó la barbilla y se la contempló primero por un lado y después por el otro.

—Seguro —le contesté—. Estuvo con él unos días en San Sebastián.

—¡Qué cosa tan tonta! ¿Cómo se le ocurrió a Brett hacer algo así?

—Quería marcharse de París, dejar la ciudad, y es incapaz de ir sola a ninguna parte. Además creyó, según me ha dicho, que a Cohn le vendría bien.

—¡Qué cosas tan ridículas hace alguna gente! ¿Por qué no se fue con alguien de su gente? O contigo —hizo una pequeña pausa y carraspeó—, o... conmigo. Sí, ¿por qué no conmigo? —Se contempló el rostro en el espejo y se puso una buena cantidad de espuma en cada mejilla—. Es una cara honrada. Un rostro con el que toda mujer puede sentirse segura y protegida.

—Aún no lo había visto —bromeé.

—Debiera haberme visto. Todas las mujeres deberían ver una cosa así. Es un rostro que tendría que ser exhibido en todas las pantallas del país. A toda mujer debería dársele una fotografía de este rostro cuando abandona el altar. Las madres deberían hablarles a sus hijas de esta cara. Hijo mío —me señaló con la navaja de afeitar—, vete al Oeste con este rostro y crece con tu país.

Se agachó y se aclaró el rostro en el lavabo con agua fría, se puso un poco de alcohol y volvió a mirarse atentamente en el espejo, echando hacia delante su grueso labio superior.

—¡Dios mío! ¡Vaya cara más espantosa!

Volvió a mirarse en el espejo y siguió hablando:

—En cuanto a ese Robert Cohn, la verdad es que me pone enfermo. Se puede ir al diablo y estoy contentísimo de que se quede aquí. Así no tendremos que aguantarlo cuando estemos de pesca.

—Tienes toda la razón.

—Vamos a ir a pescar truchas. A pescar truchas en el río Irati, y ahora vamos a emborracharnos bien en el almuerzo con un vino de la tierra. Después daremos un buen paseo en el viejo autobús.

—Está bien, vamos. Primero empezaremos con unas copas en el Iruña —propuse.

Capítulo 11

Hacía un calor agobiante en la plaza cuando después de comer salimos del hotel cargados con nuestras maletas y cañas de pescar para tomar el autobús de Burguete. Había gente en la baca del autobús y otros se subían por una escalerilla. Bill trepó y Robert se sentó a su lado para guardarme el asiento mientras yo volvía al hotel a comprar unas botellas de vino para el viaje. Cuando regresé el autobús estaba completamente lleno. Hombres y mujeres se sentaban sobre sus maletas, y todas las mujeres llevaban abanicos que agitaban al sol. Verdaderamente hacía mucho calor. Robert se bajó, y yo subí y me senté en el lugar que había dejado libre en uno de los bancos de madera que cruzaban la baca del autobús.

Robert Cohn se quedó a la sombra de las arcadas esperando que el autocar se pusiera en marcha. Un vasco, con una bota de vino, estaba tumbado sobre el techo del autobús, frente a nosotros, con la cabeza casi descansando sobre nuestras rodillas. Nos ofreció la bota a Bill y a mí y, cuando me disponía a beber y ya tenía la bota alzada, imitó de repente y de manera tan perfecta la bocina de un automóvil que me sobresalté y derramé un poco de vino; todo el mundo se echó a reír. Se disculpó y me ofreció otro trago. Imitó otra vez el sonido de la bocina y consiguió engañarme de nuevo. Lo hacía realmente bien. Todo el mundo estaba encantado con él. El hombre que iba al lado de Bill le estaba hablando en español y Bill, que no entendía nada, le ofreció una de las botellas de vino que el otro rechazó con un gesto.

Dijo que había bebido mucho con la comida y que hacía demasiado calor para continuar bebiendo. Pero cuando Bill le ofreció la botella por segunda vez, se tomó un buen trago. La botella recorrió, de mano en mano, toda aquella parte del autobús. Todos aceptaron un trago, cortésmente, y después nos hicieron taparla y dejarla descansar. Todos querían que bebiéramos de sus botas. Eran campesinos que volvían a sus caseríos y aldeas de las montañas.

Finalmente, después de uno o dos toques de bocina falsos, el autobús se puso en marcha y Robert Cohn agitó la mano despidiéndonos; todos los vascos le respondieron del mismo modo. Tan pronto como llegamos a la carretera, fuera de la ciudad, el calor disminuyó. Resultaba agradable viajar en la baca del autocar, muy cerca de las ramas de los árboles que jalonaban la ruta. El autobús corría bastante y producía una buena brisa. Íbamos dejando nubes de polvo que ensuciaban los árboles, entre los cuales alcanzábamos a ver la ciudad levantándose sobre las escarpadas riberas del río. El vasco que se apoyaba en mis rodillas señaló el paisaje con el cuello de la botella de vino y nos hizo señas a Bill y a mí como indicándonos su belleza. Movió la cabeza.

—Muy bonito, ¿eh?

—Estos vascos son gente sensacional —dijo Bill.

El vasco estaba tostado por el sol, que había dado a su rostro el color oscuro de una silla de montar. Vestía una blusa negra, como los demás. Tenía profundas arrugas en el cuello bronceado. Se volvió y le ofreció a Bill su bota de vino. Bill, en respuesta, le extendió una de nuestras botellas. El vasco agitó el dedo índice amenazador y le echó hacia atrás la botella tras golpear el corcho con la palma de la mano. Levantó la bota de cuero.

—*Arriba, arriba** —dijo, enseñándole a Bill cómo debía beber.

Bill alzó la bota, echó la cabeza hacia atrás y dejó salir el cho-

* Las palabras en castellano en el original aparecerán siempre en cursiva. *(N. del T.)*

rro de vino, que cayó en su boca. Cuando dejó de beber y bajó la bota, unas gotas le corrieron por la barbilla.

—¡No, no! —le gritaron varios vascos—. ¡No se bebe así!

Uno de ellos le arrebató la bota a su dueño que se disponía a hacer una demostración. Era un hombre joven que mantuvo la bota suspendida en el aire con los brazos extendidos al máximo e hizo que el chorro de vino le cayera directamente en la boca. Mantuvo así la bota, soltando un continuado chorro de vino que tragaba y tragaba sin interrupción, suavemente y con regularidad.

—¡Eh! Ya está bien —exclamó el dueño de la bota—. ¿De quién crees que es el vino?

El bebedor, sin soltar la bota, le hizo una señal con el dedo meñique y a nosotros nos sonrió con la mirada. Después mordió literalmente el chorro de vino, bajó rápidamente la bota y se la entregó a su dueño. Nos hizo un guiño de complicidad mientras el dueño, con expresión triste, palpaba la bota medio desinflada.

Pasamos por un pueblo. El coche de línea se detuvo frente a la *posada*, y el conductor se hizo cargo de algunos paquetes. Seguidamente nos pusimos de nuevo en marcha y al salir de la población la carretera comenzó a ascender. Atravesábamos una región agrícola con colinas rocosas que descendían hasta los campos de labranza y los pastizales. Los trigales se extendían hasta las mismas faldas de los montes. A medida que íbamos ascendiendo empezó a soplar un viento que ondulaba las mieses. La carretera era blanca y polvorienta, y el polvo que levantaban las ruedas del autobús quedaba suspendido en el aire detrás de nosotros. La carretera subía montaña arriba dejando atrás, por debajo de nosotros, los ricos campos de cereales; en las desnudas faldas de la colina sólo se veía alguna que otra pequeña extensión sembrada de grano a la vera de los riachuelos. Tuvimos que pegarnos a un lado de la carretera para dejar paso a un gran carro cargado de mercancías y arrastrado por seis mulas situadas una detrás de la otra. El carro y las mulas estaban cubiertos de polvo. Casi pegado iba otro carro y otra recua de mulas, éste cargado con madera; el carretero tuvo que echarse atrás para tirar de los frenos y evitar que el carro ganara demasiada velocidad en el descenso. A partir de ese momento el paisaje se hizo estéril, árido. En las montañas pedregosas de dura caliza la lluvia había marcado hondos surcos.

Al salir de una curva entramos en otro pueblo y a ambos lados se abrió de pronto el verde valle. Un riachuelo cruzaba el centro de la ciudad, y los viñedos se extendían hasta casi tocar las casas.

También allí el coche de línea se detuvo frente a la *posada* y descendieron muchos de los pasajeros; bajaron una gran cantidad de equipaje del techo del autobús, donde había venido cubierto por grandes lonas. Bill y yo bajamos y entramos en la *posada*. Había una amplia habitación de techo bajo con arneses y albardas, horcas de madera blanca y montones de alpargatas de suela de esparto, piezas de tocino y ristras de ajos colgando del techo. Hacía fresco y había mucho polvo. Nos situamos delante de un largo mostrador de madera detrás del cual dos mujeres servían bebidas. Tras ellas había estanterías con diversos artículos.

Cada uno de nosotros se tomó una copa de aguardiente y pagamos cuarenta céntimos por las dos. Le entregué a la mujer cincuenta céntimos para incluir la propina, y ella me devolvió una de las monedas de cobre de diez céntimos creyendo que había entendido mal el precio.

Dos de los vascos que venían con nosotros en el autobús entraron e insistieron en invitarnos a una copa, así que pagaron una ronda y después nosotros los invitamos a la segunda. Ellos, para no quedar mal, nos dieron una palmada en la espalda y pagaron otra ronda más. Nosotros repetimos, y seguidamente salimos a la calle, al sol y al calor, y volvimos a subir al autobús. Ahora había bastante sitio para todos, y el vasco que antes había estado sentado en el techo pasó a ocupar un asiento entre Bill y yo. La mujer que nos había estado sirviendo las bebidas salió a la calle secándose las manos en el delantal y empezó a hablar con alguien que iba dentro del autobús. Seguidamente salió el chófer con dos bolsas de Correos de cuero semivacías, subió a su sitio, todo el mundo agitó las manos en señal de despedida y reanudamos la marcha.

La carretera dejó el verde valle de inmediato y de nuevo empezamos a subir entre los cerros. Bill y el vasco de la bota de vino estaban sosteniendo una conversación. Un hombre se inclinó desde el otro extremo del banco en que íbamos sentados y preguntó en inglés:

—¿Ustedes son americanos?

—¡Desde luego!

—Yo he estado allí —dijo—. Hace cuarenta años.

Era un hombre viejo, tan moreno y tostado por el sol como los demás y con una hirsuta barba blanca.

—¿Cómo le fue?

—¿Qué dice?

—¿Cómo le fue en América?

—¡Ah...! Estuve en California. Muy bien.

—¿Por qué se fue de allí?

—¿Qué dice?

—¿Por qué volvió aquí?

—¡Ah...! Vine a casarme. Pensaba regresar, pero a mi mujer no le gusta viajar. ¿De dónde es usted?

—De Kansas City.

—Estuve allí. Estuve en Chicago, Saint Louis, Kansas City, Denver, Los Ángeles, Salt Lake City.

Pronunció los nombres de las ciudades con todo cuidado.

—¿Cuánto tiempo estuvo allí?

—Quince años. Después volví aquí para casarme.

—¿Quiere un trago?

—Bueno —aceptó—. De esto no tienen en América, ¿eh?

—Tenemos de todo, si uno puede pagarlo.

—¿Qué han venido a hacer por aquí?

—A las fiestas de Pamplona.

—¿Le gustan a usted las corridas de toros?

—Sí, ¿a usted no?

—Supongo que sí. —Y al cabo de un rato—: Y ¿adónde van ahora?

—A Burguete, a pescar.

—Bien, espero que cojan algo.

Nos estrechó la mano y volvió a ponerse cómodo en su asiento. Los otros vascos quedaron impresionados. Me sonrió cuando me volví para mirar el paisaje por el lado donde él iba sentado, pero el esfuerzo de hablar inglés parecía haberle fatigado y después de aquello no volvió a decir ni una palabra más.

El autobús seguía ascendiendo carretera arriba. El terreno era estéril y las rocas sobresalían entre la tierra caliza. A los lados de la carretera no crecía la hierba. Mirando hacia atrás podíamos ver el campo que se extendía a nuestras espaldas. Muy atrás los campos formaban cuadros verdes y marrones en las laderas de las colinas. El horizonte estaba marcado por montañas de color pardo que tenían extrañas formas. A medida que subíamos más y más, el horizonte cambiaba continuamente; cuando el coche de línea ascendía lentamente, alcanzábamos a ver otras montañas que aparecían hacia el sur. Casi enseguida la carretera llegó a la cresta de la montaña, dejó de subir y entró en un bosque de alcornoques entre cuyas ramas se filtraba el sol. Había ganado pastando en el campo, entre los árboles. Cruzamos el bosque y la carretera comenzó a discurrir de nuevo por una pendiente. Delante de nosotros surgió una meseta ondulada con montañas oscuras tras ella. Aquellas montañas no eran como las que antes habíamos dejado atrás, de color pardo y como calcinadas por el sol, sino que estaban cubiertas de bosque y las nubes parecían descender de ellas. La verde llanura estaba cortada por cercas y setos, y el blanco de la carretera se convirtió en una cinta que cruzaba la planicie entre una fila doble de árboles que se extendía hacia el norte. Llegamos al límite de la pendiente y avistamos los tejados rojos y las blancas casas de Burguete, y a lo lejos, como a lomos de la primera montaña se distinguía el tejado gris metalizado del monasterio de Roncesvalles.

—Allí esta Roncesvalles —le dije a Bill.

—¿Dónde?

—Allá a lo lejos, donde comienzan las montañas.

—Hace frío aquí —se quejó Bill.

—Estamos a mucha altitud —le expliqué—, seguramente unos mil doscientos metros.

—Un frío terrible —insistió.

El autobús dejó de subir y enfiló la recta que conducía a Burguete. Pasamos un cruce de carreteras y atravesamos un puente sobre un río. Las casas de Burguete se extendían a ambos lados de la carretera y no había calles laterales. Pasamos delante de la iglesia y del patio escolar, y el autobús se detuvo. Bajamos y el conductor nos pasó desde arriba las maletas y las cañas de pescar en sus fundas. Un guardia civil, con su tricornio y un correaje de charol amarillo se acercó a nosotros.

—¿Qué llevan ahí? —dijo señalando las cañas de pescar enfundadas.

Las abrimos y se las enseñamos. Pidió ver nuestros permisos de pesca y se los mostré. Miró la fecha y me los devolvió con un gesto que significaba que podíamos continuar.

—¿Está todo en orden? —le pregunté.

—Sí, desde luego.

Emprendimos nuestro camino calle arriba y dejamos atrás las casas de piedra encaladas; algunas familias sentadas en los portales nos observaban mientras nos dirigíamos a la fonda.

La mujer gorda que dirigía la fonda salió a nuestro encuentro desde la cocina y nos dio la mano. Se quitó las gafas, las limpió y volvió a ponérselas. Hacía frío en la fonda; fuera, el viento comenzaba a soplar. La dueña mandó a una chica que nos enseñara la habitación situada en el piso de arriba. Había dos camas, un lavabo, un armario ropero y un grabado en acero de Nuestra Señora de Roncesvalles de gran tamaño. El viento soplaba y agitaba los postigos exteriores de la ventana. La habitación estaba en la cara norte de la casa. Nos lavamos, nos pusimos unos jerséis y bajamos al comedor. Éste tenía el suelo de piedra, el techo bajo y las paredes con paneles de roble. Las persianas estaban subidas y hacía tanto frío que uno podía ver su propio aliento.

—¡Dios mío! —se lamentó Bill—. Espero que mañana no haga este frío. No estoy dispuesto a meterme en el río con esta temperatura.

Había un piano en el rincón más apartado del comedor, al otro lado de las mesas de madera, y Bill se dirigió a él y comenzó a tocar.

—Hay que entrar en calor.

Fui a buscar a la dueña de la fonda y le pregunté cuánto nos costaría la habitación con pensión completa. Cruzó las manos sobre el delantal y apartó la vista de mí.

—Doce pesetas.

—¡Pero eso es tanto como pagamos en Pamplona!

No contestó, simplemente se quitó las gafas y comenzó a limpiar los cristales con el delantal.

—Eso es demasiado —dije—. Es lo mismo que hemos pagado en un gran hotel.

—Hemos puesto cuarto de baño.

—¿No tiene algo más barato?

—En el verano no. Estamos en plena temporada.

Éramos los únicos huéspedes de la fonda. Bueno, pensé, sólo se trata de unos pocos días.

—¿Está incluido el vino?

—Sí, señor.

—Está bien, de acuerdo.

Volví junto a Bill. Me echó el aliento para demostrarme el frío que hacía y continuó tocando. Me senté en una de las mesas contemplando los cuadros que colgaban de la pared. En uno había unos conejos muertos, en otro unos faisanes igualmente muertos, y por fin unos patos, no menos muertos. Los paneles de madera de la pared tenían un color oscuro con la pátina del humo de muchos días. Había un aparador lleno de botellas y me entretuve mirándolas. Bill seguía tocando.

—¿Qué te parece si nos tomamos un ponche de ron? —sugirió—. No me mantendré en calor permanentemente sólo tocando el piano.

Me fui a ver a la mujer, le expliqué lo que era un ponche de ron y cómo debía hacerlo. Pocos minutos después me trajo una olla de barro humeante. Bill dejó el piano y nos bebimos el ponche caliente mientras escuchábamos el sonido del viento.

—No le ha puesto mucho ron.

Me levanté y fui al armario, tomé una botella de ron y añadí medio vaso al ponche.

—Acción directa —dijo Bill—. Es mejor que aceptar las normas.

La muchacha entró y empezó a poner la mesa para la cena.

—Aquí sopla un viento infernal —volvió a quejarse Bill.

La chica nos sirvió un buen plato de sopa de legumbres y el vino. Después teníamos trucha frita, seguida de una especie de estofado y una gran fuente de fresas silvestres. No escatimamos el vino y la chica se mostró tímida pero amable a la hora de servírnoslo. La dueña vino y contó las botellas vacías.

Después de cenar subimos a nuestra habitación y nos metimos en la cama a leer y fumar y, al mismo tiempo, entrar en calor. Durante la noche me desperté una vez y oí el viento soplar en el exterior. Se estaba bien metido en la cama y caliente.

Capítulo 12

Cuando me desperté a la mañana siguiente, me aproximé a la ventana y miré afuera. El tiempo había aclarado y no había nubes en las montañas. Bajo la ventana había varios carros y una vieja diligencia con la madera del techo resquebrajada y astillada por la humedad y la intemperie, que debía de estar abandonada desde la llegada de los primeros autobuses. Una cabra saltó sobre el techo de la diligencia, volvió a un lado la cabeza para mirar a las otras cabras que quedaron en el suelo, y bajó de un brinco cuando agité la mano desde la ventana.

Bill seguía dormido, así que me vestí, me calcé los zapatos fuera de la habitación y bajé al otro piso. No había nadie por allí, descorrí el cerrojo, abrí la puerta y salí al exterior. Hacía frío a aquellas horas de la mañana y el sol aún no había secado el rocío que había caído de madrugada al amainar el viento. Busqué por el cobertizo que había en la parte de atrás de la fonda y encontré una especie de azada. Bajé por el camino hasta el riachuelo con la intención de buscar gusanos para cebos. El riachuelo era claro y de aguas poco profundas, pero no daba la impresión de que en él abundaran las truchas. Busqué los lugares más húmedos de la orilla cubierta de hierba, y en uno de ellos cavé para extraer un trozo de tierra. Debajo abundaban los gusanos, que desaparecieron rápidamente al quedar al descubierto. Volví a escarbar con mayor cuidado y logré coger una buena cantidad de ellos. Seguí escarbando en los límites del campo húmedo y llené de gusanos dos latas de tabaco. Cubrí los gusanos con un poco de tierra. Las cabras me estuvieron contemplando mientras revolvía la tierra.

Cuando volví a la fonda, la mujer había bajado ya a la cocina y le pedí que nos preparara el café y lo que deseábamos para almorzar. Bill se había despertado ya y estaba sentado en el borde de la cama.

—Te he visto desde la ventana —dijo—, pero no he querido interrumpirte. ¿Qué estabas haciendo? ¿Escondiendo tu dinero bajo tierra?

—¡Eres un vago!

—¿Trabajabas para el bien común? ¡Espléndido! Espero que lo hagas así todas las mañanas.

—Vamos, levántate de una vez.

—¿Levantarme, yo? Nunca lo hago.

Volvió a meterse en la cama y se subió la sábana hasta la barbilla.

—Trata de convencerme de que debo levantarme.

Seguí recogiendo los aparejos de pesca y los puse en su correspondiente bolsa.

—¿No tienes interés en convencerme?

—Voy a bajar a desayunar.

—¿Desayunar? ¿Has hablado de comer? Pensaba que sólo querías que me levantara para divertirte. ¿Comer? Eso está bien. Ahora te portas de manera razonable. Ve a sacar unos pocos gusanos más y cuando vuelvas ya estaré abajo.

—¡Oh, vete al infierno!

—Trabaja por el bien de todos. —Se puso la ropa interior—. Muestra ironía y piedad al mismo tiempo.

Iba a salir de la habitación con la bolsa, las redes y las cañas cuando me gritó:

—¡Eh, vuelve!

Volví la cabeza ya desde el otro lado de la puerta.

—¿No vas a demostrarme tu ironía y tu piedad?

Arrugué la nariz.

—Eso no tiene nada de irónico.

Bajé las escaleras. Oí cómo Bill cantaba: «Ironía y piedad... Cuando las sienten... ¡Oh, dales ironía y dales piedad! ¡Oh, dales ironía, sólo un poco de ironía! Sólo un poco de piedad...». Continuó cantando hasta que estuvo abajo. La canción se llamaba *Las campanas tocan por mí y por mi chica*. Yo me había puesto a leer un periódico español que ya tenía una semana.

—¿Qué quiere decir eso de ironía y piedad?

—¿Cómo? ¿No sabes lo que es ironía y piedad?

—No. ¿A quién se le ha ocurrido?

—A todo el mundo. Está de moda en Nueva York, como en su tiempo ocurrió con los Fratellini.

Llegó la chica con el café y las tostadas con mantequilla. O mejor dicho, era pan tostado y untado con mantequilla.

—Pregúntale si tienen mermelada —dijo Bill—. Sé irónico.

—¿Tienen ustedes mermelada?

—Eso no es ser irónico. ¡Cómo me gustaría hablar español!

El café era bueno y nos lo sirvieron en grandes tazones. La muchacha nos trajo un tarro de mermelada de frambuesa.

—¡Muchas gracias!

—¡Eh, así no! —se lamentó Bill—. Di algo irónico. Haz algún chiste sobre Primo de Rivera.

—Puedo preguntarle qué tipo de mermelada cree que les están dando en el Rif.

—Mal —se quejó Bill—, muy mal. No puedes decir una cosa así. La verdad es que no tienes idea de lo que es la ironía. Ni la piedad. Di algo que inspire piedad.

—Robert Cohn.

—No está mal. Eso está mejor. Bien, continúa. ¿Por qué crees que Cohn es digno de lástima? Demuestra tu ironía.

Se tomó un buen trago de café.

—¡Vete al cuerno! —le contesté—. Es demasiado temprano.

—Ahí lo tienes. Y te atreves a decir que quieres convertirte en escritor. No eres más que un periodista. Un periodista expatriado. Tendrías que empezar a ser irónico, a mostrar sentido del humor desde el primer momento en que saltas de la cama. Deberías despertar con la boca llena de piedad.

—Continúa —lo alenté—. ¿De dónde sacas todas esas cosas?

—De todo el mundo. ¿Es que no lees nada? ¿Es que no ves nunca a nadie? ¿Por qué no vives en Nueva York? Si estuvieras allí sabrías todas esas cosas. ¿Qué esperas de mí? ¿Que venga aquí cada año para tenerte al corriente?

—Toma un poco más de café —le dije.

—Bueno. El café te sentará bien. Contiene cafeína, ésa es la clave. La cafeína hace que el hombre se suba por las paredes y que la mujer baje a su tumba. ¿Sabes cuál es tu problema? Eres un expatriado. Un expatriado de la peor especie. ¿No te lo habían dicho nunca? Nadie que haya dejado su país natal ha logrado escribir algo digno de ser publicado. Ni siquiera en los periódicos.

Se bebió el café.

—Eres un expatriado —continuó—. Has perdido el contacto con la tierra. Te has vuelto un cursi. El falso estilo de vida europeo te ha llevado a la ruina moral. Te matas bebiendo. Estás obsesionado por el sexo. Te pasas el tiempo hablando y sin dar golpe. Eres un expatriado. ¿Lo ves? Te pasas la vida yendo de un café a otro.

—Parece que me estoy dando la vida padre —exclamé—. ¿Cuándo crees que trabajo?

—No trabajas. Hay quienes dicen que te dejas mantener por las mujeres. Pero otros afirman que eres impotente.

—No —contesté—. Tuve un accidente, eso es todo.

—No hables nunca de ello —dijo Bill—. Es una de esas cosas de las que no se puede hablar. Debes mantener un aire de misterio. Como la bicicleta de Henry.

Había estado genial, pero se detuvo. Temí que creyera que me había ofendido con su broma sobre mi impotencia. Quise hacerle volver a hablar como antes.

—No era una bicicleta —dije—. Iba montado a caballo.

—Oí decir que fue un triciclo.

—Bien —concedí—. Un avión es una especie de triciclo. La palanca de dirección y el manillar funcionan del mismo modo.

—Pero no hay que pedalear.

—No, supongo que no.

—Dejemos eso —dijo Bill.

—De acuerdo. Yo defendía la tesis del triciclo, eso es todo.

—Creo que él también es un buen escritor —concedió Bill—. Y tú eres un tipo estupendo. ¿No te ha dicho nadie que eres un tipo estupendo?

—No soy buen chico.

—¡Cállate y escucha! Eres buen chico y te aprecio más que a nadie en este mundo. En Nueva York no podría decírtelo, pues me tomarían por marica. Ésa fue la razón por la que estalló la guerra civil. Abraham Lincoln era marica y estaba enamorado del general Grant. Como lo estaba Jefferson Davis. Lincoln liberó a los esclavos solamente para ganar una apuesta. El caso de Dred Scott fue inventado por la Liga Antialcohólica. El sexo lo explica todo. La señora del coronel y Judy O'Grady en el fondo eran lesbianas, aunque lo disimularan.

Se detuvo.

—¿Quieres oír algo más?

—¡Adelante!

—No sé nada más. Ya te contaré algo más cuando almorcemos.

—¡El mismo Bill de siempre! —comenté.

—¡Pedazo de alcornoque!

Guardamos el almuerzo y dos botellas de vino en la mochila que Bill se puso a la espalda. Yo llevaba al hombro el estuche de las cañas y las redes de recogida. Caminamos por la carretera y después de cruzar un prado encontramos un camino que atravesaba los campos en dirección al bosquecillo situado en la falda de la primera colina. Anduvimos por aquel sendero arenoso. Los campos estaban cubiertos de hierba corta que había servido de pasto a las ovejas. El ganado vacuno pastaba más arriba, en las colinas. Oíamos sus cencerros entre los árboles.

La vereda cruzaba un pequeño arroyo por medio de un tronco aplanado y unas ramas que servían de pasamanos. En un charco grande, formado por el arroyo, se veían los renacuajos que moteaban el fondo arenoso. Subimos por un empinado montículo y cruzamos los campos. Atrás todavía se distinguía Burguete con sus casas blancas y sus tejados rojos, y la carretera blanca por la que circulaba un camión que dejaba tras de sí una espesa nube de polvo.

Al otro lado de los campos cruzamos otro arroyo de corriente más rápida. Un camino arenoso descendía al vado y continuaba hasta el bosque. La vereda cruzaba la corriente más allá del vado por otro tronco aplanado, se unía al camino principal y se internaba en el bosque.

Era un bosque de hayas muy viejas cuyas raíces sobresalían del suelo y cuyas ramas estaban retorcidas. Marchamos por el sendero entre los troncos gruesos de las viejas hayas; los rayos del sol que atravesaban las ramas creaban manchas luminosas sobre la hierba. Los árboles eran grandes y el follaje espeso, pero pese a ello la sombra no era excesiva y el paisaje mantenía su luminosidad. No había monte bajo, sólo la hierba suave, muy fresca y muy verde, y los grandes árboles bien alineados y espaciados como si estuvieran en un parque.

—¡Ahora sí que estamos en el campo! —exclamó Bill.

El camino subió por la colina y nos llevó a través de un bosque más espeso sin cesar de ascender. De vez en cuando descendía un poco, pero sólo para volver a ascender después con mayor pendiente. Durante todo el trayecto oíamos al ganado entre los bosques. Estábamos en la parte más alta de la colina más alta de todas las colinas boscosas que habíamos visto desde Burguete. En un pequeño calvero, las fresas silvestres crecían en el lado soleado de la loma.

Algo después el sendero salía del bosque y discurría por una de las laderas de la colina. Las que teníamos delante ya no estaban cubiertas de bosque sino de aulaga amarilla. En la lejanía distinguíamos los riscos verticales que señalaban el curso del río Irati, sombreados por los árboles y salpicados de rocas grises.

—Tenemos que seguir este camino, cruzar aquellas colinas, atravesar los bosques de la última de ellas y descender al valle del Irati —le indiqué a Bill.

—Una caminata de miedo.

—Es demasiado lejos para ir y volver cómodamente en el mismo día si se quiere pescar un buen rato.

—¡Cómodamente! Una palabra agradable. Tenemos que ir muy deprisa si queremos llegar, pescar y regresar al pueblo.

Era un largo paseo y el paisaje era muy bello, pero estábamos realmente cansados cuando descendimos el empinado sendero que nos llevaba desde las colinas boscosas al valle del río de la Fábrica.

Salimos de la sombra del bosque al ardiente sol. Frente a nosotros se extendía el valle. Más allá del río otra empinada colina, y en la colina un campo de alforfón. En la ladera distinguimos una casa blanca a la sombra de los árboles. Hacía mucho calor y nos detuvimos bajo los árboles, junto a un dique que cruzaba el río.

Bill dejó la mochila apoyada en un tronco, montamos las cañas, colocamos los carretes y los anzuelos y nos dispusimos a pescar.

—¿Estás seguro de que aquí hay truchas? —me preguntó Bill.

—Está lleno.

—Voy a pescar con mosca artificial. ¿Tienes alguna McGintys?

—Allí hay unas pocas.

—¿Vas a pescar con cebo natural?

—Sí, aquí, en la presa.

—Entonces me llevo las moscas —tomó una de ellas y la colocó en el anzuelo—. ¿Dónde es mejor, antes o después de la presa?

—Es mejor abajo, pero también hay bastantes arriba.

Bill descendió por la orilla del río.

—Llévate una lata de gusanos.

—No, no quiero ninguno. Si no pican con mosca me quedaré dando una vuelta por ahí.

Bill se detuvo río abajo contemplando la corriente.

—Oye, ¿qué te parece si metemos las botellas de vino en esa fuente que hay junto al camino? —me gritó para hacerse oír por encima del ruido que hacía el agua al caer de la presa.

—Muy bien —le respondí también a gritos.

Bill agitó la mano y continuó caminando río abajo. Encontré las dos botellas de vino en la mochila y las coloqué en una pequeña fuente que brotaba de una cañería de hierro. La fuente estaba tapada por una tabla que levanté; metí las botellas en el agua después de haber apretado firmemente los corchos. El agua estaba tan fría que la mano y la muñeca se me quedaron insensibles. Coloqué de nuevo la madera y confié en que nadie diera con el vino.

Tomé la caña que había dejado apoyada contra un árbol, la lata de gusanos y la red, y me dirigí a la presa, cuyo objeto era contener y regular el agua con el fin de que tuviera fuerza suficiente para arrastrar los troncos durante la época de la tala. Las compuertas estaban abiertas. Me senté sobre uno de los tablones y observé la tranquila superficie del agua antes de que se desplomara por el dique. Debajo de éste, el agua espumosa tenía mucha profundidad. Mientras ponía el cebo en el anzuelo vi una trucha que saltaba entre la espuma y era arrastrada por la corriente. Aún no había terminado de poner el cebo cuando otra trucha saltó en la corriente, formando el mismo arco delicado y armónico antes de desaparecer en el agua que se alejaba rugiendo. Coloqué un plomo de buen peso y arrojé el anzuelo al agua espumosa cerca del borde de la presa.

No me di cuenta de que la primera trucha había picado; cuando empecé a tirar del sedal me percaté de que había mordido una y la saqué de las aguas revueltas al pie del dique. Era una buena trucha. Se debatía y luchaba, y la caña se cimbreó hasta casi doblarse antes de que pudiera hacerme con ella. Le golpeé la cabeza contra el tablón para que dejara de agitarse y la metí en la cesta.

Mientras luchaba con aquélla, otras truchas saltaron en las aguas de la cascada y tan pronto como puse el cebo y tiré el anzuelo volvió a picar otra, que saqué del mismo modo que la anterior. En poco rato pesqué seis, casi todas del mismo tamaño. Las coloqué una al lado de otra, con las cabezas en la misma dirección, y las miré detenidamente. Tenían un colorido espléndido y el agua fría las había hecho firmes y duras. Como hacía mucho calor las abrí, las limpié y arrojé las tripas y las agallas al otro lado del río. Me llevé las truchas a la orilla, las lavé en el agua fría y tranquila más arriba de la compuerta, tomé unos helechos que metí en la cesta, coloqué sobre ellos una capa de tres truchas, otra capa de helechos y las otras tres truchas, que cubrí también con más helechos. Quedaban muy bien entre los helechos. La bolsa abultaba bastante y la coloqué a la sombra de un árbol.

Hacía mucho calor sobre el dique, así que puse la lata de gusanos junto a la bolsa, a la sombra. Saqué un libro de la mochila y me senté a la sombra a leer mientras esperaba a Bill para almorzar.

Era poco más de mediodía y no había mucha sombra, pero me senté en el suelo apoyado contra los troncos de dos o tres árboles que crecían juntos y me puse a leer. El autor era un tal A. E. W. Mason, y leí una magnífica historia sobre un hombre que se había helado en los Alpes, cayó en un glaciar y desapareció. Su novia tuvo que esperar veinticuatro años, exactamente, hasta que su cuerpo apareció en las piedras del borde del glaciar, mientras su verdadero y fiel amante esperaba también, y seguían esperando. Y debían de seguir esperando todavía cuando Bill llegó a donde estaba yo.

—¿Has cogido alguna? —me preguntó.

Traía la caña, la cesta y la red en una mano y estaba sudando. No lo había oído llegar debido al ruido de la presa.

—Seis. ¿Y tú?

Bill se sentó, abrió la bolsa y colocó una gran trucha sobre la hierba. Fue sacando otras tres más, cada una un poco mayor que la anterior, y las colocó una al lado de otra a la sombra del árbol. Su rostro estaba sudoroso, pero tenía una expresión de satisfacción.

—¿Cómo son las tuyas?

—Más pequeñas.

—Déjame verlas.

—Ya están guardadas y ordenadas.

—¿Cómo son de grandes?

—Más o menos como la más pequeña de las tuyas.

—No te estarás burlando de mí.

—Ojalá.

—¿Las pescaste todas con gusano?

—Sí.

—¡Maldito perezoso!

Bill puso de nuevo las truchas en la bolsa y se dirigió hacia el río agitando la bolsa abierta. Estaba empapado de cintura para abajo, así que supuse que había tenido que vadear el río.

Me encaminé al sendero y recogí las dos botellas de vino, que estaban ya muy frías. El vaho producido por el súbito cambio de temperatura se había condensado en el vidrio, como observé mientras caminaba de regreso hacia los árboles. Extendí el almuerzo sobre un periódico desplegado, descorché una de las botellas y dejé la otra apoyada contra el tronco de un árbol. Bill regresó secándose las manos y con la bolsa llena de helechos.

—Veamos cómo está la botella —dijo. Sacó el corcho y bebió directamente—. ¡Vaya! Me pican los ojos.

—Déjame probar.

El vino estaba helado y tenía un sabor como a herrumbre.

—No está mal.

—El frío le beneficia —repliqué.

Desenvolvimos los paquetes de nuestro almuerzo.

—Pollo.

—Y aquí hay huevos duros.

—¿Tenemos sal?

—Primero fue el huevo —dijo Bill— y después la gallina. Eso es algo que hasta el mismo Bryan comprende.

—Ha muerto. Lo leí ayer en el periódico.

—No... ¡No es posible...!

—Sí. Bryan ha muerto.

Bill apartó el huevo que estaba pelando.

—¡Caballeros! —dijo mientras desenvolvía un muslo de pollo que venía envuelto en papel de periódico—. Voy a cambiar el orden. En honor de Bryan, como un tributo al gran hombre de la calle: primero la gallina y después el huevo.

—Me pregunto qué día creó Dios a la gallina.

—¡Oh! —respondió Bill mientras chupaba el resto del muslo de pollo—. ¿Cómo vamos a saberlo? Ni siquiera debemos preguntarlo. Nuestra permanencia en la tierra es breve. Disfrutemos de ella, creamos y demos gracias.

—Cómete un huevo.

Bill hizo un ademán con el muslo de pollo en una mano y la botella en la otra.

—Demos gracias por sus dones y su bendición. Hagamos uso de las aves del cielo y del fruto de la vid. ¿Deseas hacer uso de un poco de ambos?

—Después de vos, hermano.

Bill echó un buen trago.

—Haz uso un poco, hermano. —Me tendió la botella—. No dejes que la duda se adueñe de nosotros, hermano. No dejes que nuestros dedos de simio burgués escarben en los sagrados misterios de la cría de aves. Aceptémoslo todo con la fuerza de la fe. Quiero que repitas conmigo... ¿Qué debemos decir, hermano? —Me señaló con el muslo de pollo y continuó—: Déjame que te lo diga. Lo diremos, y por una vez me siento orgulloso de decirlo... y quiero que te pongas de rodillas junto a mí para repetirlo. Que nadie se avergüence de postrarse de rodillas al aire libre. Recordemos que los bosques fueron los primeros templos de Dios. Arrodillémonos y digamos: «No comáis eso, señora; es Mencken».

—Toma —le dije—, haz uso de un poco de esto.

Descorchamos la otra botella.

—¿Qué te pasa? —le pregunté—. ¿No te caía bien Bryan?

—Lo adoraba. Éramos como hermanos.

—¿Dónde lo conociste?

—Fuimos juntos a la Santa Cruz, él, Mencken y yo.

—Y Frankie Fritsch.

—Eso es mentira. Frankie Fritsch fue a Fordham.

—Está bien —dije—, yo estuve en el santuario de Loyola con el obispo Manning.

—Mentira —me contradijo Bill—, fui yo quien fue a Loyola con el obispo Manning.

—Estás trompa.

—No será por el vino.

—¿Por qué no?

—Es el efecto de la humedad —dijo Bill—. Deberían hacer desaparecer esta humedad.

—Toma otro trago.

—¿No tenemos más?

—Sólo estas dos botellas.

—¿Sabes lo que eres?

Bill miró la botella con afecto.

—No —repliqué.

—Estás en la nómina de la Liga Antialcohólica.

—Fui a la Universidad de Notre-Dame con Wayne B. Wheeler.

—Eso es otra mentira —replicó Bill—. Yo fui a la Escuela de Administración de Empresas de Austin con Wayne B. Wheeler. Era el delegado de su clase.

—Bueno, hay que cerrar la taberna.

—Tienes razón, condiscípulo —asintió Bill—. Hay que cerrar la taberna, pero yo me quedaré dentro.

—Estás trompa.

—¿De vino?

—De vino.

—De acuerdo, es posible que lo esté.

—¿Por qué no echamos un sueñecito?

—De acuerdo.

Nos tumbamos con las cabezas a la sombra contemplando los árboles que se extendían hacia el cielo.

—¿Duermes?

—No —respondió Bill—. Estaba pensando.

Cerré los ojos. Se estaba bien, tumbado en el suelo.

—Dime —me preguntó Bill—, ¿de qué va todo ese asunto de Brett?

—¿Qué quieres que te diga?

—¿Estuviste enamorado de ella?

—Claro.

—¿Cuánto tiempo?

—Mucho, pero a intervalos, unas veces sí y otras no.

—¡Demonios! —exclamó Bill—. Lo siento, chico.

—Ya ha pasado —le contesté—. Ahora me importa un rábano.

—¿De veras?

—De veras. Pero me gustaría muchísimo que dejáramos de hablar de ello.

—¿Te molesta que te haya preguntado?

—¿Por qué diantres iba a molestarme?

—Voy a dormir un poco —dijo Bill, y se cubrió el rostro con un periódico, pero casi enseguida volvió a preguntarme—: ¿Eres católico de veras, Jake?

—Técnicamente.

—¿Qué significa eso?

—No lo sé.

—Bueno. Ahora voy a dormir. No me mantengas despierto con tu charla.

Yo me dormí también. Cuando me desperté, Bill estaba guardando las cosas en la mochila. Era ya bien entrada la tarde y la alargada sombra de los árboles llegaba hasta más allá de la presa. Me dolía todo el cuerpo de haber dormido en el suelo.

—¿Cómo? ¿Ya te has despertado? —inquirió Bill—. ¿Por qué no has seguido durmiendo toda la noche?

Me desperecé y me froté los ojos.

—He tenido un sueño maravilloso —dijo Bill—. No sé de qué iba, pero sí que era un sueño maravilloso.

—Me parece que yo no he soñado.

—Deberías hacerlo —añadió Bill—. Todos nuestros hombres de negocios importantes fueron grandes soñadores. Por ejemplo, Ford. Fíjate en el presidente Coolidge. Fíjate en Rockefeller, o en Jo Davidson.

Desmonté mi caña de pescar y se la di a Bill para que la guardara en la funda mientras ponía los carretes en la bolsa de los accesorios. Bill había terminado de llenar la mochila. Habíamos metido en ella una de las bolsas con las truchas; yo llevaba la otra.

—Bueno —preguntó Bill—, ¿lo llevamos todo?

—Los gusanos...

—¡Tus gusanos...! Ponlos aquí.

Ya se había cargado la mochila y metí la lata en uno de los bolsillos laterales.

—Y ahora, ¿lo tenemos todo?

Miré por la hierba a los pies de los olmos.

—Sí.

Comenzamos a subir por el sendero del bosque. Era una larga caminata hasta Burguete, y ya había oscurecido cuando cruzamos los campos para llegar a la carretera. Caminamos por ella entre las casas del pueblo, con sus ventanas iluminadas, hasta llegar a la fonda.

Nos quedamos cinco días en Burguete, y la pesca se nos dio muy bien. Las noches eran frías y los días muy calurosos, pero siempre corría una agradable brisa, incluso en las horas de más calor. Hacía la temperatura suficiente para que resultara agradable bañarse en las frías aguas del río y dejar que el sol nos secara la piel sentados en la orilla. Encontramos un lugar en el río con una charca lo suficientemente honda para poder nadar en ella. Por las noches jugábamos al bridge a tres manos con un inglés llamado Harris que había venido andando desde Saint Jean Pied de Port y se alojaba en la fonda para pescar por allí. Era un hombre agradable y nos acompañó dos veces al río Irati. No habíamos tenido noticias de Robert Cohn, ni de Brett y Mike.

Capítulo 13

Una mañana, cuando bajé a desayunar, Harris, el inglés, estaba ya sentado a la mesa, con las gafas puestas y leyendo el periódico. Levantó la vista y me sonrió.

—¡Buenos días! —me dijo—. Tiene usted una carta. Me la han dado en Correos cuando he ido a recoger las mías.

Había dejado la carta en mi lado de la mesa, apoyada contra la taza de café. Harris se había puesto nuevamente a leer el periódico. Abrí la carta. Me había sido enviada desde Pamplona y estaba fechada en San Sebastián, el domingo.

> Querido Jake:
>
> Llegamos aquí el viernes. Brett sufrió una ligera indisposición en el tren, de manera que la traje aquí para que descansara tres días en compañía de unos viejos amigos. Saldremos para el hotel Montoya de Pamplona el martes, pero no sé a qué hora llegaremos. Me gustaría que nos enviaras una nota con el autobús diciéndonos qué tenemos que hacer para reunirnos con vosotros el miércoles. Recibe todo nuestro afecto y nuestras excusas por el retraso, pero Brett se encontraba muy mal. Estará totalmente restablecida para el martes, ya casi lo está. La conozco muy bien y trato de cuidarla, pero no resulta fácil. Recuerdos a todos los amigos.
>
> MICHAEL

—¿Qué día de la semana es hoy? —le pregunté a Harris.

—Miércoles, me parece. Sí, eso es, miércoles. Es fantástico como se pierde la noción del tiempo aquí, en la montaña.

—Sí. Ya llevamos casi una semana aquí.

—Espero que no estén pensando en marcharse.

—Sí, por desgracia. Tomaremos el autobús esta tarde.

—¡Qué mala suerte! Había confiado en que iríamos otra vez al río Irati.

—Tenemos que volver a Pamplona, nos esperan unos amigos.

—¡Sí que lo siento! Lo hemos pasado bien aquí, en Burguete.

—Véngase a Pamplona. Podremos volver a jugar al bridge. Y además estos días hay unas magníficas fiestas.

—Me gustaría ir. Ha sido muy amable de su parte el invitarme, pero creo que es mejor que no vaya. No me queda mucho tiempo para dedicar a la pesca.

—Está empeñado en coger esas grandes truchas del Irati.

—Así es, lo reconozco. Hay algunas enormes.

—También me gustaría a mí intentar pescarlas una vez más.

—¡Hágalo! Quédese otro día.

—No, no puedo. Tenemos que volver a la ciudad —le dije.

—¡Qué lástima!

Después de desayunar, Bill y yo nos sentamos al sol en un banco que había delante de la fonda y cambiamos impresiones. Vi a una joven que venía por la calle procedente del centro del pueblo. Se detuvo frente a nosotros y sacó un telegrama que llevaba en una cartera de cuero que le colgaba sobre la falda.

—*¿Por ustedes?**

Leí la dirección: «Barnes, Burguete».

—Sí, es para nosotros.

Me presentó el libro para que firmara y le di unas monedas. El telegrama estaba escrito en español: «*Vengo jueves*, Cohn».

* Erróneamente escrito en castellano en el original. *(N. del T.)*

Se lo pasé a Bill.

—¿Qué significa la palabra «Cohn»?

—¡Qué porquería de telegrama! Por el mismo dinero podía haber enviado hasta diez palabras. «Vengo jueves.» Muy expresivo y explicativo, ¿no te parece?

—Te explica aquello que Cohn quiere que sepas.

—De todos modos vamos a regresar —le dije—. Sería totalmente inútil tratar de lograr que Brett y Mike vinieran hasta aquí para volver a Pamplona antes de las fiestas. ¿Vale la pena contestarle?

—Sí, podemos hacerlo. No hay razón para que nos portemos como unos maleducados.

Nos dirigimos a Telégrafos y pedí un impreso de telegrama.

—¿Qué vamos a decirle? —preguntó Bill.

—«Llegamos esta noche.» Creo que basta.

Pagamos el telegrama y regresamos a la fonda. Harris estaba allí y los tres dimos un paseo hasta Roncesvalles y entramos en el monasterio.

—Un lugar realmente notable —dijo Harris cuando salimos—, pero a decir verdad estos sitios no son de mi devoción.

—Tampoco de la mía —asintió Bill.

—Pero es un lugar notable, desde luego —repitió Harris—. Hubiera sentido marcharme sin visitarlo. Cada día me hacía el propósito de venir.

—No es lo mismo que ir de pesca, ¿verdad? —preguntó Bill. Harris le caía bien.

—No, desde luego.

Estábamos delante de la vieja capilla del monasterio.

—¿Hay una taberna al otro lado de la carretera? ¿O es que me engaña la vista? —preguntó Harris.

—Eso parece —asintió Bill.

—También a mí me lo parece —añadí.

—Bien, hagamos uso de ella —nos alentó Harris. Había tomado la expresión «hacer uso» del vocabulario habitual de Bill.

Nos bebimos una botella de vino por cabeza. Harris se empeñó en pagar. Hablaba español bastante bien y convenció al tabernero para que no aceptara nuestro dinero.

—No sabe lo que me alegro de haberles conocido, amigos.

—Lo hemos pasado en grande, Harris.

Harris estaba un poco mareado.

—Sí, amigos, no saben lo que ha significado para mí. Desde antes de la guerra no me lo había pasado tan bien.

—Volveremos a pescar juntos en otra ocasión. No lo olvide, Harris.

—Sí, tenemos que hacerlo. Lo hemos pasado de maravilla.

—¿Qué os parece si nos bebemos otra botella?

—¡Estupenda idea! —aceptó Harris.

—Pero ésta la pago yo —dijo Bill—. Si no, no la bebemos.

—Quisiera que me dejara pagarla. Es para mí una verdadera satisfacción.

—Esta vez lo será para mí —insistió Bill.

El tabernero sirvió la cuarta botella. Usamos los mismos vasos y Harris levantó el suyo.

—Este vino se deja hacer uso, se lo digo yo.

Bill le dio unas palmadas en la espalda.

—¡Vaya con nuestro viejo Harris!

—¿Saben que mi verdadero nombre no es Harris? Es Wilson-Harris, todo junto, o mejor dicho, separado por un guión.

—¡Vaya con nuestro viejo Wilson-Harris! —dijo Bill—. Le llamamos Harris porque le apreciamos mucho.

—Vamos, Barnes. No tienen idea de lo que esto significa para mí.

—Haga uso de otro vaso, Harris.

—De veras, Barnes, no pueden saberlo, eso es todo.

—Beba, Harris.

A la vuelta caminamos por la carretera de Roncesvalles, con Harris entre nosotros dos. Almorzamos en la fonda y después Harris nos acompañó al coche de línea. Nos dio una tarjeta con su domicilio particular en Londres, la dirección de su club y la de su oficina. Cuando subimos al coche nos entregó un sobre a cada uno. Abrí el mío y vi que contenía una docena de moscas que el propio Harris había preparado para la pesca. Siempre preparaba sus propias moscas.

—Pero Harris... —empecé a decir.

—No, no —me interrumpió. Estaba bajando del autobús—. No son moscas de primera clase. He pensado que si las utilizan alguna vez para pescar, les harán recordar los buenos momentos que hemos pasado juntos.

El autobús se puso en marcha. Harris estaba de pie frente a la oficina de Correos. Cuando el vehículo echó a andar, dio media vuelta y se dirigió a la fonda.

—¡Vaya con Harris! ¿No crees que se ha portado estupendamente? —me preguntó Bill.

—Creo que es verdad que se lo ha pasado muy bien.

—Puedes estar seguro.

—Me gustaría que viniera a Pamplona.

—Quería pescar.

—Sí. Tampoco se puede saber cómo reaccionan los ingleses cuando se juntan varios.

—No. Tienes razón.

Llegamos a Pamplona ya bien entrada la tarde y el autobús se detuvo a la puerta del hotel Montoya. En la plaza estaban colocando el tendido eléctrico para la iluminación de las fiestas. Unos cuantos chiquillos se aproximaron cuando el coche de línea se detuvo y un agente de aduanas de la ciudad hizo que todos los que bajaban del autobús abrieran sus bultos en la acera. Entramos al hotel y en las escaleras nos encontramos a Montoya. Nos estrechó la mano y nos sonrió con su acostumbrado aire cohibido.

—Ya han llegado sus amigos —nos anunció.

—¿El señor Campbell?

—Sí. El señor Cohn, el señor Campbell y lady Ashley.

Sonrió de nuevo como si creyera que en aquella llegada había algo especial que yo debía saber.

—¿Cuándo han llegado?

—Ayer. Les he reservado a ustedes las mismas habitaciones que ocuparon antes.

—Muy bien. ¿Le ha asignado usted al señor Campbell una habitación que dé a la plaza?

—Sí. Les he dado las habitaciones que habíamos elegido.

—¿Dónde están nuestros amigos ahora?

—Creo que han ido a ver un partido de pelota.

—¿Y qué hay de los toros?

Montoya sonrió.

—Esta noche —dijo— a las siete traerán los toros de Villar y mañana llegarán los Miuras. ¿Irán ustedes? ¿Todos?

—Sí, desde luego. Mis amigos no han visto nunca una *desencajonada*.

Montoya me puso la mano en el hombro.

—Allí nos veremos.

Sonrió una vez más. Siempre sonreía como si las corridas de toros constituyeran un secreto especial entre nosotros, un secreto verdaderamente extraño, sorprendente y profundo que compartíamos nosotros dos. Sonreía siempre, como si aquel secreto nuestro tuviera algo de lascivo para los extraños, que nosotros entendíamos perfectamente, pero que no podía explicarse a los demás porque nadie lo entendería.

—Su amigo, ¿es también *aficionado*?

—Sí. Ha venido expresamente desde Nueva York para ver los Sanfermines.

—¿De veras? —Montoya parecía dudarlo, pero no quería ser descortés—. Pero no es un verdadero *aficionado* como usted.

De nuevo me puso la mano en el hombro, de nuevo con aspecto cohibido.

—Sí —insistí yo—. Es un auténtico *aficionado*.

—Pero no un *aficionado* como usted.

Afición, en términos taurinos, significa pasión. Un *aficionado* es alguien que siente pasión por las corridas de toros. Todos los buenos toreros se alojaban en el hotel Montoya, es decir, todos aquellos que verdaderamente sentían *afición*. Los otros, los comercializados, se alojaban allí quizá una sola vez, pero no volvían. Sin embargo, los buenos toreros volvían cada año. En el comedor del Montoya estaban sus fotografías dedicadas a Juanito Montoya o a su hermana. Las fotografías de los toreros preferidos de Montoya, aquellos en cuyo talento artístico creía, estaban enmarcadas. Las de los toreros sin talento ni *afición* iban a parar a un cajón de su mesa de despacho. Frecuentemente tenían las más lisonjeras dedicatorias, auténticas alabanzas, pero no significaban nada para Montoya. Un día Montoya tomó las fotos de los toreros sin afición ni talento y las arrojó a la papelera. No los quería cerca de él.

Montoya y yo hablábamos de toros y de toreros a menudo. Hacía ya varios años que me alojaba en el Montoya durante los Sanfermines. Nuestras conversaciones no solían ser largas. Se trataba simplemente de breves contactos en los que teníamos el placer de descubrir lo que pensaba cada uno de nosotros. Muchos hombres venían de ciudades distantes, y antes de dejar Pamplona pasaban a ver a Montoya para hablar un rato con él de toros. Los verdaderos *aficionados* siempre tenían habitación en el hotel, aunque estuviera lleno. Montoya me presentó a algunos de ellos. Al principio siempre se mostraban muy corteses, como si les divirtiera ver que un norteamericano como yo se creyera un *aficionado*. Daban por hecho que un norteamericano no podía sentir *afición* por los toros. Tal vez la fingía o la confundía con emoción o excitación, pero realmente no podía ser un buen *aficionado*. Cuando se daban cuenta de que verdaderamente yo sentía *afición*, lo que acababan por descubrir sin una consigna determinada, sin preguntas aparentes y siempre un poco a la defensiva, como en una especie de examen espiritual, siempre se repetía aquel gesto un poco tímido e incómodo de ponerme la mano en el hombro o me llamaban «*buen hombre*». Pero casi siempre preferían el contacto físico, como si quisieran establecer ese roce para tener la certeza de que la *afición* era real.

Montoya podía perdonárselo todo a un torero que tuviera *afición*. Podía perdonarle ataques de nervios, pánico, actuaciones malas e inexplicables. Podía perdonárselo todo a quien tuviera *afición*. A mí me perdonaba cualquier cosa que hicieran mis amigos. Sin que nunca me dijera nada, eran para él simplemente algo vergonzoso entre nosotros, como la cornada que revienta al caballo y hace que sus tripas caigan sobre la arena.

Bill había subido a la habitación mientras yo hablaba con Montoya, y lo encontré frente al lavabo afeitándose y cambiándose de ropa.

—Vaya, has practicado bien el español.

—Me estaba contando que los toros llegan esta tarde.

—Vamos a buscar a la pandilla. Deben andar por ahí abajo.

—De acuerdo. Lo más seguro es que estén en el café.

—¿Tienes las entradas?

—Sí. Para todas las desencajonadas.

—¿Cómo son?

Bill aproximó la cara al espejo para ver si se había dejado algún lugar sin afeitar debajo de la barbilla.

—Muy interesantes —le expliqué—. Dejan que los toros salgan de sus cajones todos al mismo tiempo y los conducen a los corrales donde se quedan hasta el día de la corrida. Los cabestros los rodean como si fueran viejas amas de cría cariñosas y tratan de calmarlos y arrastrarlos hasta los corrales.

—¿Los toros bravos no cornean a los cabestros?

—Claro. En ocasiones arremeten contra ellos, los persiguen y los matan.

—¿Y los cabestros no hacen nada para defenderse?

—No. Intentan calmarlos y hacerse amigos.

—Entonces, ¿para qué los quieren?

—Sólo para eso, para tranquilizarlos. Y para evitar que se rompan los cuernos contra las paredes de piedra de los callejones y los corrales. Y para que no se ataquen unos a otros.

—¡Debe de ser magnífico ser un cabestro!

Bajamos las escaleras y salimos del hotel. Cruzamos la plaza en dirección al café Iruña. En la plaza había dos casetas solitarias en las que se vendían entradas para las corridas. Sobre las taquillas se anunciaba: SOL, SOMBRA y SOL Y SOMBRA, pero en esos momentos estaban cerradas y no se abrirían hasta la víspera de las fiestas.

Al otro lado de la plaza las mesas y los sillones de mimbre blancos ocupaban las aceras, bajo las arcadas, hasta la esquina de la calle. Miré a ver si veía a Brett y a Mike en alguna de las mesas. En efecto, allí estaban: Brett, Mike y Robert Cohn. Brett se tocaba con una boina vasca, como Mike. Robert Cohn iba con la cabeza descubierta y llevaba las gafas puestas. Brett nos vio y nos saludó agitando la mano. Guiñaba los ojos cuando nos acercamos a ellos.

—¡Hola, amigos! —nos saludó.

Brett estaba muy contenta. Mike tenía un modo especial de expresar sus sentimientos con su apretón de manos. Cohn se limitó a darnos la mano porque habíamos regresado ya.

—¿Dónde habéis estado, caramba? —les pregunté.

—Yo los he traído aquí… —dijo Cohn.

—¡Qué tontería! —protestó Brett—. Hubiéramos llegado antes de no haber sido por ti.

—No hubierais venido nunca.

—¡Qué tontería! Estáis muy morenos. Fíjate en Bill.

—¿Habéis tenido buena pesca? —preguntó Mike—. Nos hubiera gustado estar con vosotros.

—No ha estado mal. Os hemos echado de menos.

—Yo quería ir —dijo Cohn—, pero pensé que era preferible traerlos.

—¿Traernos? ¡Vaya tontería!

—¿De veras habéis tenido buena pesca? —preguntó Mike—. ¿Habéis cogido muchas?

—Algunos días una docena cada uno. Había un inglés con nosotros.

—Se llama Harris —dijo Bill—, ¿no lo conoces, Mike? También estuvo en la guerra.

—Un tipo afortunado —comentó Mike—. ¡Qué tiempos aquellos! ¡Cómo me gustaría que volvieran aquellos días!

—¡No seas burro!

—¿Estuviste en la guerra, Mike? —preguntó Cohn.

—¡Vaya si estuve!

—Se distinguió como soldado —dijo Brett—. Cuéntales aquella vez que tu caballo se encabritó cuando desfilabas por Piccadilly.

—No. Ya lo he contado cuatro veces.

—A mí no me lo has contado todavía —dijo Cohn.

—No voy a contarlo. Esa historia me desacredita mucho.

—Pues cuéntales lo de las medallas —dijo Brett.

—Tampoco. Esa historia me desacredita igualmente.

—¿Qué historia es ésa?

—Brett te la contará. Siempre está dispuesta a contar las cosas que me desacreditan.

—Vamos, Brett, cuéntalo.

—¿Me permites?

—Lo contaré yo mismo.

—¿Tienes alguna medalla, Mike?

—No, ninguna.

—Debes de tener alguna.

—Supongo que me dieron las normales, pero nunca fui a buscarlas. En una ocasión tuve que asistir a una cena de gala a la que iba a ir incluso el príncipe de Gales, y la invitación indicaba que se debían lucir las condecoraciones. Yo, lógicamente, no tenía ninguna, así que fui a ver a mi sastre, le enseñé la invitación, que ya podéis suponer cómo le impresionó, y le dije: «Tiene usted que coserme alguna medalla». «¿Qué condecoraciones, señor?», me preguntó. «Cualquiera. Póngame unas cuantas.» Él insistió: «Pero ¿qué condecoraciones *tiene* usted, señor?». «¿Cómo quiere que lo sepa?», le respondí. ¿Pensaba que yo era uno de esos que pierden el tiempo leyendo la maldita gaceta? «Póngame una buena cantidad. Elíjalas usted mismo.» Así que tomó algunas, en miniatura, y me las puso en una caja que yo me metí en el bolsillo y olvidé por completo. Bien, fui a la cena, pero aquella noche mataron a Henry Wilson, así que el príncipe no asistió a la cena, ni tampoco el rey, y nadie lució sus condecoraciones. Aquellos vanidosos tuvieron que deshacerse de sus medallas, y yo llevaba las mías en el bolsillo.

Hizo una pausa que aprovechamos para reírnos de su historia.

—¿Eso es todo?

—Sí, todo. Quizá no he sabido contarlo bien.

—No, nada bien. Pero no importa —respondió Brett.

Todos seguíamos riendo.

—Ah, sí —exclamó Mike—, ahora lo recuerdo. Era una cena aburrida, insoportable, así que me fui. Más tarde, esa misma noche encontré la caja en el bolsillo. ¿Qué es esto?, me pregunté. ¿Medallas? ¿Malditas condecoraciones militares? Las saqué del soporte, ya sabéis que las colocan sobre una especie de cartón recubierto de cintas, y las repartí. Le di una a cada chica, como recuerdo. Debieron de creer que era un fantástico soldado de pelo en pecho, repartiendo mis condecoraciones en una sala de fiestas. ¡Vaya un tipo gallardo!

—Cuenta lo que falta —le instó Brett.

—¿No creéis que tuvo gracia? —preguntó Mike. Todos nos reíamos de corazón—. Pues la tuvo, os lo juro. Transcurrido algún tiempo, mi sastre me escribió diciéndome que necesitaba que le devolviera las condecoraciones. Como no le contesté me envió un tipo a recogerlas. Me siguió escribiendo durante meses. Resulta que las medallas no eran suyas, sino de un tipo que se las había dejado para que las limpiara, uno de esos militares presumidos y jactanciosos. Al pobre sastre le armó un escándalo imponente. ¡Mala suerte!

—No lo dirás en serio—dijo Bill—. Yo hubiera pensado que fue una gran suerte para el sastre.

—Era un sastre magnífico. Al verme hoy nadie lo diría —dijo Mike—, pero acostumbraba a pagarle cien libras al año para mantenerlo contento, así que no me enviaba la cuenta nunca. Fue un duro golpe para él que yo me arruinara. Sucedió poco después del asunto de las condecoraciones y eso le daba a sus cartas un tono más amargo.

—¿Cómo te arruinaste? —preguntó Bill.

—De dos formas: primero poco a poco, y luego de repente.

—Pero ¿cuál fue la causa?

—Los amigos. Tenía un montón… Falsos amigos. Y tenía también acreedores. Posiblemente tenía más acreedores que nadie en Inglaterra.

—Cuéntales lo del juicio… —dijo Brett.

—No me acuerdo. Estaba un poco bebido.

—¡Bebido! —comentó Brett—. ¡Estabas como una cuba!

—¡Cosa rara! —dijo Mike—. El otro día me encontré con mi antiguo socio. Me quiso invitar a una copa.

—Háblales de tu experto abogado —insistió Brett.

—No quiero hacerlo. Mi abogado estaba también como una cuba. Os digo que ya me estoy cansando de esta conversación tan siniestra y aburrida. ¿Vamos a ver desencajonar esos toros o no?

—Bien, vamos.

Llamamos al camarero, pagamos y emprendimos la marcha a través de la ciudad. Yo iba a la cabeza con Brett, pero Cohn vino y se colocó a su lado. Los tres pasamos junto al *ayuntamiento*, engalanado con sus pendones y estandartes, dejamos atrás la plaza del mercado y subimos por la cuesta que lleva al puente que cruza el Arga. Mucha gente seguía el mismo camino para ver los toros. Cruzaban el puente muchos carruajes; los cocheros hacían chasquear sus látigos por encima de los caballos y las cabezas de la multitud. Tras pasar el puente tomamos la calle que conducía a los corrales. Pasamos junto a una bodega en cuyo escaparate se leía la siguiente inscripción: BUEN VINO A TREINTA CÉNTIMOS EL LITRO.

—Acabaremos en esta tasca cuando nos estemos quedando sin dinero —bromeó Brett.

La mujer que estaba en la puerta del establecimiento se nos quedó mirando cuando pasamos por delante. Llamó a alguien que debía de estar dentro de la casa y aparecieron tres muchachas que se asomaron a la ventana a mirar a Brett.

En el portalón de los corrales dos hombres recogían las entradas. Entramos. En el interior había un patio con árboles y una casa de piedra de un piso; en el extremo opuesto, el muro de los corrales, también de piedra, tenía aberturas, como aspilleras, que daban al interior de cada uno de ellos. Una escalera permitía el acceso a la parte superior del muro y la gente trepaba por ella y se repartían para situarse en la parte superior de los muros que separaban los dos corrales. Subimos por la escalera tras cruzar la hierba bajo los árboles y pasamos junto a los grandes cajones pintados de gris, en cuyo interior estaban encerrados los toros. En cada uno de aquellos cajones había un toro. Habían llegado en tren desde una finca de Castilla, los desembarcaron en la estación y desde allí los llevaron a los corrales en carretas planas. Ahora iban a sacarlos de los cajones para dejarlos en los corrales. En cada uno de los cajones iba estampado el nombre del toro y la divisa de la ganadería.

Subimos y encontramos un buen sitio desde el que se veía el corral perfectamente. Las paredes de mampostería estaban encaladas y había paja en el suelo, pesebres llenos de grano y abrevaderos junto a la pared.

—Mirad allí —dije.

Al otro lado del río se extendía la planicie de la ciudad. Había gente por doquier en las viejas murallas. Las tres líneas de fortificaciones hacían tres líneas oscuras de personas. Por encima de los muros, en las ventanas de las casas, se veían muchas cabezas, y en el extremo más alejado de la meseta los chiquillos se habían subido a los árboles.

—Es como si creyeran que va a ocurrir algo.

—Quieren ver los toros.

Mike y Bill estaban en la parte superior del muro, al otro lado del corral. Agitaron las manos llamando nuestra atención. La gente que había venido después que nosotros nos empujaba hacia delante y a su vez eran empujados por los que les seguían.

—¿Por qué no empiezan? —preguntó Robert Cohn.

Un mulo fue atado a uno de los cajones y lo arrastró hasta dejarlo apoyado junto al portillo del corral. Los hombres ayudaban empujando y alzando el cajón con palancas de hierro, hasta dejarlo firme en su sitio. Sobre el muro había hombres preparados para abrir la puerta que daba al corral, y después la del cajón. Al otro extremo del corral se abrió un portón y salieron dos cabestros agitando las cabezas y moviendo sus flacos cuartos traseros con un trote seco. Se quedaron juntos e inmóviles en el extremo opuesto del lugar por donde iba a entrar el toro.

—No parecen muy dichosos —dijo Brett.

Los hombres situados encima del muro retrocedieron y levantaron la puerta del corral. Después hicieron lo mismo con la del cajón.

Me apoyé en la pared y traté de mirar dentro del cajón. Estaba oscuro. Alguien golpeó en la parte superior con una barra de hierro. En el interior pareció que algo hacía explosión. El toro golpeaba con los cuernos a ambos lados del cajón y hacía un ruido terrible. Después vi un morro oscuro y la sombra de unos grandes cuernos. Seguidamente los cascos del animal resonaron en el cajón hueco, el toro se arrancó y salió al corral como una bala de cañón, patinando sobre la paja que cubría el suelo. Se detuvo con la cabeza erguida y los músculos de su pesado cuello tensos como si fueran a reventar. Todo su cuerpo parecía palpitar con la furia de su casta cuando miró a la gente que lo contemplaba desde la parte alta de los muros de los corrales. Los dos cabestros retrocedieron hasta la pared opuesta con las cabezas gachas y sin apartar la mirada del toro de lidia.

Éste los vio y se lanzó contra ellos. Desde detrás de uno de los cajones, un hombre gritó con fuerza y golpeó las tablas con su sombrero; el toro, antes de llegar al lugar donde estaban los cabestros, giró en redondo y embistió hacia donde había surgido la voz, tratando de alcanzarle detrás de las tablas, arremetiendo media docena de veces con el cuerno derecho.

—¡Dios mío, qué belleza! —exclamó Brett.

No podíamos apartar la vista del animal situado debajo de nosotros.

—Parece que sabe usar los cuernos —dije—. Tiene una buena derecha y una buena izquierda, como si fuera un boxeador.

—¿Te parece?

—Observa bien.

—Todo es demasiado rápido.

—Espera. Soltarán otro en un minuto.

Habían arrastrado otro cajón hasta la entrada. En el extremo opuesto del corral, desde uno de los burladeros, trataron de llamar la atención del toro. Y mientras éste tenía la vista apartada de la entrada, se soltó el toro siguiente.

Éste se lanzó directamente contra los cabestros y dos hombres se desplazaron por los burladeros tratando de llamar su atención, gritándole para que se volviera. El toro no cambió la dirección de su carrera y los hombres gritaron:

—¡Eh, eh, *toro*...!

Agitaban los brazos. Los dos cabestros se prepararon a recibir la embestida poniéndose de costado; el toro embistió a uno de ellos.

—No mires —le dije a Brett, que no podía apartar la vista, fascinada—. Muy bueno —dije—. Si es que puedes resistirlo.

—Lo he visto... He visto cómo usaba el cuerno izquierdo y después el derecho.

—¡Pero que muy bien!

El cabestro yacía en el suelo con el cuello estirado y la cabeza torcida, tal y como había caído. De repente el toro se separó de él y se abalanzó sobre el otro cabestro que se había quedado quieto en el otro extremo del corral, agitando la cabeza de un lado a otro y observando lo que ocurría. El cabestro trató de huir, pero fue alcanzado por el bravo que lo corneó ligeramente en un costado. Después se volvió y dedicó su atención a la multitud situada en la parte alta del corral, hinchando los músculos del cuello. El cabestro se le acercó y trató de husmearlo y el toro le dio una cornada sin demasiada agresividad. Poco después fue el toro quien acercó el morro al cabestro, y seguidamente ambos se dirigieron al trote hacia donde había quedado el otro toro.

Cuando fue desencajonado el tercer toro, los otros dos y el cabestro lo esperaron con las cabezas juntas y los cuernos apuntándolo. En pocos minutos el cabestro logró calmarlo e incorporarlo al grupo. Cuando los dos últimos toros fueron desencajonados, formaron un rebaño tranquilo y unido en torno al cabestro.

El cabestro que había sido corneado se levantó y se quedó apoyado contra la pared de piedra. Ninguno de los otros toros se le acercó ni él tampoco hizo el menor intento por unirse a la manada.

Descendimos de la parte alta de los corrales, mezclados con la multitud, y por las aspilleras de la pared dirigimos una última mirada a los toros. Estaban tranquilos y con las cabezas gachas. Tomamos un coche de alquiler y nos dirigimos al café. Mike y Bill llegaron media hora más tarde. Se habían detenido en el camino de vuelta para tomar unas copas.

Nos sentamos todos en el café.

—Un espectáculo extraordinario —comentó Brett.

—¿Crees que los otros toros pelearán tan bien como el que ha salido el primero? —preguntó Robert Cohn—. Me parece que se han calmado demasiado pronto.

—Se conocen entre sí —expliqué—. Sólo son peligrosos cuando están solos, o en grupos de dos o tres.

—¿Qué quieres decir con peligrosos? —dijo Bill—. A mí todos, juntos o separados, me parecen más que peligrosos.

—Solamente quieren matar cuando están solos, separados de la manada. Naturalmente, si uno entra ahora en el corral es posible que algún toro se separe de los demás, y en ese caso sería peligroso, mortalmente peligroso.

—Demasiado complicado para mí —dijo Bill—. Nunca me apartes de la manada, Mike.

—Me parece que eran unos toros estupendos, ¿no es así? ¿Has visto los cuernos? —preguntó Mike.

—¡Cómo no iba a verlos! —exclamó Brett—. No tenía idea de cómo era un toro bravo.

—¿Te has fijado en el que ha corneado al cabestro? —preguntó Mike—. Era extraordinario.

—La vida del cabestro no es vida —dijo Robert Cohn.

—¿Tú crees? —preguntó Mike—. Yo hubiera dicho que te encanta ser un cabestro.

—¿Qué quieres decir con eso, Mike?

—Llevan una vida tan tranquila. Nunca dicen nada, ni hacen nada, se pasan el tiempo vagando de un lado para otro.

Nos sentimos un poco avergonzados. Bill se reía y Robert Cohn estaba enfadado. Mike continuó hablando:

—Creo que te gustaría. Nunca tienes nada que decir. Vamos, Robert, di algo. No te quedes sentado ahí como una estatua.

—Ya he dicho algo, Mike. ¿No te acuerdas? Con respecto a los cabestros.

—Vamos, di algo más. Continúa hablando. Di algo gracioso, divertido. ¿No te das cuenta de que aquí todos lo estamos pasando estupendamente?

—Déjalo, Michael, déjalo ya. ¡Estás borracho! —dijo Brett.

—No, no estoy borracho. Hablo en serio. ¿Es que Robert Cohn va a continuar siempre siguiendo a Brett como un cabestro?

—¡Cállate de una vez! Demuestra que tienes buena crianza.

—¡Al cuerno con la buena crianza! De todos modos, ¿quién tiene buena crianza, salvo quizá los toros? Son magníficos los toros,

¿verdad? ¿No te gustan, Bill? ¿Por qué no dices algo, Robert? No te quedes ahí inmóvil como si esto fuera un asqueroso funeral. ¿Qué importancia tiene que Brett se acostara contigo? Se ha acostado con un montón de tipos mejores que tú.

—¡Cállate! —dijo Cohn, y se levantó—. ¡Te digo que te calles, Mike!

—No te pongas de pie y finjas que vas a pegarme. Me da igual. Dime una cosa, Robert: ¿por qué sigues a Brett por todas partes como si fueras un miserable cabestro? ¿No te das cuenta de que tu presencia no es deseada? Yo me doy cuenta enseguida cuando no se me acepta en un sitio. ¿Cómo es que tú no te das cuenta cuando estorbas? Tú viniste a San Sebastián donde nadie te había llamado y seguiste a Brett como un estúpido cabestro. ¿Crees que eso está bien hecho?

—¡Cállate! ¡Estás borracho!

—Tal vez esté borracho. ¿Por qué no te emborrachas tú? ¿Cómo es que nunca te emborrachas, Robert? Sabes de sobra que no lo pasaste bien en San Sebastián porque ninguno de nuestros amigos te invitaba a sus fiestas. Y no puedes reprochárselo, ¿verdad que no? Se lo pedí yo. No estaban dispuestos a hacerlo. No puedes reprochárselo ahora. ¿Puedes? Vamos, contéstame. ¿Puedes reprochárselo?

—¡Vete a la mierda, Mike!

—No, yo no puedo reprochárselo. ¿Puedes hacerlo tú? ¿Por qué sigues a Brett a todas partes? ¿Es que no te han enseñado buenos modales? ¿Cómo crees que me sienta a mí?

—¡Vaya uno para hablar de buenos modales! —intervino Brett—. Tú sí que tienes unos modales buenísimos y muy delicados.

—Vamos, Robert —dijo Bill.

—¿Por qué la sigues a todas partes?

Bill se levantó y se llevó a Robert Cohn.

—No os marchéis. Cohn va a pagarnos una ronda —dijo Mike.

Bill se alejó con Cohn, que tenía el rostro lívido. Mike continuó hablando. Yo seguí sentado un rato, oyéndolo. Brett parecía disgustada.

—Oye, Michael, no tienes por qué portarte como un imbécil. —Se interrumpió y se volvió a mí—: No digo que no tenga razón, ¿sabes?

La voz de Mike perdió su tono de emoción. Ahora todos éramos amigos.

—No estoy tan borracho como parece —dijo.

—Ya sé que no lo estás —concedió Brett.

—Ninguno de nosotros está sobrio del todo —añadí yo.

—No he dicho nada que no piense.

—Pero lo has dicho de un modo tan desagradable —se rió Brett.

—Es que es un burro, por lo menos así lo veo yo. Vino a San Sebastián, donde nadie lo había llamado, y donde ¡maldita la falta que hacía! Iba siempre detrás de Brett sin hacer nada más que mirarla. Me ponía enfermo, de verdad.

—Se portó muy mal —añadió Brett.

—Mira, Brett ha tenido aventuras con otros hombres. Lo sé porque ella me lo cuenta todo. Me dio las cartas que le había escrito Cohn para que las leyera, pero claro está, no quise hacerlo.

—Muy noble de tu parte.

—No, Jake, escucha. Brett ha ido con otros hombres, pero no eran judíos, y ninguno de ellos siguió rondando después a nuestro alrededor.

—Todos muy buenos chicos —comentó Brett—. Es una tontería hablar de esto. Michael y yo nos entendemos perfectamente.

—Me dio las cartas de Cohn, pero no quise leerlas —insistió Mike.

—No eres capaz de leer una sola carta, cariño. No lees siquiera las mías.

—No, no puedo leer cartas —concedió Mike—. Es gracioso, ¿verdad?

—No eres capaz de leer nada.

—En eso te equivocas. Leo bastante. Leo mucho cuando estoy en casa.

—Pronto incluso empezarás a escribir —dijo Brett—. Vamos, Michael, haz un esfuerzo. Ahora Jake está aquí. Tienes que sobreponerte y no amargarnos las fiestas.

—Bueno, pues que se comporte.

—Lo hará. Yo se lo diré.

—Díselo tú, Jake. Dile que o se comporta o se larga.

—Sí —respondí—. Estaría bien que yo se lo dijera.

—Mira, Brett. Dile a Jake cómo te llama Robert. Es algo perfecto, ¿sabes?

—¡Oh, no! ¡No puedo!

—Vamos, adelante. Todos somos amigos. ¿Verdad que somos amigos, Jake?

—No puedo decírselo. Es demasiado ridículo.

—Se lo diré yo.

—No, no, Michael. No seas burro.

—La llama Circe —dijo Mike—. Proclama que tiene el don de convertir a los hombres en cerdos. ¡Es estupendo! Me gustaría ser uno de esos literatos.

—También podría serlo —me dijo Brett—. Escribe buenas cartas.

—Lo sé —contesté—. Me escribió desde San Sebastián.

—Eso no es nada —dijo Brett—. Es capaz de escribir unas cartas muy divertidas.

—Fue ella la que me hizo escribir aquello. Quería haceros creer que estaba enferma.

—Y lo estaba de veras.

—Vamos, tenemos que volver al hotel a cenar —dije.

—¿Qué hago cuando me encuentre con Cohn? —preguntó Mike.

—Actúa como si nada hubiera pasado.

—A mí me importa poco. No me avergüenzo en absoluto.

—Si te dice algo, contéstale que estabas bebido.

—De acuerdo. Y lo gracioso del caso es que creo que estaba bebido.

—Vámonos ya —dijo Brett—. ¿Están pagados estos venenos? Tengo que tomar un baño antes de cenar.

Cruzamos la plaza. Estaba oscura, pero a su alrededor brillaban las luces de los bares y cafés al abrigo de las arcadas. Caminamos sobre la gravilla bajo los árboles, rumbo al hotel.

Ellos subieron a sus habitaciones y yo me detuve a hablar con Montoya.

—Bueno, ¿le han gustado los toros? —me preguntó.

—Sí. Eran muy bonitos.

—Estaban bien —Montoya movió la cabeza—, pero no son demasiado buenos.

—¿Qué es lo que no le ha gustado de ellos?

—No lo sé. Simplemente me ha dado la impresión de que no son demasiado buenos.

—Ya sé lo que quiere decir.

—Están bien, eso es todo.

—Sí, están bien.

—¿Les ha gustado el espectáculo a sus amigos?

—Sí, mucho.

—Me alegro —dijo Montoya.

Subí al primer piso. Bill estaba en su habitación junto al balcón mirando la plaza. Me coloqué a su lado.

—¿Dónde está Cohn?

—Arriba, en su habitación.

—¿Cómo se encuentra?

—Fatal, como es lógico. Mike se ha comportado de una manera terrible. Es horrible cuando se emborracha.

—No estaba tan borracho.

—¡Claro que lo estaba! Yo sé bien todo lo que había bebido antes de llegar al café.

—Después se le ha pasado.

—Bueno, pero se ha comportado de una manera horrible. Dios sabe que a mí Cohn no me cae nada bien, y me parece una jugarreta sucia de su parte presentarse en San Sebastián como lo hizo; pero nadie, en ningún caso, debe hablar como lo ha hecho Mike.

—¿Qué te han parecido los toros?

—Algo grande. Es fantástica la forma en que los sacan de los cajones.

—Mañana llegan los Miuras.

—¿Cuándo empiezan las fiestas?

—Pasado mañana.

—Tenemos que evitar que Mike coja esas trompas. Esas cosas son muy desagradables.

—Creo que debemos prepararnos para la cena.

—Sí. Será una cena agradable.

—¿No lo crees así?

La verdad es que la cena fue agradable. Brett se había puesto un vestido de noche sin mangas y estaba muy guapa. Mike actuó como si nada hubiera pasado. Tuve que subir a buscar a Robert Cohn. Se mostró reservado, serio y ceremonioso. Su rostro aún estaba contraído y pálido, pero acabó animándose. No podía apartar los ojos de Brett. Su presencia parecía hacerlo feliz. Debía significar una satisfacción intima para él verla tan atractiva y saber que había estado con ella y que todos nosotros lo sabíamos. Eso nadie podía quitárselo. Bill estuvo muy gracioso. También Mike. Los dos parecían llevarse de maravilla.

Fue una cena como muchas otras que recuerdo de la época de la guerra. Había vino en abundancia y se intentaba olvidar la tensión, pero todos teníamos la sensación de que iban a ocurrir cosas que no podían evitarse. Bajo los efectos del vino olvidé el disgusto y me sentí feliz. Parecía como si todos fueran gente de lo más agradable.

Capítulo 14

No sé a qué hora me fui a acostar. Sí recuerdo que me desnudé, me puse un albornoz y me quedé de pie en el balcón. Sé que estaba bastante bebido y cuando entré encendí la luz de la cabecera de la cama y empecé a leer. Un libro de Turguenev. Probablemente leí las mismas dos páginas varias veces. Se trataba de una de las narraciones de *Relatos de un cazador*. La había leído con anterioridad, pero tuve la sensación de que era la primera vez que la leía. La descripción del paisaje en que se desarrollaba el relato se materializó como si la tuviera ante mis ojos y la tensión que me atormentaba desapareció. Estaba borracho, muy borracho y no me atrevía a cerrar los ojos porque, de hacerlo, la habitación empezaría a dar vueltas y más vueltas. Si continuaba leyendo, aquella sensación pasaría pronto.

Oí a Brett y a Robert Cohn que subían las escaleras. Cohn se despidió en la puerta de la habitación de la joven y después subió a la suya. Oí cómo Brett entraba en la habitación de al lado. Mike ya estaba en la cama. Había subido conmigo una hora antes. Se despertó cuando Brett entró y empezaron a charlar. Los oí reír. Apagué la luz y traté de dormir. Ya no necesitaba seguir leyendo. Podía cerrar los ojos sin sentir aquella sensación de ir montado en un tiovivo. Pero no podía dormir. No hay razón para que la oscuridad haga ver las cosas distintas de como se ven cuando la luz está encendida. ¡Vaya si no la hay!

Me había dado cuenta de ello en otra ocasión hacía ya mucho tiempo, y durante seis meses no pude dormir con la luz eléctrica apagada. ¡Otra brillante idea! ¡Al diablo con las mujeres! ¡Vete al diablo, Brett Ashley!

Las mujeres pueden llegar a ser excelentes amigas. Sí, realmente excelentes. En primer lugar hay que estar enamorado de una mujer para disponer de una base sobre la que sustentar su amistad. Yo había considerado a Brett una amiga, sin pararme a pensar lo que ella pensaba del asunto. Había estado recibiendo algo a cambio de nada. Eso servía para retrasar la presentación de la factura. Pero ese tipo de facturas siempre se pagan. Es una de esas cosas magníficas con las que siempre hay que contar.

Yo pensaba que había pagado por todo y de una vez, no como suelen hacer las mujeres, que pagan y pagan y pagan. Sin idea del premio o del castigo. Sólo un intercambio de valores. Uno entregaba algo y recibía algo a cambio. O trabajaba por algo. De un modo u otro siempre hay que pagar por todo aquello que tiene algún valor. Yo he tenido que pagar siempre que he querido pasarlo bien, y así es como lo he conseguido. O bien se paga aprendiendo de las cosas, o con experiencia, o aceptando riesgos, o con dinero. Disfrutar de la vida es aprender a aprovechar el valor de nuestro dinero. El mundo es un buen lugar para ir de compras. Parecía una buena filosofía. Pensé que al cabo de cinco años eso me parecería tan tonto como cualquiera de las filosofías perfectas que había tenido a lo largo de mi vida.

Tal vez no era cierto del todo. Es posible que con el paso de los años uno pueda llegar a aprender cosas. A mí todo eso me daba igual. Lo único que deseaba saber era cómo vivir mi vida. Tal vez si uno lograra aprender a vivir con todo lo que le rodea podría llegar a comprender el porqué de todo aquello.

De todos modos, deseaba que Mike no tratara a Cohn de manera tan horrible. Mike tenía un mal beber. Bill lo tenía bueno. En cuanto a Cohn, jamás se emborrachaba. Mike se hacía desagradable cuando sobrepasaba cierto punto. Me gustaba ver cómo lastimaba a Cohn; sin embargo, no quería que lo hiciera porque eso, posteriormente, me hacía disgustarme conmigo mismo. Eso era la moralidad. Un sentimiento que hace que uno esté disgustado después. No, eso no podía ser la moralidad, sino la inmoralidad. ¡Vaya una afirmación! ¡Qué cantidad de estupideces podía pensar por la noche!

«¡Qué porquería!», me parecía oír decir a Brett. ¡Qué porquería! Cuando se alterna continuamente con ingleses acaba uno por usar las expresiones inglesas en los pensamientos propios. El lenguaje hablado de los ingleses, cuando menos el de las clases altas, debe de tener menos palabras que la lengua esquimal. Quizá el esquimal era un bello idioma. O el cherokee. Bien, digamos que el cherokee, aunque tampoco tenía ni idea de cómo era el cherokee. Los ingleses hablan con frases que tienen distintas inflexiones. Una frase puede significar cualquier cosa, todo lo que se quiera, según la inflexión o el tono de voz con que se pronuncie. Sin embargo, me gustaban. Me gustaba su forma de hablar. Como, por ejemplo, Harris. Aunque Harris no pertenecía a las clases altas.

Volví a encender la luz y de nuevo me puse a leer a Turguenev. Sabía que ahora, leyendo en ese estado supersensitivo de mi mente, consecuencia de tanto brandy, lo recordaría en alguna parte, y después todo lo leído me parecería que realmente me había sucedido a mí. Lo conservaría para siempre. Ésa era otra de las cosas buenas por las que uno pagaba. Me quedé dormido cuando ya estaba a punto de amanecer.

Los dos días siguientes en Pamplona fueron de calma, y no hubo más broncas. La ciudad se iba disponiendo para las fiestas. Los obreros habían empezado a colocar las vallas que cortarían el paso a las calles adyacentes cuando se soltara a los toros del corral para correrlos por las calles hasta la plaza, muy de mañana. Los obreros cavaron los agujeros y colocaron en ellos los tablones, todos ellos numerados para que cada uno quedara en su lugar correspondiente. En el campo, fuera de la ciudad, los empleados de la plaza entrenaban a los caballos de los picadores, haciéndolos galopar con sus patas rígidas por el largo tiempo sin ejercicio sobre el suelo seco, duro, como cocido al sol de los campos de detrás de la plaza de toros. La puerta principal de ésta se hallaba abierta y dentro barrían las gradas. El ruedo había sido apisonado y regado, y los carpinteros clavaban o sustituían las maderas defectuosas de la *barrera*. De pie, al borde de la arena fina y apisonada se podía alzar la vista hacia las gradas vacías y ver a las mujeres limpiando los palcos.

Fuera, las vallas de madera que formaban el pasillo que conducía desde la última calle de la ciudad hasta la entrada de la plaza de toros, estaban ya en su lugar. Por aquel pasillo entraría corriendo la multitud, perseguida por los toros, la mañana del día de la primera corrida. Al otro lado de la explanada donde se celebraría la feria de ganado vacuno y caballar, algunos gitanos habían acampado ya bajo los árboles. Los vendedores de vino y *aguardiente* habían levantado sus tenderetes. En uno de ellos se anunciaba el ANIS DEL TORO. Su símbolo, un capote, destacaba sobre las tablas bajo el tórrido sol. En la gran plaza del centro de la ciudad todavía no se había producido cambio alguno. Nos sentamos una vez más en las blancas sillas de mimbre del café y nos entretuvimos contemplando los automóviles y coches de línea que llegaban del campo y descargaban a sus ocupantes que venían para asistir al mercado. Después presenciamos cómo los autobuses se llenaban de nuevo y se ponían en marcha llevando a los campesinos que regresaban con sus alforjas llenas de las cosas que habían comprado en la ciudad. Los altos autobuses pintados de gris eran las únicas señales de vida de la plaza, con excepción de las palomas y un hombre con una manguera que regaba la grava y las calles próximas.

A última hora de la tarde tenía lugar el *paseo*. Durante una hora, después de la cena, todo el mundo salía a pasear: las bonitas chicas de la ciudad, los oficiales de la guarnición, los elegantes y la gente bien, todos recorrían de arriba abajo la calle que atravesaba la plaza por uno de sus lados, mientras las mesas de los cafés se llenaban por completo con los clientes habituales que salían a tomar la última copa después de cenar.

Por las mañanas yo solía sentarme en el café a leer los periódicos de Madrid. Después daba un paseo por la ciudad o por los campos próximos. En ocasiones Bill venía conmigo, pero la mayoría de las veces se quedaba escribiendo arriba, en su habitación. Robert Cohn se pasaba las mañanas estudiando español o tratando de conseguir que lo afeitaran en la barbería. En cuanto a Brett y Mike, nunca bajaban hasta después de mediodía. Nos reuníamos para tomar el vermut en el café. Esos días llevábamos una existencia tranquila, apacible, sin que ninguno de nosotros se emborrachara. Fui a la iglesia varias veces y, en una ocasión, Brett me acompañó. Me dijo que quería oír cómo me confesaba. Le respondí que aquello no sólo era imposible, sino que además no resultaría tan interesante como creía. Por si fuera poco, me confesaría en una lengua que ella no entendía. Cuando salíamos de la iglesia nos tropezamos con Cohn y, aunque resultaba obvio que nos había venido siguiendo, se comportó de manera agradable y simpática y los tres nos fuimos a dar un paseo por el campamento de los gitanos, donde una mujer le dijo a Brett la buenaventura.

Hacía una mañana muy hermosa, con grandes nubes blancas deslizándose sobre las cimas de las montañas. La noche anterior había llovido un poco y hacía un fresco agradable en la explanada; desde allí se divisaba una vista maravillosa. Nos sentíamos muy bien, rebosantes de salud, y yo incluso sentía cierta simpatía por Cohn. En un día como aquél no era posible disgustarse por nada ni con nadie.

Era la víspera de las fiestas.

Capítulo 15

Las fiestas hicieron explosión al mediodía del domingo 6 de julio. No hay otro modo de describirlo. Durante todo el día había estado llegando gente desde el campo, pero se integraron en la ciudad y su presencia pasaba desapercibida. Bajo el sol ardiente, la plaza estaba tan tranquila como cualquier otro día. Los campesinos preferían las tabernas y los bares alejados de las calles céntricas a la hora de tomar unas copas y ponerse a tono para las fiestas. Habían llegado tan recientemente desde sus caseríos y aldeas que tenían que irse acostumbrando de modo gradual a los precios de la ciudad, que resultaban muy caros para ellos. No podían empezar sentándose en los cafés del centro y pagando sus precios. En las tabernas le sacaban mayor provecho a su dinero. Para ellos el dinero tenía un valor definido en horas de duro trabajo y fanegas de trigo vendidas. Después, una vez que las fiestas estuvieran en su apogeo, no les importaría el precio ni dónde comprar.

Ese día, el primero de las fiestas de San Fermín, habían frecuentado las tascas y bares de las estrechas callejuelas apartadas desde las primeras horas de la mañana. Mientras iba de camino a la catedral, para asistir a misa, los oía cantar a través de las puertas abiertas de los establecimientos. Estaban precalentando. Había mucha gente en misa de once, pues San Fermín es también fiesta de guardar.

Descendí la cuesta de la catedral y tomé la calle que me llevaba al café de la plaza. Faltaba poco para las doce de la mañana.

Robert Cohn y Bill ocupaban una de las mesas. Las sillas de mimbre y las mesas de mármol de los días anteriores habían sido sustituidas por mesas de hierro y sillas plegables de madera. El café parecía un acorazado dispuesto a entrar en acción. Ese día el camarero no permitía a los clientes pasarse la mañana entera sentados, leyendo el periódico, sin acercarse a preguntar de vez en cuando qué querían tomar. En efecto, apenas me senté se aproximó uno de los camareros.

—¿Qué estáis tomando? —les pregunté a Bill y Robert.

—Jerez.

—Bien, tráigame un *jerez* —le dije al camarero.

Antes de que el camarero me trajera la copa el cohete que anunciaba el comienzo de las fiestas, el chupinazo, se elevó sobre la plaza. Estalló y una espesa nube de humo blanco se extendió por encima del teatro Gayarre, al otro lado de la plaza. Me recordó la nube que deja una granada al explotar en el cielo. Mientras la observaba, otro cohete cruzó el cielo dejando tras de sí una estela de humo bajo la luz del sol. Vi el resplandor de la explosión y apareció otra pequeña nube de humo blanco. En el momento en que estalló el segundo cohete había tanta gente bajo las arcadas de la plaza, que sólo un minuto antes estaban vacías, que el camarero que se aproximaba a nuestra mesa con la botella en alto sobre la cabeza, apenas si podía abrirse paso entre la multitud. La gente llegaba a la plaza procedente de todos los rincones de la ciudad y oímos el sonido de las gaitas, los chistus y los tambores que se aproximaban. Tocaban el *riau-riau*, los chistus en tono agudo y los tambores marcando el ritmo. Detrás de ellos venían hombres y chiquillos bailando alegremente. Cuando los chistus cesaban de tocar, todos se agachaban y cuando de nuevo la música volvía a sonar y los tambores marcaban de nuevo su ritmo apagado y seco, todos volvían a ponerse de pie y saltaban al compás de la música. En la multitud sólo se veían las cabezas y los hombros de los bailarines subiendo y bajando.

En la plaza un hombre medio jorobado tocaba la gaita, y un

apretado grupo de chiquillos lo seguía gritando y tirándole de la ropa. Salió de la plaza seguido por los chiquillos, después de pasar delante del café, y se perdió por una de las calles adyacentes. Al pasar cerca de nuestra mesa vimos que tenía la cara pálida y picada de viruelas y los niños chillaban y le empujaban.

—Debe de ser el tonto del pueblo —comentó Bill—. ¡Dios mío, fíjate en eso!

Calle abajo llegaban grupos de bailarines, todos mozos, hasta abarrotar la vía. Bailaban siguiendo el ritmo de sus chistus, gaitas y tamboriles. Era una de las peñas, una especie de club, y todos vestían blusas campesinas azules y pañuelos rojos anudados al cuello. Llevaban un gran estandarte sostenido por dos astas que también subía y bajaba al compás de la música rodeado por la multitud.

La pancarta llevaba una inscripción pintada en grandes letras: ¡VIVA EL VINO Y VIVAN LOS EXTRANJEROS!

—¿Dónde están los extranjeros? —quiso saber Robert Cohn.

—Nosotros somos los extranjeros —le respondió Bill.

Seguían estallando cohetes. Las mesas del café estaban todas ocupadas. La plaza se iba quedando vacía y la gente llenaba los bares y cafés.

—¿Dónde están Mike y Brett? —preguntó Bill.

—Voy a buscarlos —se ofreció Cohn.

—Tráelos aquí.

La fiesta había comenzado de verdad, e iba a durar así, día y noche, a lo largo de toda una semana. Se seguiría bebiendo, bailando, haciendo ruido. Ocurrían cosas esos días que sólo podían suceder durante unas fiestas. Todo adquiría un tinte de irrealidad y parecía que nada de lo que pasara en esos días pudiera tener consecuencias. Durante los Sanfermines, incluso en los momentos de relativa calma, se tenía la impresión de que había que gritar para manifestar cualquier comentario, si es que uno quería que le oyeran. Se tenía la misma sensación a la hora de hacer cualquier cosa. Era una fiesta que duraría siete días.

Por la tarde se celebró una gran procesión en la que se trasladaba a san Fermín de una iglesia a otra. A la procesión asistían todas las autoridades civiles y religiosas, aunque nosotros no pudimos verlas debido a la espesa muchedumbre. Delante de la procesión y al final de ella, los mozos de las peñas bailaban el *riau-riau*. En medio de la multitud destacaba un gran grupo de mozos con camisas amarillas que bailaban y saltaban. Todo lo que pudimos ver de la procesión, entre la muchedumbre apretada a ambos lados de la calle y en las aceras, eran los grandes gigantes, como los indios que en Estados Unidos anuncian las tiendas de tabaco y cigarros puros, pero de diez metros de alto; había moros y un rey y una reina que bailaban y giraban solemnemente al ritmo del *riau-riau*.

Todos estaban frente a la capilla por donde habían pasado san Fermín y las autoridades, que dejaron en la puerta un pelotón de soldados para que montaran guardia: los gigantes con los hombres que bailaban dentro de ellos, junto a los armazones, ahora en reposo, y los cabezudos que iban de un lado para otro moviendo sus cabezotas entre la multitud. Entramos en el templo, donde nos asaltó el aroma del incienso mientras la gente nos empujaba hacia dentro. Pero Brett tuvo que quedarse en la puerta porque no llevaba velo ni sombrero, así que decidimos salir de nuevo a la calle que llevaba de la capilla al centro de la ciudad. A ambos lados de la calle había gente guardando sus sitios para presenciar el regreso de la procesión. Algunos bailarines formaron un círculo alrededor de Brett y comenzaron a bailar. Llevaban grandes ristras de ajos blancos en torno al cuello. Nos tomaron por los brazos a Bill y a mí y nos hicieron incorporar al interior del círculo. Bill empezó a bailar y todos quedaron encantados. Brett quiso bailar también, pero no se lo permitieron. Querían que fuera para ellos como una imagen en torno a la cual ofrecer su danza. Cuando terminó el baile y la canción con su *riau-riau* final, nos arrastraron a una de las tabernas.

Nos quedamos junto al mostrador. A Brett la hicieron sentar

sobre un barril de vino. La taberna estaba casi a oscuras y llena de hombres que cantaban con voces roncas y varoniles. El vino se servía directamente de las grandes barricas. Puse sobre el mostrador dinero para pagar las copas, pero uno de los mozos lo tomó y volvió a metérmelo en el bolsillo.

—Quiero comprar una bota de vino —dijo Bill.

—Bajando la calle hay una tienda donde las venden —le expliqué—. Voy a comprar un par.

Los bailarines no querían dejarme salir. Tres de ellos se habían sentado en el tonel, junto a Brett, y le enseñaban a beber de la bota. Le habían puesto una ristra de ajos alrededor del cuello. Uno insistía en darle un vaso a Brett. Otro le estaba enseñando una canción a Bill, cantándole a voz en grito con la boca pegada a su oído y llevando el compás golpeándole la espalda.

Les expliqué que volvería enseguida. Una vez fuera me fui calle abajo en busca del establecimiento donde vendían las botas de vino que ellos mismos fabricaban. El gentío llenaba las aceras y muchas de las tiendas estaban cerradas, así que no pude encontrar la que buscaba. Llegué hasta la iglesia mirando a ambos lados de la calle. Le pregunté a un hombre, éste me tomó del brazo y me llevó hasta la tienda. Tenía cerrados los postigos, pero la puerta estaba abierta.

Dentro olía a cuero nuevo y a brea caliente. Un hombre estaba marcando el precio a una serie de botas nuevas que colgaban del techo como formando racimos. Descolgó una de las botas, la infló soplando, le cerró el gollete, la dejó en el suelo y saltó sobre ella.

—¡Mire, mire! No pierde ni una gota.

—Quiero otra más. Una mayor.

Bajó otra tan grande que cabrían en ella unos cuatro o cinco litros de vino. Infló sus carrillos y sopló hasta llenar la bota, la puso en el suelo y se subió encima sujetándose a una silla.

—¿Qué va a hacer con ellas? ¿Venderlas en Bayona?

—No, beber.

Me dio una palmada en la espalda.

—Eso está bien, hombre. Ocho pesetas las dos. El precio más barato.

El otro hombre, el que había estado marcando las botas nuevas y colocándolas en un montón, se detuvo un momento en su trabajo.

—¡Es verdad! —dijo—. Por ocho pesetas son muy baratas.

Pagué y caminé calle arriba para regresar a la taberna. Dentro estaba aún más oscuro y había todavía más gente que cuando me había ido. No vi a Brett ni a Bill y alguien me dijo que estaban en la habitación de atrás. En el mostrador una muchacha llenó las dos botas. En una cabían dos litros. En la otra cinco. Llenar las dos me costó tres pesetas con sesenta céntimos. Alguien que estaba junto al mostrador y que yo no había visto nunca insistió en pagar el vino, pero finalmente logré imponerme y pagué yo. El hombre, en vista de eso, me invitó a una copa. No permitió que a mi vez le invitara, pero dijo que se enjuagaría la boca con un trago de una de mis botas. Tomó la de cinco litros y la apretó para que el chorro de vino le cayera en el gaznate.

—Está muy bien —dijo al tiempo que me devolvía la bota.

En la habitación de atrás, Brett y Bill estaban sentados sobre unos toneles de vino y rodeados por los bailarines, que formaban un corro. Cada uno pasaba sus brazos por encima de los hombros de los que estaban a su lado y cantaban todos a coro. Mike estaba sentado junto a una mesa con varios mozos en mangas de camisa, comiendo de una fuente de atún con cebolla picada aliñado con aceite y vinagre en la que mojaban pan; se acompañaban con buenos tragos de vino.

—¡Hola, Jake, hola! —gritó Mike—. Ven aquí. Quiero que conozcas a mis amigos. Estamos tomando unos entremeses.

Los hombres que se sentaban en torno a la mesa se presentaron. Mike mandó a buscar un tenedor para mí.

—¡Deja de comerte su cena, Michael! —gritó Brett desde su barril.

—No quiero dejaros sin comida —dije yo cuando alguien me ofreció un tenedor.

—¡Coma! —me dijo—. ¿Para qué cree que está aquí?

Destapé la gran bota de vino y la hice pasar. Cada uno bebió un buen trago, alejando la bota de la boca tanto como les permitían los brazos.

Por encima del ruido de los cantos se oía fuera la música de la procesión que pasaba por delante.

—¿No es la procesión? —preguntó Mike.

—*Nada*, no es nada —dijo alguien—. Tome un trago. ¡Levante la bota! ¡Arriba!

—¿De dónde sales? ¿Dónde te han encontrado? —le pregunté a Mike.

—Alguien me ha traído —respondió Mike—. Me dijeron que estabais aquí.

—¿Dónde está Cohn?

—Ha bebido demasiado —gritó Brett—. Lo han dejado por ahí.

—¿Dónde?

—No lo sé.

—¿Cómo quieres que lo sepamos? —dijo Bill—. Creo que está muerto.

—No, no está muerto —replicó Mike—. Estoy seguro de que no. Lo que pasa es que ha pescado una trompa de anís del Mono.

Cuando uno de los hombres que estaba junto a la mesa oyó las palabras «anís del Mono», sacó una botella de anís del Mono que llevaba bajo la camisa y me la ofreció.

—No —le dije—. No, gracias.

—Sí, venga, *arriba*. ¡Dele a la botella!

Tomé un trago de la botella. Sabía a regaliz y calentaba al entrar en el cuerpo. Notaba perfectamente el calor en el estómago.

—¿Dónde demonios está Cohn?

—No lo sé —respondió Mike—. Lo preguntaré. ¿Dónde está nuestro camarada el borracho? —preguntó en español.

—¿Quiere verlo?

—Sí —respondí yo.

—No, yo no —contestó Mike—. Este señor.

El hombre de la botella de anís del Mono se secó la boca con el dorso de la mano y se levantó.

—Venga.

En una habitación de la parte trasera de la taberna estaba Cohn durmiendo sobre unos barriles. La oscuridad casi no permitía ver su rostro. Lo habían tapado con un abrigo y tenía una chaqueta debajo de la cabeza. Alrededor de su cuello y sobre el pecho llevaba una gran ristra de ajos.

—Déjelo dormir —me dijo el hombre—. No le pasa nada.

Al cabo de dos horas, Cohn salió y se unió a los demás. Apareció con la ristra de ajos todavía al cuello. Los españoles lo saludaron a gritos cuando lo vieron. Cohn se frotó los ojos y, sonriendo, dijo:

—Debo de haberme dormido.

—¡Oh, no, claro que no! —se burló Brett.

—Solamente estabas muerto.

—¿No vamos a ir a cenar algo? —preguntó Cohn.

—¿Es que quieres comer?

—Sí, ¿por qué no? Tengo hambre.

—Cómete esos ajos, Robert —le dijo Mike—. Te lo digo en serio, cómete esos ajos.

Cohn se quedó inmóvil. El sueño lo había tranquilizado y se había recuperado.

—Sí, vamos a cenar —dijo Brett—. Tengo que bañarme.

—Vamos —asintió Bill—, acompañemos a Brett al hotel.

Le dijimos adiós a mucha gente, estrechamos muchas manos y salimos. Fuera era ya de noche.

—¿Qué hora crees que es? —preguntó Cohn.

—Es mañana —respondió Mike—. Has estado durmiendo dos días.

—No —insistió Cohn—, ¿qué hora es?

—Las diez.

—¡Cuánto hemos bebido!

—Querrás decir cuánto hemos bebido nosotros. Tú no has hecho más que dormir.

Mientras caminábamos calle abajo hacia el hotel vimos los cohetes que surcaban el cielo por encima de la plaza. Ésta estaba llena de gente, como podíamos apreciar desde las callejuelas que desembocaban en ella; en el centro bailaban grupos de mozos.

En el hotel la cena fue suculenta. Era la primera comida que nos daban con los precios doblados a causa de las fiestas, y había muchos platos nuevos. Después de cenar nos fuimos a pasear por la ciudad. Recuerdo que decidí quedarme en vela toda la noche para ver el encierro a la mañana siguiente. Los toros correrían por las calles a las seis. Pero tenía tanto sueño que no pude resistir y me fui a dormir a las cuatro. Los demás no se acostaron.

Mi habitación estaba cerrada y no encontraba la llave, así que decidí irme a dormir a una de las camas del cuarto de Cohn. Fuera, la fiesta continuó durante toda la noche, pero mi cansancio era tan grande que el ruido no logró mantenerme despierto. Lo que me despertó fue la explosión del cohete que anunciaba que se soltaba a los toros desde los corrales situados en las afueras de la ciudad, para que corrieran por determinadas calles hasta llegar a la plaza de toros. Había estado durmiendo profundamente y me desperté con la sensación de que se me había hecho tarde. Me puse una chaqueta de Cohn y me asomé al balcón. Debajo, la calle estrecha estaba completamente desierta. Todos los balcones y ventanas estaban llenos de gente. De pronto un gran gentío apareció por la calle, muy apretados, y sin cesar de correr calle arriba en dirección a la plaza de toros. Detrás iba otro grupo de mozos, que aún corrían más, y después los rezagados, que más que correr parecían volar. Entre ellos y los toros, que los seguían pisándoles los talones, había un pequeño espacio vacío. Los toros iban galopando, subiendo y bajando la cabeza. Todo desapareció de mi vista al torcer la esquina. Uno de los mozos cayó cerca de la valla, pero los toros pasaron junto a él sin hacerle el menor caso, como si no lo hubieran visto. Los animales corrían juntos, en grupo.

Cuando se perdieron de vista me llegó desde la plaza de toros el tronar de los gritos de la multitud que allí esperaba la llegada de las reses y que se prolongó durante un buen rato. Después se oyó el cohete que indicaba que los toros habían cruzado el ruedo entre la multitud y, por fin, estaban en los corrales de la plaza, donde debían esperar hasta la hora de la corrida. Había estado en el balcón de piedra, descalzo, durante todo el encierro. Estaba seguro de que toda la pandilla estaría en la plaza. Volví a la cama y me quedé dormido de nuevo.

Cohn me despertó al entrar en la habitación. Comenzó a desnudarse y cruzó el cuarto para cerrar la ventana, porque la gente que había en el balcón de enfrente nos estaba mirando.

—¿Has visto el encierro? —le pregunté.

—Sí, estábamos todos.

—¿Ha habido heridos?

—Uno de los toros se ha separado y ha embestido contra la gente. Ha volteado a seis u ocho personas.

—¿Qué le ha parecido a Brett?

—Todo ha sido tan rápido que nadie ha tenido tiempo de preocuparse por nada —explicó Cohn.

—Me hubiera gustado estar levantado.

—No sabíamos dónde estabas. Fuimos a buscarte a tu habitación, pero la puerta estaba cerrada.

—¿Dónde habéis pasado la noche?

—Bailando, en un club.

—Me entró sueño —le expliqué.

—¡Vaya...! Yo me estoy cayendo de sueño ahora. ¿No acaba nunca todo este jaleo?

—Dura toda la semana.

En esos momentos, Bill abrió la puerta y asomó la cabeza.

—¿Dónde te habías metido, Jake?

—Aquí. He visto el encierro desde el balcón. ¿Cómo ha ido todo?

—¡Grandioso!

—¿Adónde vas ahora?

—A dormir.

Nadie se levantó antes de mediodía. Comimos en las mesas que habían dispuesto al aire libre, bajo los arcos de la plaza. La ciudad rebosaba de gente y tuvimos que esperar a que hubiera una mesa libre. Después del almuerzo nos fuimos al Iruña. Estaba lleno, y a medida que se aproximaba la hora del comienzo de la corrida iba llegando más gente. Se oía el murmullo ronco de las conversaciones de la multitud que se mezclaban entre sí, un murmullo peculiar que se repetiría cada día de corrida. El café nunca había producido un murmullo semejante por lleno que estuviera. El murmullo continuaba y nosotros formábamos parte de él.

Me había hecho con seis entradas para los toros. Tres de ellas eran *barreras*, la primera fila junto al ruedo, y las otras tres eran *sobrepuertas*, asientos con respaldo de madera situados hacia la mitad del tendido. Mike pensaba que era mejor que Brett se sentara un poco lejos de la arena la primera vez que asistía a una corrida y Cohn quería estar con ellos. Bill y yo nos sentamos en la *barrera*, y la entrada sobrante se la di a uno de los camareros para que la vendiera. Bill le explicó a Cohn lo que tenía que hacer y cómo debía mirar para no impresionarse con los caballos.* Bill ya había visto una temporada de corridas.

—Eso no me preocupa —respondió Cohn—. De lo que tengo miedo es de aburrirme.

—¿De veras?

—No mires a los caballos después de que el toro los haya cor-

* Recordamos al lector que en aquellos días los caballos de los picadores no llevaban petos y los toros solían herir mortalmente a las monturas, lo que constituía un espectáculo bastante desagradable para los no habituados. *(N. del T.)*

neado —le expliqué a Brett—. Observa cómo ataca el toro y cómo el picador trata de mantenerlo a distancia. Pero si alcanza al caballo, no lo mires después de que haya recibido la cornada hasta que esté muerto.

—Estoy un poco nerviosa sólo de pensarlo —dijo Brett—. Me preocupa saber si podré resistirlo hasta el final sin ponerme enferma.

—Lo soportarás. Lo único que debe preocuparte es esa parte de la corrida en que los caballos pueden ser alcanzados por el toro. Y sólo dura unos pocos minutos con cada toro. Si las cosas se ponen feas, no mires.

—No le pasará nada —dijo Mike—. Yo me ocuparé de ella.

—No creo que te aburras —añadió Bill.

—Voy a ir al hotel a buscar los prismáticos y las botas de vino —les dije—. Nos encontraremos aquí mismo. No os emborrachéis.

—Voy contigo —me dijo Bill. Brett nos dedicó una sonrisa.

Caminamos bajo las arcadas para evitar el calor del sol que caía a plomo sobre la plaza.

—Ese Cohn me crispa los nervios —me dijo Bill—. Está dominado de tal modo por sus aires de superioridad judíos, que llega a creer que lo único que va a sentir en una corrida de toros es aburrimiento.

—Lo observaremos con los gemelos —le prometí.

—¡Que se vaya al infierno!

—En él se pasa la mayor parte del tiempo.

—A mí me gustaría que se quedara allí para siempre.

En las escaleras del hotel nos encontramos a Montoya.

—Venga, venga —me saludó—. ¿Le gustaría a usted conocer a Pedro Romero?

—Magnífico —asintió Bill—, vamos a verlo.

Subimos hasta el primer descansillo de la escalera, siguiendo al dueño del hotel.

—Ocupa la habitación número ocho —nos dijo Montoya—. Ahora se está vistiendo para la corrida.

Montoya llamó a la puerta y la abrió. Era un cuarto bastante sombrío, pues por la ventana que daba a la calle apenas entraba luz. En la habitación había dos camas separadas por una especie de biombo. Tenía encendida la luz eléctrica. El muchacho estaba muy erguido y serio vestido de torero. La chaquetilla colgaba en el respaldo de una silla. Su mozo de estoque se disponía a colocarle la faja. Tenía el pelo negro y reluciente bajo la bombilla. Llevaba una camisa de hilo; el mozo de estoques acabó de ponerle la faja y se separó unos pasos hacia atrás. Pedro Romero nos saludó con una leve inclinación de cabeza y nos estrechó la mano con aire ausente y digno. Montoya le dijo algo sobre nosotros, calificándonos de grandes *aficionados* que veníamos a desearle suerte. Romero escuchaba muy serio. Después volvió a mirarnos. Era el muchacho más guapo que había visto en mi vida.

—¿Asistirán ustedes a la corrida? —nos preguntó en inglés.

—¿Habla usted inglés? —pregunté, y enseguida me sentí como un idiota.

—No —me respondió sonriendo.

Uno de los tres hombres que estaban sentados en las camas se levantó y nos preguntó si hablábamos francés.

—¿Desean que les sirva de intérprete si quieren preguntarle algo a Pedro Romero?

Le dimos las gracias. ¿Qué podía uno preguntarle al torero? Era un muchacho de diecinueve años, solo, sin más compañía que su mozo de estoques y aquellos tres seguidores, seguramente unos mangantes que trataban de aprovecharse de él. Y la corrida iba a comenzar al cabo de veinte minutos. Le deseamos «*mucha suerte*», le estrechamos la mano y salimos. Él se quedó de pie, erguido, guapo, serio y solo, pese a aquellos tres aprovechados, cuando cerramos la puerta.

—Es un muchacho estupendo —dijo Montoya—. ¿No les parece?

—Es un chico muy guapo —comenté.

—Tiene tipo de *torero* —añadió Montoya—. Tiene estilo.

—Parece buen chico.

—Ya veremos cómo está después en la plaza —dijo Montoya.

La bota de vino grande estaba en mi cuarto, cerca de la pared. La cogí, así como los prismáticos de campaña, cerré la puerta y bajé las escaleras.

Fue una buena corrida. Bill y yo estábamos emocionados con Pedro Romero. Montoya estaba sentado a unos diez asientos de distancia de nosotros. Cuando Romero mató su primer toro, Montoya vio que yo lo miraba y asintió con la cabeza. Era un verdadero torero. Hacía mucho tiempo que no veía a un verdadero torero. De los otros dos, uno era simplemente bueno y el otro pasable, pero ninguno podía compararse con Romero, pese a que le tocaron toros que no eran demasiado buenos. En el transcurso de la corrida miré varias veces a Mike, Brett y Cohn con los prismáticos. Parecían encontrarse bien y Brett no daba muestras de estar incómoda o excesivamente impresionada. Los tres se apoyaban en la barandilla de cemento.

—Déjame los gemelos —me pidió Bill.

—Y Cohn, ¿parece aburrido? —pregunté yo.

—¡Ese judío...!

Fuera de la plaza, una vez terminada la corrida, el gentío era tal que costaba trabajo moverse. Era imposible abrirse camino entre la gente para regresar al centro de la ciudad y había que seguir con ella, dejándose arrastrar, moviéndose a su mismo paso, como formando la masa sólida de un glaciar. Nos invadía ese extraño estado de ánimo que se siente siempre después de una buena corrida de toros.

La fiesta continuaba. Los tambores seguían redoblando y los chistus, caramillos y dulzainas eran tan estridentes como siempre. Por todas partes, entre la multitud, se formaban coros de danzantes, pero era imposible ver los intricados movimientos de sus pies. Lo único que se veía eran las cabezas y los hombros saltando rítmicamente. Finalmente logramos salir de entre la multitud y nos encaminamos al café. El camarero nos reservó sillas para los que aún no habían llegado y cada uno de nosotros pidió una absenta. Seguimos observando a la multitud que llenaba la plaza y a los bailarines.

—¿Qué clase de baile crees que es ése? —preguntó Bill.

—Una especie de *jota*.

—No siempre son iguales —dijo Bill—. Bailan de modo diferente según la melodía.

—¡Es un baile fantástico, extraordinario!

Frente a nosotros, en una parte despejada de la calle, bailaban los mozos de una de las peñas. Los pasos parecían complicados y sus rostros serios indicaban su concentración en la danza. Todos ellos tenían la vista baja mientras bailaban. Sus alpargatas de suela de esparto apenas si tocaban el pavimento; unas veces lo hacían con la punta de los dedos de los pies, otras con el tacón y, muy pocas, con la planta. La música cambió de ritmo de pronto para adoptar uno más vivo, casi salvaje. Se dejó la seriedad de la danza anterior y todo el mundo empezó a bailar en la calle.

—Ahí llegan nuestros amigos —anunció Bill.

Estaban cruzando la calle.

—Hola, chicos —los saludé.

—Hola —respondió Brett—. ¿Nos habéis guardado sillas? ¡Qué amables!

—Me parece que ese Romero o como quiera que se llame es alguien en el toreo. ¿Me equivoco?

—Es encantador, ¿verdad? —se dijo Brett—. Con esos pantalones verdes.

—Brett no podía quitarle los ojos de encima.

—Te digo que mañana tenéis que dejarme los gemelos.

—¿Qué te ha parecido?

—¡Magnífico! Simplemente perfecto. ¡Qué espectáculo!

—¿Y los caballos?

—No pude evitar mirarlos.

—No, no podía apartar los ojos —confirmó Mike—. Es una chavala especial.

—Verdaderamente es horrible lo que hacen con esos pobres animales —dijo Brett—, y, sin embargo, no podía dejar de mirar.

—¿No te ha impresionado?

—No, en absoluto. Ni un momento.

—Robert Cohn sí que se ha impresionado —intervino Mike—. Estabas verde, Robert.

—El primer caballo me impresionó mucho —reconoció Cohn.

—No te has aburrido, ¿verdad que no? —preguntó Bill.

Cohn se echó a reír.

—No, no me he aburrido en absoluto. Espero que me perdonéis lo que dije.

—Está bien —aceptó Bill—, siempre y cuando no te aburras.

—No, no parecía aburrirse, sino más bien que iba a ponerse malo —dijo Mike.

—Nunca me había encontrado tan mal. Quizá sólo uno o dos minutos.

—Creí que iba a ponerse malo, de veras. ¿No te has aburrido, verdad que no, Robert?

—¡Déjalo, Mike! Ya os he dicho que siento haberlo dicho.

—Estaba malo, lo estaba. Se había puesto completamente verde.

—¡Déjalo de una vez, Michael!

—Nunca te aburras en tu primera corrida de toros, Robert —siguió insistiendo Mike—. Eso puede organizar un buen jaleo.

—¡Acaba de una vez, Michael! —repitió Brett.

—Dijo que Brett es una sádica —siguió Mike—, pero no lo es. Simplemente es una chavala cariñosa, adorable y sana.

—¿Eres sádica, Brett? —le pregunté.

—Espero no serlo.

—Dijo que Brett era una sádica solamente porque tiene el estómago sano.

—No lo seguirá siendo mucho tiempo, creo.

Bill trató de hacer que Mike hablara de cualquier otra cosa y se olvidara de Robert Cohn. El camarero nos sirvió las copas de absenta.

—¿De veras te ha gustado? —le preguntó Bill a Cohn.

—No, la verdad es que no puedo decir que me haya gustado. Pero creo que es un espectáculo maravilloso.

—¡Vaya si lo es! ¡Qué espectáculo! —añadió Brett.

—Preferiría que se suprimiera esa parte de los caballos —opinó Cohn.

—Eso no es importante —dijo Bill—. Al cabo de algún tiempo no se aprecia nada desagradable.

—Es un poco fuerte, sobre todo al principio —dijo Brett—. Para mí es un momento espantoso cuando el toro se arranca para embestir al caballo.

—Los toros eran buenos —opinó Cohn.

—Muy buenos —añadió Mike.

—La próxima vez me sentaré abajo, en la primera fila.

Brett tomó un trago de su copa de absenta.

—Lo que quiere es ver más de cerca a los toreros —dijo Mike.

—¡Son algo realmente único! —dijo Brett—. Ese muchacho, Romero, no es más que un chiquillo.

—Es un muchacho guapísimo —dije—. Hemos estado en su habitación y la verdad es que jamás había visto a un chico tan guapo.

—¿Qué edad crees que puede tener?

—Diecinueve o veinte años.

—¡Imagínate!

La corrida del día siguiente resultó mucho mejor. Brett se sentó entre Mike y yo, en la *barrera*, y Bill y Cohn ocuparon las otras localidades, más arriba. Romero ofreció un verdadero espectáculo y acaparó toda la atención. No creo que Brett viera a ninguno de los demás toreros. La verdad es que nadie lo hizo salvo, quizá, los entendidos más técnicos y fríos. Parecía que estuviera solo. Los otros dos matadores no contaban. Yo estaba al lado de Brett y le explicaba en qué consistía la lidia. Le dije que debía mirar a los toros y no a los caballos en el momento en que el toro embestía contra el pobre cuadrúpedo y que, desde el toro, pasara la mirada al picador, para ver cómo éste colocaba la punta de la puya en el lugar apropiado, así se daría cuenta de lo que en realidad era una corrida y podría apreciar que se trataba de algo que tenía un fin determinado y no un espectáculo de inexplicables e injustificados horrores. Hice que observara cómo Romero incitaba al toro, cómo hacía los quites con el capote para alejarlo de un caballo caído, cómo lo guiaba con la muleta y le hacía pasar con suavidad y volverse armónicamente, sin perder nunca el dominio del toro. Se dio cuenta de cómo Romero evitaba cualquier movimiento brusco y se guardaba los toros para el último momento, para cuando pensaba que había llegado el instante de poner fin a la faena, siempre suave y sin perder la compostura. Advirtió lo mucho que Romero se acercaba al toro, y le hice ver los trucos que empleaban los otros toreros para fingir que también ellos se acercaban. Cayó en la cuenta de por qué le gustaba el arte de capea de Romero y no el de los demás.

Romero jamás hacía un movimiento brusco o extraño, sino que conservaba siempre la pureza del toreo natural. Los otros se retorcían como sacacorchos, levantaban los codos y se apoyaban contra los flancos del toro, pero después de que los cuernos habían pasado, para ofrecer a los espectadores una apariencia de peligro. Después, todo aquello que había sido falseado se volvía contra ellos y dejaba una desagradable sensación. La faena de Romero, sin embargo, causaba verdadera emoción, porque el torero conservaba la absoluta pureza de líneas en sus movimientos y siempre permanecía tranquilo, calmado, y dejaba que los cuernos pasaran muy cerca de él a cada pase. No necesitaba trucos para fingir una proximidad inexistente como hacían los demás. Brett se dio cuenta de cómo algo que está lleno de belleza cuando se realiza muy cerca del toro, resulta ridículo cuando el torero lo hace a una distancia segura. Le expliqué cómo desde la muerte de Joselito los toreros habían venido desarrollando una técnica que simulaba peligro para provocar en el espectador una falsa emoción, cuando la realidad era que el torero no corría el menor peligro. Romero había revivido esa antigua cualidad del toreo que consiste en mantener la pureza de la línea exponiendo al máximo, dominando absolutamente al toro para hacerle creer que el torero es inalcanzable y, poco a poco, irlo preparando para el momento final de la muerte.

—No le he visto ni un movimiento descompuesto, nada fuera de lugar.

—No se lo verás a no ser que tenga miedo —le dije.

—No tendrá miedo nunca —opinó Mike—, sabe demasiado de toros.

—Ya lo sabía todo cuando empezó a torear. Los otros nunca podrán aprender lo que él sabía ya al nacer.

—¡Dios mío, y qué guapo es! —exclamó Brett.

—¿Sabes? Creo que se está enamorando de ese torero —dijo Mike.

—No me sorprendería.

—Sé bueno. No le hables más de él. Cuéntale cómo pegan y maltratan a sus ancianas madres.

—Sí, háblame de lo mucho que beben, y de cómo están siempre borrachos.

—¡Qué terrible! —bromeó Mike—. Todo el día borrachos y dedicando todo su tiempo a apalear a sus ancianas madres. ¡Pobrecillas!

—Sí, da esa impresión —dijo Brett.

—¿Verdad que sí? —dije.

Habían enganchado las mulillas para que arrastraran al toro. Restallaron los látigos, los monosabios salieron corriendo, las mulillas iniciaron el galope, y el toro, con la cabeza torcida y un cuerno al aire, fue arrastrado suavemente sobre la arena del ruedo hasta salir por el portón rojo.

—El próximo toro es el último.

—No, no puede ser —se lamentó Brett.

Brett se apoyó sobre la *barrera*. Romero les hizo señas a los picadores para que se colocaran en sus sitios respectivos y después, con el capote pegado al cuerpo, se quedó mirando al portalón de chiqueros por donde debía salir el toro.

Cuando terminó la corrida abandonamos la plaza aprisionados entre la muchedumbre.

—¡Estas corridas de toros son un infierno para los nervios! —dijo Brett—. Estoy hecha un guiñapo.

—¡Ah, todo se te pasará con un trago! —sugirió Mike.

Al día siguiente Pedro Romero no toreaba. Los toros eran Miuras y la corrida resultó muy mala. Al otro día no había corrida, pero la fiesta continuó sin interrupción.

Capítulo 16

La mañana siguiente amaneció lluviosa. La niebla procedente del mar había atravesado las montañas. No se distinguían las cumbres de los montes. La meseta tenía un aspecto lóbrego y sombrío; los contornos de los árboles y las casas parecían diferentes. Salí fuera de la ciudad para ver mejor cómo estaba el día. Las nubes portadoras del mal tiempo se aproximaban desde el mar por encima de las montañas.

Las banderas y gallardetes de la plaza pendían flácidos y húmedos de sus astas o se pegaban a las paredes de las casas. Entre la llovizna continuada de vez en cuando caía un verdadero aguacero que formaba grandes charcos, y la gente corría a refugiarse bajo las arcadas de la plaza. Las calles estaban oscuras y desiertas; no obstante, la fiesta continuó sin descanso. Sólo que se desarrollaba bajo techo.

Los asientos cubiertos de la plaza estaban atestados de gente que, a resguardo de la lluvia, presenciaba el concurso de coros y danzas entre vascos y navarros. Después actuaron los danzarines de Val Carlos con sus trajes típicos, que abandonaron la plaza y se dirigieron hacia el centro bailando por las calles bajo la lluvia. Los tambores redoblaban más sordos y apagados a causa de la lluvia. Los directores de las bandas cabalgaban a la cabeza de éstas sobre sus grandes caballos percherones. Sus ropas estaban mojadas, lo mismo que el pelo de los caballos. La gente ocupaba los bares y cafés, y los bailarines entraban en ellos y se sentaban, con sus piernas apretadas por las vendas blancas bajo las mesas, sacudiéndose el agua de las boinas y extendiendo sobre las sillas sus chaquetas rojas y moradas para que se secaran. Fuera llovía con fuerza.

Dejé al gentío en el café y me dirigí al hotel con la intención de afeitarme antes de cenar. Y me estaba afeitando en mi habitación cuando alguien llamó a la puerta.

—¡Adelante! —respondí.

Era Montoya.

—¿Cómo está usted?

—Bien, gracias —le dije.

—Hoy no hay toros.

—No, sólo lluvia.

—¿Dónde están sus amigos?

—Allí enfrente, en el Iruña.

Montoya sonrió con su típica sonrisa cohibida.

—¿Conoce usted al embajador norteamericano? —me preguntó.

—Sí, todo el mundo conoce al embajador norteamericano.

—Está aquí, en la ciudad.

—Lo sé, todo el mundo lo ha visto.

—Yo también lo he visto —dijo Montoya.

Como no añadió nada más continué afeitándome.

—Siéntese —le dije—. Voy a pedir algo de beber.

—No, tengo que marcharme enseguida.

Acabé de afeitarme. Me incliné sobre el lavabo y me enjuagué con agua fría. Montoya seguía de pie, cada vez más cohibido.

—Mire —me dijo por fin—, acabo de recibir un recado desde el Gran Hotel. Quieren que Pedro Romero y Marcial Lalanda vayan allí esta noche después de cenar a tomar café con el embajador.

—Bien, no creo que eso le haga ningún daño a Marcial.

—Marcial está pasando el día en San Sebastián. Se ha marchado esta mañana con Márquez y no creo que vuelvan esta noche.

Montoya se detuvo turbado. Sin duda deseaba que yo le dijera algo.

—No le dé el recado a Romero —le sugerí.

—¿Usted cree?

—Desde luego.

Montoya se sentía satisfecho con mi consejo.

—Quise consultar con usted porque es norteamericano.

—Sí, eso es lo que haría yo.

—Mire —dijo Montoya—. La gente invita a un chico como ése sin saber lo que vale. No tienen idea de cómo es ni de lo que significa para la fiesta. Cualquier extranjero puede hacer con sus alabanzas que se convierta en un vanidoso. Empiezan con esas cosas en el Gran Hotel y al cabo de un año el muchacho está acabado.

—Como ocurrió con el Algabeño.

—Sí, como con el Algabeño.

—Forman un buen grupo, los señores del Gran Hotel —le expliqué—. Entre ellos hay una señora norteamericana que se dedica a coleccionar toreros.

—Lo sé. Sólo les gustan los jóvenes.

—Sí —asentí—, los viejos engordan.

—O se vuelven locos, como el Gallo.

—Bien —le dije—, la cosa tiene fácil solución. Lo único que hay que hacer es no darle el recado a Romero.

—Es un chaval estupendo —dijo Montoya—. Lo que debe hacer es quedarse con su propia gente y no mezclarse con esos tipos.

—¿Quiere usted tomar una copa? —le propuse a Montoya.

—No —me respondió—, tengo que irme.

Salió de la habitación.

Bajé a la calle y di un paseo bajo las arcadas que rodeaban la plaza. Seguía lloviendo. Miré en el Iruña buscando a la pandilla pero no estaban, así que di la vuelta y siempre bajo las arcadas regresé al hotel. Estaban cenando en el comedor de abajo.

Se me habían adelantado bastante y no valía la pena tratar de darles alcance. Bill se dedicaba a llamar a todos los limpiabotas que veía para hacer que le limpiaran a Mike las botas negras.

—Ya ha hecho que me limpien las botas once veces —dijo Mike—. Te digo que este Bill es un burro.

Los limpiabotas, por lo visto, se habían pasado la voz y no tardó mucho en asomar la cabeza otro de ellos.

—*¿Limpiabotas?* —le preguntó a Bill.

—No —respondió Bill—, yo no. Límpieselas a este *señor.*

El limpiabotas se arrodilló al lado del que ya estaba trabajando y se hizo cargo del zapato libre de Mike que ya brillaba como un espejo bajo la luz eléctrica.

—Bill es un guasón —dijo Mike.

Yo estaba bebiendo vino tinto, pero me llevaban tantas copas de ventaja que me sentía un poco incómodo con todo este asunto de los limpiabotas. Recorrí el comedor con la vista. En la mesa contigua a la nuestra estaba Pedro Romero. Se levantó cuando vio que lo saludaba con un movimiento de cabeza, y me pidió que me acercara para presentarme a un amigo. Su mesa estaba muy cerca de la nuestra, casi tocándola. Me presentó a su amigo, un crítico taurino de Madrid, un hombre de poca estatura y rostro escuálido. Le dije a Romero cuánto me había gustado su faena. Se sintió muy complacido. Hablamos en español y el crítico sabía un poco de francés. Intenté coger la botella de vino que había dejado encima de nuestra mesa, pero el crítico me sujetó por el brazo. Romero se echó a reír.

—¡Beba con nosotros! —me dijo en inglés.

Aparentaba avergonzarse un poco de sus conocimientos de inglés, aunque realmente se sentía orgulloso. Mientras hablábamos surgieron algunas palabras de cuyo significado no estaba seguro y me preguntó qué significaban. Tenía gran interés por saber cómo se decía «*corrida de toros*» en una traducción correcta. La traducción corriente, «bull-fight», le resultaba sospechosa. Le expliqué que bull-fight venía a significar en castellano, y del modo más literal, la «*lidia del toro*». La palabra española «*corrida*» significa en inglés «carrera» de toros. La traducción francesa es *course de taureaux*. Eso lo dijo el crítico. En español no hay ninguna palabra que signifique exactamente *bull-fight*.

Pedro Romero me explicó que había aprendido un poco de inglés en Gibraltar. Era natural de Ronda, que no está lejos de allí. Empezó a torear en Málaga, en una escuela de tauromaquia de aquella ciudad. Sólo estuvo allí tres años. El crítico taurino le gastó una broma sobre el gran número de expresiones malagueñas que usaba en su conversación. Me dijo que tenía diecinueve años. Su hermano mayor formaba parte de su cuadrilla, era *banderillero*, pero no se alojaba en aquel hotel, sino en otro más pequeño y más barato, con los demás miembros de la cuadrilla. Me preguntó cuántas veces lo había visto torear. Le respondí que sólo tres. En realidad habían sido solamente dos, pero no quise rectificar cuando advertí que había cometido una equivocación.

—¿Dónde me vio la otra vez? ¿En Madrid?

—Sí —mentí. Había leído en los periódicos la reseña de sus dos actuaciones en la capital, así que todo estaba bien.

—¿La primera o la segunda vez?

—La primera.

—Estuve muy mal —me dijo—. La segunda vez estuve mejor, ¿se acuerda usted? —se volvió al crítico.

No parecía cohibido en absoluto. Hablaba de su trabajo como de algo totalmente al margen de su propia personalidad. No había nada de fanfarronería o presunción por su arte.

—Me alegro de que le guste mi toreo —me dijo—. Pero lo cierto es que aún no me ha visto. Mañana, si me toca un buen toro, trataré de demostrárselo.

Al decir esto sonrió, ansioso de que ni el crítico ni yo tomáramos sus palabras por una fanfarronada.

—A ver si es verdad —dijo el crítico—. Me gustaría que me convenciera.

—No le gusta demasiado mi toreo. —Romero se dirigió a mí. Tenía una expresión muy seria.

El crítico explicó que sí le gustaba, pero que hasta entonces su toreo era incompleto.

—Espere hasta mañana, si me toca un buen toro.

—¿Ha visto usted los toros de la corrida de mañana? —me preguntó el crítico.

—Sí, estuve en la desencajonada.

Pedro Romero se adelantó.

—¿Qué le parecieron?

—Muy buen aspecto —respondí—. Grandes. Unas veintiséis arrobas. Cuernos muy cortos. ¿No los han visto ustedes?

—¡Oh, sí! —afirmó Romero.

—No darán las veintiséis arrobas —dijo el crítico.

—No —asintió Romero.

—Tienen plátanos en vez de cuernos —añadió el crítico.

—¿A eso le llama usted plátanos? —le preguntó Romero. Después se dirigió a mí, sonriente—: Usted no los llamaría plátanos, ¿verdad?

—No —respondí—. Son unos buenos cuernos.

—Son cortos, muy cortos. Pero de eso a llamarlos plátanos... —añadió Pedro Romero.

—¡Vaya, Jake! ¡Conque has decidido abandonarnos...! —gritó Brett desde su mesa.

—Sólo de momento —respondí—. Estamos hablando de toros.

—¡Hay que descubrirse ante ti! Eres superior —me dijo.

—Dile que los toros no tienen pelotas —gritó Mike. Estaba borracho.

Romero me miró con aire interrogante.

—Borracho —le dije—. *Está borracho, muy borracho.*

—Deberías presentarme a tus amigos —dijo Brett.

No había apartado la vista de Pedro Romero ni un solo momento. Les pregunté si les apetecía tomar café con nosotros. Se levantaron para venir a nuestra mesa. Romero tenía el rostro bronceado y muy buenos modales.

Le presenté a todos y empezamos a sentarnos, pero no había sitio suficiente, así que nos trasladamos a una gran mesa colocada junto a la pared para que nos sirvieran allí el café. Mike pidió una botella de Fundador y copas para todos. La conversación tenía mucho de la incoherencia de una charla de borrachos.

—Dile que opino que escribir es una mierda —dijo Bill—. ¡Vamos, adelante, díselo! Dile que estoy avergonzado de ser escritor.

Pedro Romero se había sentado al lado de Brett y sólo la escuchaba a ella.

—¡Vamos, díselo! —seguía insistiendo Bill.

Romero me miró sonriendo.

—Este caballero —le dije— es escritor.

Romero pareció muy impresionado.

—Este otro señor también —añadí señalando a Cohn.

—Se parece a Villalta —dijo, señalando a Bill—. Rafael, ¿verdad que se parece a Villalta?

—Yo no veo el parecido por ninguna parte —negó el crítico.

—Es cierto —dijo Romero en español—. Se parece mucho a Villalta. Y ese otro, el borracho, ¿qué es lo que hace?

—Nada.

—¿Por eso bebe tanto?

—No. Está a punto de casarse con esta señora.

—¡Dile que los toros no tienen pelotas! —me gritó Mike, que estaba en verdad muy borracho, desde el otro extremo de la mesa.

—¿Qué dice?

—Está borracho, eso es todo.

—Jake, Jake —volvió a gritar—. ¡Dile que los toros no tienen pelotas!

—¿Lo entiende usted? —le pregunté al torero.

—Sí.

Estaba seguro de que no era así, de modo que todo iba por buen camino.

—Dile que Brett quiere verlo con esos pantalones verdes.

—¡Cállate, Mike!

—Dile que Brett se muere por saber cómo puede meterse dentro de esos pantalones.

—¡Cállate de una vez!

Romero, entretanto, jugueteaba con su copa y seguía charlando con Brett. Ella hablaba francés; él, español y algo de inglés, y ambos se reían.

Bill estaba llenando las copas.

—Dile que Brett quiere llegar a...

—¡Te digo que cierres el pico de una maldita vez, Mike, por el amor de Dios!

Romero levantó la vista sonriendo.

—¡Cierra el pico...! *Pipe down!*, en inglés. Conozco la expresión.

En esos momentos, Montoya entró en el comedor. Me vio e inició una sonrisa, pero en ese instante vio a Pedro Romero con una copa en la mano y sentado entre una mujer con los hombros al descubierto y yo en una mesa llena de borrachos. Ni siquiera me saludó.

Montoya salió del comedor. Mike se había puesto de pie y propuso un brindis.

—Vamos todos a beber a la salud de... —comenzó.

—Pedro Romero —terminé yo.

Todos nos pusimos de pie. Romero se lo tomó muy en serio, y cada uno de nosotros chocó su copa con la del torero antes de apurarla. Yo terminé el brindis lo más rápidamente posible porque vi a Mike empeñado en aclarar que aún tenía algo que decir, pero todo salió bien. Pedro Romero nos estrechó la mano a todos y, seguidamente, él y el crítico salieron juntos del comedor.

—¡Dios mío, qué chico tan estupendo! —exclamó Brett—. ¡Cómo me gustaría verlo poniéndose esa ropa de torero! Debe de tener que usar un calzador para vestirse.

—Empecé a decírselo —comenzó de nuevo Mike—, pero Jake no hacía más que interrumpirme. ¿Por qué me interrumpías? ¿Es que crees que hablas español mejor que yo?

—¡Oh, Mike, cállate, por favor! Nadie te estaba interrumpiendo.

—No, me gustaría dejarlo todo aclarado de una vez por todas. —Dejó de dirigirse a mí—. ¿Crees que vales algo, Cohn? ¿Crees que tu lugar está aquí entre nosotros? ¿Entre un grupo de personas que ha venido aquí a pasarlo bien? ¡Por el amor de Dios, Cohn, no seas tan escandaloso!

—¡Corta, Mike! —le advirtió Cohn.

—¿Piensas que Brett quiere tenerte aquí? ¿Crees que perteneces al grupo? ¿Por qué no dices alguna cosa, Cohn?

—La otra noche ya dije todo lo que tenía que decir, Mike.

—Yo no soy uno de tus amigos literatos. —Mike se levantó vacilante y se apoyó sobre la mesa—. Yo no soy listo, pero sé cuándo no se me acepta. ¿Cómo es que no te das cuenta de que no se te quiere aquí, Cohn? ¡Vamos, vete, lárgate, por el amor de Dios! Aparta de aquí tu triste cara de judío. ¿No creéis que tengo razón? —se nos quedó mirando.

—Claro —dije yo—. Vamos todos al Iruña.

—No. ¿No crees que tengo razón? Amo a esta mujer.

—Oh, Michael, no empieces de nuevo. Déjalo estar de una vez —dijo Brett.

—¿No crees que tengo razón, Jake?

Cohn seguía sentado a la mesa. Su cara tenía el tono cetrino que tomaba siempre que se sentía insultado. Pero en cierto modo daba también la impresión de que aquello le divertía. Una situación que combinaba un infantil heroísmo de borracho y el orgullo de haber mantenido relaciones con una mujer que ostentaba un título aristocrático.

—Jake —insistió Mike. Estaba a punto de llorar—. Tú sabes que tengo razón. ¡Y tú escucha! —se volvió a Cohn—: ¡Vete de aquí, lárgate ahora mismo!

—No pienso irme, Mike —dijo Cohn.

—Entonces seré yo quien te eche.

Mike trató de rodear la mesa para llegar hasta el lugar donde se encontraba Cohn, que se puso de pie y se quitó las gafas. Se quedó allí esperando, erguido, con los brazos caídos y el rostro amarillento, orgulloso y firme, esperando el ataque y dispuesto a pelear por el amor de su dama.

Sujeté a Mike.

—¡Vamos, vamos! —le dije—. No puedes pegarle aquí, en el hotel. Salgamos al café.

—Bien, está bien —asintió Mike—. Buena idea.

Salimos. Miré hacia atrás cuando Mike dio un traspié al bajar la escalera y vi a Cohn que volvía a ponerse las gafas. Bill seguía sentado a la mesa sirviéndose otra copa de Fundador. Brett también seguía sentada con la mirada al frente, perdida en la nada.

Fuera, en la plaza, la lluvia había cesado y la luna trataba de abrirse paso entre las nubes. Soplaba un fuerte viento. Una banda militar estaba tocando y, al otro extremo de la plaza, se apiñaba la multitud en torno al pirotécnico y su hijo que se esforzaban en lanzar unos globos de fuego. De vez en cuando alguno de los globos ascendía de repente, pero era alcanzado por una ráfaga de viento que lo envolvía en su torbellino y lo destruía o lo hacía estrellarse contra la fachada de alguna de las casas que bordeaban la plaza. Algunos caían sobre la gente; el magnesio se incendiaba y los cohetes explotaban y hacían correr al gentío. Nadie bailaba en la plaza. La gravilla estaba demasiado mojada.

Brett llegó, acompañada de Bill, y se unió a nosotros. Nos quedamos entre la multitud observando a don Manuel Orquito, el rey de los fuegos artificiales, que se hallaba sobre una pequeña plataforma tratando cuidadosamente de manejar los globos y lanzarlos al aire por encima de las cabezas de la muchedumbre de curiosos. El viento los hacía descender y el rostro de don Manuel Orquito sudaba a la luz de sus complicados fuegos de artificio que caían sobre la gente y la hacían correr mientras los cohetes explotaban y se deslizaban entre sus piernas. Los espectadores gritaban cada vez que uno de aquellos luminosos globos de papel fallaba en su intento de alzarse, se incendiaba y caía.

—Le están tomando el pelo a don Manuel —dijo Bill.

—¿Cómo sabes que se llama don Manuel? —preguntó Brett.

—Su nombre figura en el programa de las fiestas. Don Manuel Orquito, el *pirotécnico de esta ciudad.*

—*Globos iluminados* —explicó Mike—. Una colección de *globos iluminados*, eso es lo que decía en el papel.

El viento se llevaba el sonido de la música de la banda militar.

—Me gustaría que al menos uno de ellos lograra elevarse —deseó Brett—, ese buen hombre, don Manuel, está furioso.

—Posiblemente se ha pasado semanas enteras trabajando para conseguir que los globos se elevaran juntos y escribieran en el cielo «Viva San Fermín» —dijo Bill.

—¡*Globos iluminados*; un montón de estúpidos *globos iluminados*! —masculló Mike.

—Bien, vamos. No podemos quedarnos aquí.

—Su Señoría quiere una copa —dijo Mike.

—Qué bien lo sabes —le respondió Brett.

Dentro del café había mucha gente y mucho ruido. Nadie se dio cuenta de nuestra llegada. No encontramos mesa. El ruido era cada vez mayor.

—Salgamos, aquí no se puede estar. Vamos fuera —propuso Bill.

Fuera, la gente paseaba bajo las arcadas. Había varios ingleses y norteamericanos llegados desde Biarritz, con ropas deportivas y repartidos en las mesas de debajo de las arcadas. Algunas mujeres observaban a la gente que pasaba a través de sus impertinentes. En un momento dado nos encontramos con una amiga de Bill, de Biarritz, que se vino con nosotros. Se alojaba con una amiga en el Gran Hotel. La otra chica tenía jaqueca y se había ido a la cama.

—Allí hay un bar —dijo Mike.

Se trataba del bar Milano, medio bar, medio cervecería, un sitio pequeño y sórdido donde se podía comer algo y bailar en una habitación trasera. Ocupamos una mesa y pedimos una botella de Fundador. El bar no estaba lleno y no pasaba nada interesante.

—¡Qué porquería de bar! —se quejó Bill.

—Es demasiado temprano.

—Nos llevamos la botella y volvemos después —propuso Bill—. No quiero quedarme aquí sentado sin hacer nada, en una noche como ésta.

—Vamos a observar a los ingleses —dijo Mike—. Me encanta mirar a los ingleses.

—¡Son espantosos! ¿De dónde salen? —preguntó Bill.

—De Biarritz —explicó Mike—. Vienen a ver el último día de esta pintoresca fiesta española.

—Ya les daré yo la fiesta —dijo Bill.

—Eres una chica extraordinariamente bonita —Mike se volvió a la amiga de Bill—, ¿cuándo has llegado?

—Vamos, Michael, no te pongas pesado.

—Sólo he dicho que es una chica adorable. ¿Dónde habré estado durante todo este tiempo? Eres adorable. ¿No nos hemos visto antes? Vente con Bill y conmigo. Vamos a tomarle el pelo a esos ingleses.

—Sí, vamos a burlarnos de ellos —coincidió Bill—. ¿Qué demonios han venido a hacer a esta fiesta?

—Vamos, vamos, nosotros tres solos —insistió Mike—. Vamos a fastidiar a esos malditos ingleses. Supongo que no eres inglesa. Yo soy escocés. Odio a los ingleses. Vamos a fastidiarlos. Vamos, Bill.

A través de la ventana los vimos a los tres, cogidos del brazo, marchar camino del café Iruña. En la plaza estaban lanzando cohetes.

—Yo me quedo aquí —dijo Brett.

—Yo me quedo contigo —se ofreció Cohn.

—¡Oh no! —exclamó Brett—. ¡Por el amor de Dios, vete a cualquier parte! ¿No te das cuenta de que Jake y yo queremos hablar?

—No, no me había dado cuenta —dijo Cohn—. Pensaba quedarme aquí sentado porque empiezo a estar un poco mareado.

—¡Vaya una razón para quedarse sentado con alguien! Si estás mareado vete a la cama. ¡Vete a la cama!

Cohn se fue.

—¿He sido lo bastante dura con él? —me preguntó Brett—. ¡Dios mío, qué harta me tiene!

—La verdad es que no está resultando muy divertido.

—Me deprime.

—Se está comportando muy mal.

—Sí, pero que muy mal. Y ha tenido la oportunidad de portarse bien.

—Posiblemente estará esperando fuera, en la puerta.

—Sí. Es capaz. Sé lo que le pasa, ¿sabes? No acepta que lo que hubo entre nosotros no tiene la menor importancia.

—Lo sé.

—Nadie más que él sería capaz de tomárselo tan mal. Estoy harta de todo el asunto. Y Michael... ¡Vaya, también él se está comportando de manera encantadora!

—Lo ocurrido ha sido muy duro para Mike.

—Sí, pero no por eso tiene que comportarse como un cerdo.

—Todo el mundo puede comportarse mal. Haz la prueba y lo verás.

—Tú no lo harías nunca. —Brett me miró fijamente.

—Yo hubiera sido tan burro como Cohn —afirmé.

—Cariño, dejemos esas tonterías.

—Bueno, hablemos de lo que tú quieras. De lo que sea.

—No te pongas difícil. Eres la única persona que tengo y esta noche me siento fatal.

—Tienes a Mike.

—Sí, Mike. ¿No ves lo bien que se ha portado?

—Bueno —le dije—, Mike ha pasado muy malos momentos, con Cohn dando vueltas a vuestro alrededor y viéndolo contigo.

—¿Crees que no lo sé, cariño? Por favor, no hagas que me ponga aún peor de lo que estoy.

Brett estaba mucho más nerviosa de lo que la había visto jamás. No me miraba, y tenía los ojos fijos en la pared de enfrente.

—¿Quieres que demos un paseo?

—Sí, vamos.

Tapé la botella de Fundador y se la devolví al camarero.

—Dame otra copa de ese brebaje —dijo Brett—, tengo los nervios hechos polvo.

Nos tomamos sendas copas de aquel brandy suave y *amontillado*.

—Vamos, salgamos —me pidió Brett.

Cuando salimos vimos a Cohn entre las arcadas de la plaza.

—¿Lo ves? Estaba aquí —dijo Brett.

—No puede estar lejos de ti.

—¡Pobre diablo!

—No me da ninguna pena. La verdad es que lo odio.

—Yo también —se estremeció—. Odio su maldito sufrimiento.

Cogidos del brazo, paseamos por una de las calles laterales, para alejarnos de la multitud y de las luces de la plaza. La calle estaba oscura y húmeda. Caminamos junto a las murallas, casi en el límite de la ciudad. Pasamos frente a varias bodegas cuya luz salía a la calle por las puertas abiertas acompañada de ráfagas de música y canciones.

—¿Quieres entrar?

—No.

Anduvimos sobre la hierba mojada hasta las murallas de piedra. Extendí un periódico sobre las losas y Brett se sentó. La oscuridad reinaba en la explanada y distinguíamos las montañas en la lejanía. El viento alto arrastraba las nubes delante de la luna. Debajo de nosotros estaban los fosos tenebrosos de las fortificaciones; detrás quedaban los árboles y la sombra de la catedral, así como la silueta de la ciudad destacando a la luz de la luna.

—¡No estés deprimida! —le pedí.

—Pues lo estoy —dijo—. No hablemos más.

Contemplamos la llanura. Las largas filas de árboles apenas se veían. Los faros de un automóvil subían por la carretera de la montaña. En su cumbre vimos las luces del castillo. Más abajo, a la izquierda, discurría el río, crecido por las lluvias, negro y tranquilo. Unos árboles negros jalonaban sus orillas. Nos levantamos para ver mejor. Brett tenía la mirada perdida en la lejanía. De pronto tiritó.

—Hace frío.

—¿Quieres que regresemos?

—Sí, vayamos por el parque.

Descendimos. El cielo se estaba nublando de nuevo. En el parque la oscuridad reinaba bajo los árboles.

—¿Todavía me quieres, Jake?

—Sí —le respondí.

—Es que soy una perdida.

—¿Cómo?

—Sí, una perdida. Estoy loca por ese muchacho, Romero. Creo que estoy enamorada de él.

—Si yo fuera tú, no lo estaría.

—No puedo evitarlo. Soy una perdida. Es como si algo me estuviera desgarrando las entrañas.

—Domínate, Brett.

—No puedo remediarlo. Nunca he sido capaz de dominarme.

—Ya es hora de que cambies.

—¿Cómo voy a cambiar? ¡No puedo detener los acontecimientos! ¿Te das cuenta? —Le temblaba la mano—. Todo el cuerpo me tiembla del mismo modo.

—Debes dominarte, Brett.

—No puedo evitarlo. De todas maneras ya soy una perdida. ¿Es que no te das cuenta de la diferencia?

—No.

—Tengo que hacer algo, algo que de verdad quiera hacer. He perdido todo el respeto hacia mí misma.

—No hay razón para ello.

—¡Oh, cariño, no pongas las cosas más difíciles! ¿Te figuras que es fácil tener siempre a un maldito judío rondándote y soportar a Mike con el modo en que se está comportando?

—Me doy cuenta.

—No puedo estar todo el día borracha.

—No.

—¡Oh, cariño, por favor, no me dejes! Trata de librarme de esto.

—Claro.

—No estoy diciendo que esté bien lo que hago. Pero sí lo está para mí. Dios sabe que jamás me he sentido como una puta hasta ahora.

—¿Qué quieres que haga?

—Vamos —me dijo Brett—, tratemos de encontrarlo.

Caminamos juntos sobre el sendero de grava del parque, en la oscuridad, bajo los árboles. Después dejamos su protección y atravesamos la puerta para llegar a la calle que conducía al centro.

Pedro Romero estaba en el café, en una mesa con otros toreros y varios críticos taurinos. Fumaban cigarros puros. Cuando entramos se nos quedaron mirando. Romero sonrió y nos saludó con una inclinación de cabeza. Nos sentamos a una mesa, casi en el centro del salón.

—Ve e invítalo a tomar una copa con nosotros.

—No, ahora no. Ya vendrá él.

—No puedo mirarlo.

—La verdad es que da gusto mirarlo.

—Siempre he hecho lo que he querido.

—Lo sé.

—Me siento como una puta.

—Bueno, bueno…

—¡Las cosas que tenemos que soportar las mujeres!

—¿De veras?

—Me siento como una verdadera puta —repitió.

Miré a la mesa del torero. Romero me sonrió. Les dijo algo a los que lo acompañaban y se levantó. Se acercó a nuestra mesa. Me levanté y le estreché la mano.

—¿Quiere tomar una copa?

—Ustedes son los que deben aceptar mi invitación. —Se sentó después de pedir permiso a Brett con un gesto y sin decir una palabra. Tenía muy buenos modales, aunque continuó fumando el puro. Le favorecía.

—¿Le gustan los puros? —le pregunté.

—Sí, mucho. Siempre fumo puros.

Aquello formaba parte de su sistema de autoridad. Le hacía sentirse mayor. Me fijé en su piel. Era limpia, suave y estaba muy morena. En un pómulo tenía una cicatriz en forma de pequeño triángulo. Me di cuenta de que miraba a Brett. Era consciente de que había algo entre ellos. Debió de advertirlo cuando Brett le dio la mano. Se portaba muy atentamente. Pensé que estaba seguro de su conquista, pero que no quería cometer una equivocación.

—¿Torea usted mañana? —pregunté.

—Sí —me respondió—. El Algabeño ha sufrido una cogida en Madrid, ¿se había enterado?

—No. ¿Es grave?

Negó con la cabeza.

—No, nada importante. —Me tendió la mano con la palma hacia arriba—. Mire.

Brett tomó la mano del torero y le hizo separar los dedos extendidos.

—¡Ah! —dijo Romero en inglés—. ¿Sabe usted leer la mano?

—A veces. ¿Le importa?

—Me gusta. —Extendió la mano abierta sobre la mesa—. ¡Dígame que viviré siempre y que llegaré a ser millonario!

Seguía comportándose con perfecta corrección, pero estaba cada vez más seguro de sí mismo.

—Vamos, mire. ¿Ve algún toro en mi mano?

Se echó a reír. Tenía una mano delicada y una muñeca delgada y fina.

—Hay miles de toros —dijo Brett. Ya no se sentía nerviosa en absoluto. Estaba encantadora.

—Bien —se rió Romero—, a mil *duros* cada uno —se dirigió a mí en español y, seguidamente, de nuevo a Brett—: Dígame algo más.

—Es una buena mano —siguió Brett—. Creo que va a vivir mucho tiempo.

—Dígamelo a mí, no a su amigo.

—He dicho que vivirá mucho.

—Lo sé. No moriré nunca.

Tamborileé sobre la mesa con la yema de los dedos. Romero lo advirtió y movió la cabeza.

—No, no haga eso. Los toros son mis mejores amigos.

Le traduje sus palabras a Brett.

—¿Y mata usted a sus amigos? —preguntó la joven.

—Sí, siempre —respondió el torero en inglés—, para que ellos no me maten a mí.

Se echó a reír con los ojos fijos en ella desde el otro extremo de la mesa.

—Habla usted bien el inglés.

—Sí, a veces hasta lo hablo muy bien. Pero no puedo permitir que los demás lo sepan. No estaría bien que un *torero* hable inglés.

—¿Por qué?

—Estaría mal —repitió—. No le gustaría a la gente. Al menos por ahora.

—¿Por qué no?

—No les gustaría. Los toreros no son así.

—¿Cómo son los toreros?

Se rió de nuevo, se echó el sombrero hacia delante, sobre los ojos, y cambió el ángulo del puro en sus labios y la expresión de su rostro.

—Como los de aquella mesa —dijo.

Miré a los que seguían en la mesa que anteriormente había ocupado el torero. Había imitado exactamente su aire, su expresión *nacional.* Sonrió y volvió a dar a su cara su expresión normal.

—No, tengo que olvidarme de que hablo inglés.

—No lo olvide ahora —le pidió Brett.

—¿No?

—No.

—Está bien.

Volvió a reírse.

—Me gustaría tener un sombrero como el suyo —dijo Brett.

—Bueno, le daré uno.

—No se olvide.

—No lo haré. Le regalaré uno esta noche.

Me levanté. Romero también.

—Siéntese —le dije—. Tengo que ir a buscar a los demás amigos y traerlos aquí.

Me miró. Fue una mirada definitiva, como si quisiera preguntarme con ella si había comprendido. Desde luego todo estaba más claro que el agua.

—Siéntese —le pidió Brett—. Tiene usted que enseñarme español.

Se sentó y de nuevo la miró desde el otro extremo de la mesa. Los hombres que ocupaban la otra mesa me miraron con severidad mientras salía. No fue agradable.

Cuando regresé, veinte minutos más tarde, y miré en el café, Brett y Pedro Romero se habían marchado. Las tazas de café y las copas de coñac vacías seguían sobre la mesa. Un camarero llegó con la bayeta, recogió el servicio y pasó el trapo por la superficie.

Capítulo 17

Me encontré con Bill, Mike y Edna, así se llamaba la chica, en la puerta del bar Milano.

—Nos han echado —dijo Edna.

—La policía —dijo Mike—. Dentro hay unas personas que no me quieren bien.

—Los he sacado de cuatro broncas —dijo Edna—. Tienes que ayudarme.

Bill estaba rojo de excitación.

—Vuelve adentro, Edna, vuelve y baila con Mike —dijo.

—Sería una tontería. Tendríamos otra pelea.

—¡Malditos cerdos de Biarritz! —maldijo Bill.

—Vamos a entrar —insistió Mike—. Al fin y al cabo es un bar público. No pueden ocupar un bar entero ellos solos.

—Pobre Mike —añadió Bill—. ¡Malditos puercos ingleses! Vienen aquí, insultan a Mike y tratan de estropear la fiesta.

—¡Son asquerosos! —Mike se indignó—. ¡Odio a los ingleses!

—No pueden insultar a Mike —continuó Bill—. Mike es un tipo estupendo. No, no pueden insultar a Mike. No estoy dispuesto a permitírselo. ¿A quién le importa que esté arruinado? —se le quebró la voz.

—¿A quién le importa eso? —protestó Mike—. A mí me es indiferente. A Jake tampoco le importa. ¿Verdad que no te importa, Jake? ¿Y a ti, Edna?

—No —respondió Edna—. ¿Es verdad que estás en bancarrota?

—¡Por supuesto que sí! No te importa, ¿verdad, Bill?

Bill pasó el brazo por encima de los hombros de Mike.

—Me encantaría estar en la ruina, en plena bancarrota. Ya les enseñaría yo a esos bastardos.

—Sólo son ingleses —siguió Mike—. Nunca me ha importado un pepino lo que digan los ingleses.

—¡Cerdos asquerosos! —volvió a indignarse Bill—. Voy a entrar a sacarlos a patadas.

—Bill —le aconsejó Edna, aunque me miraba a mí—. Por favor, no vuelvas a entrar. ¡Son tan estúpidos!

—Eso es —añadió Mike—. Son unos estúpidos. Ya sabía yo que lo eran. De eso se trata.

—No pueden decir esas cosas de Mike —Bill seguía con su cantinela.

—¿Los conoces? —le pregunté a Mike.

—No. Nunca los había visto. Pero dicen que ellos sí me conocen a mí.

—No estoy dispuesto a consentirlo —repitió Bill.

—Bien, vámonos. Vayamos al Suizo —propuse.

—Son un grupo de amigos de Edna, de Biarritz —dijo Bill.

—Son sencillamente unos imbéciles —dijo Edna.

—Uno de ellos es Charley Blackman, de Chicago —aclaró Bill.

—Nunca he estado en Chicago —dijo Mike.

Edna empezó a reírse a carcajadas y no había forma de que se callara.

—Sacadme de aquí —dijo la joven—, sacadme de aquí, arruinados.

—¿Por qué ha sido la pelea? —le pregunté a Edna.

Cruzábamos la plaza camino del café Suizo. Bill se había marchado.

—No lo sé, pero uno de ellos ha llamado a la policía para que echara a Mike de la sala interior. Varios de ellos conocían a Mike de Cannes. ¿Qué es lo que le pasa a Mike?

—Lo más posible es que les deba dinero —le expliqué—; ésa es una de las razones por la que muchos se enfurecen.

Frente a las casetas de venta de localidades para los toros que habían construido en la plaza, la gente había formado dos colas. Se habían sentado en sillas plegables y taburetes; otros se acurrucaban en el suelo, cubiertos con mantas o periódicos. Esperaban que a la mañana siguiente se abrieran las taquillas para sacar las entradas de las corridas. Hacía una noche clara y la luna ya se había ocultado. Algunos de los que hacían cola se habían quedado dormidos.

Apenas nos habíamos sentado en el café Suizo y pedido unas copas de Fundador cuando entró Robert Cohn.

—¿Dónde está Brett? —preguntó.

—No lo sé.

—Estaba contigo.

—Se habrá ido a la cama.

—No, no está en el hotel.

—Pues no sé dónde está.

Cohn estaba de pie, con el rostro lívido bajo la luz.

—Dime dónde está.

—Siéntate —le respondí—. No sé dónde está.

—¡Claro que lo sabes! ¡Puñeta...!

—¡Vete a gritar a otra parte!

—Dime dónde está Brett.

—No pienso decirte nada en absoluto, ¡maldita sea!

—Sabes dónde está.

—¿Y qué si lo sé? No pienso decirte nada.

—¡Oh, vete al infierno, Cohn! —intervino Mike gritando desde el otro extremo de la mesa—. Brett se ha ido con ese muchacho, con el torero. Ahora estarán celebrando su luna de miel.

—Tú cierra el pico.

—¡Ah, vete a la mierda! —dijo Mike lánguidamente.

—¿Es verdad que se ha ido con el torero? —Cohn se volvió a mí.

—¡Vete al diablo, Cohn!

—Te voy a obligar a que me lo digas... ¡Maldito chulo! —avanzó hacia mí amenazador.

Me lancé contra él, pero me esquivó. De reojo vi cómo su rostro se hacía a un lado. Me dio un golpe que me dejó sentado en el suelo. Intenté ponerme en pie y me golpeó dos veces más. Me quedé tumbado debajo de una de las mesas. Traté de ponerme en pie de nuevo y tuve la sensación de carecer de piernas. Sentía que debía ponerme en pie y tratar de devolverle los golpes. Mike me ayudó. Alguien me volcó una jarra de agua fría en la cabeza. Mike me había pasado un brazo alrededor de la cintura y me encontré sentado en una silla. Mike me pellizcaba las orejas.

—Vaya, te ha tumbado en seco —comentó Mike.

—Y tú, ¿dónde demonios estabas?

—Ah, por aquí...

—No has querido meterte en la pelea, ¿eh...?

—Lo ha tumbado también a él —explicó Edna.

—A mí no me ha tumbado —protestó Mike—, es que me he echado un rato.

—¿Ocurre esto cada noche en vuestras fiestas? —preguntó Edna—. ¿No era ése el señor Cohn?

—Ya estoy bien —dije—. La cabeza me da vueltas, eso es todo.

Había varios camareros y un grupo de gente a nuestro alrededor.

—*Vaya* —dijo Mike—. ¡Váyanse, váyanse!

Los camareros hicieron que los curiosos se alejaran.

—Algo digno de verse —comentó Edna—. Ese tipo debe de ser boxeador.

—Lo es.

—Me hubiera gustado que Bill estuviera aquí —añadió Edna—. Quisiera haber visto cómo también lo dejaba fuera de combate... Desde siempre he querido ver algo así. Es tan fuerte.

—Esperaba que se le ocurriera pegarle a un camarero —dijo Mike—, para que diera con sus huesos en el calabozo. ¡Cómo me gustaría ver entre rejas al señor Robert Cohn!

—No —protesté.

—¡Oh, no! —me apoyó Edna—. Seguro que no lo dices en serio.

—Pues te equivocas, digo lo que siento —la contradijo Mike—. Yo no soy uno de esos tipos a los que les gusta ir recibiendo golpes por ahí. Ni siquiera me gustan los juegos violentos —siguió añadiendo tras echar un trago—: Ni siquiera me gusta la caza. Nunca he cazado, ¿sabes? Siempre existía el peligro de que un caballo se te cayera encima. ¿Cómo estás, Jake?

—Bien.

—Eres un tío simpático, Mike —le dijo Edna—. ¿Es verdad que estás arruinado?

—Totalmente —asintió Mike—. Le debo dinero a todo el mundo. ¿Tú no debes dinero?

—A toneladas.

—Le debo dinero a todo el mundo —repitió Mike—. Esta noche le he pedido prestadas cien pesetas al señor Montoya.

—¡No habrás hecho una cosa así! —dije.

—Se las devolveré —continuó Mike—. Yo siempre pago lo que debo.

—Por eso estás arruinado, ¿verdad? —dijo Edna.

Me levanté. Llevaba demasiado tiempo oyéndolos hablar así, como en una mala comedia.

—Me voy al hotel —les dije.

Los oí hablar de mí.

—¿Crees que está bien? —preguntó Edna.

—Más vale que lo acompañemos.

—No, no vengáis —les dije—. Hasta luego.

Me alejé del café. Ellos se quedaron sentados. Me volví a mirarlos, así como a las otras mesas vacías. Había un camarero sentado junto a una de ellas con la cabeza apoyada en las manos y los codos sobre la mesa.

Mientras cruzaba la plaza camino del hotel todo me pareció nuevo y cambiado. Hasta entonces no había visto los árboles. No había visto las astas de las banderas, ni la fachada del teatro. Todo era diferente. Me sentí como en una ocasión, cuando regresaba a casa después de un partido de fútbol americano en un campo de fuera de la ciudad. Llevaba una bolsa con mi equipo de juego y hacía a pie el camino desde la estación de la ciudad en la que había vivido toda mi vida. Y, sin embargo, todo me parecía nuevo. Había gente cortando el césped y quemando las hojas secas de sus jardines junto a la carretera, y me detuve largo tiempo a contemplarlo con detalle. Todo me parecía extraño, desconocido. Después seguí andando; me parecía que tenía los pies muy lejos de allí, que todo regresaba de un largo camino y hasta oía el ruido de mis pasos muy lejos de allí. Durante el partido había recibido un golpe en la cabeza. Era la misma sensación que sentía cuando cruzaba la plaza, cuando subía las escaleras del hotel. Subir las malditas escaleras me costó un buen rato, y tuve la sensación de que otra vez llevaba la bolsa de deporte. Había luz en la habitación. Bill salió a mi encuentro y me recibió en el vestíbulo.

—Hola —me dijo—, sube a ver a Cohn. Se ha metido en un buen jaleo y no hace más que preguntar por ti.

—¡Que se vaya al infierno!

—Vamos, sube. Ve a verlo.

No tenía ganas de subir otro tramo de escaleras.

—¿Por qué me miras de ese modo?

—No te estoy mirando. Sube a ver a Cohn. Está muy mal.

—Estabas borracho no hace mucho —observé.

—Lo estoy aún —concedió Bill—, pero eso es otra cosa. Sube a ver a Cohn, quiere verte.

—Está bien.

Todo se limitaba a subir unas escaleras más. Así lo hice, arrastrando mi bolsa fantasma. Recorrí el pasillo hasta la habitación de Cohn. La puerta estaba cerrada y llamé con los nudillos.

—¿Quién es?

—Barnes.

—Entra, Jake.

Abrí la puerta, entré y dejé la maleta en el suelo. Cohn estaba tumbado boca abajo sobre la cama, en la oscuridad.

—Hola, Jake.

—No me llames Jake.

Me quedé de pie junto a la puerta. Exactamente así fue como había vuelto a casa. Ahora sólo necesitaba un baño caliente. Un baño profundo, caliente, para poder tumbarme de espaldas dentro de la bañera.

—¿Dónde está el cuarto del baño?

Cohn estaba llorando. Allí, la cara contra la cama y gimiendo. Vestía un polo blanco, del tipo de los que en su día llevaría en Princeton.

—Lo siento mucho, Jake. Por favor, perdóname.

—¿Que te perdone? ¡Al diablo!

—Por favor, perdóname, Jake.

No dije nada y me quedé inmóvil de pie junto a la puerta.

—Estaba loco. Tienes que darte cuenta de cómo han ocurrido las cosas.

—¡Oh, está bien!

—No podía resistir lo que ha hecho Brett.

—Me has llamado chulo.

La verdad era que todo aquello ya no me importaba. Lo único que deseaba era un buen baño caliente. Un baño caliente en aguas profundas.

—Lo sé. Por favor, no lo recuerdes. Estaba loco.

—Está bien.

Lloraba. Su voz sonaba ridícula. Echado allí, sobre la cama, en la oscuridad y con un polo blanco. ¡Su polo blanco!

—Me iré mañana por la mañana. —Lloraba sin hacer el menor ruido—. Es que no puedo resistir más lo que hace Brett. He pasado un verdadero infierno, Jake. Un auténtico infierno, eso es. Cuando nos encontramos aquí, Brett me trató como si fuera un completo extraño. No podía soportarlo. Estuvimos juntos en San Sebastián. Supongo que ya lo sabías. No aguanto más.

Seguía tumbado en la cama.

—Está bien —dije—, voy a tomar un baño.

—Tú eras el único amigo que tenía. ¡Y estaba tan enamorado de Brett, la quería tanto!

—Está bien —le dije—, hasta luego.

—Me parece que ya no tiene ningún sentido —siguió—, ya no sirve de nada.

—¿El qué?

—Todo. Por favor, dime que me perdonas, Jake.

—Claro. No te preocupes.

—Estaba fatal. He pasado un verdadero infierno, Jake. Ahora todo ha pasado, Jake. Todo.

—Bien, hasta luego. Tengo que irme.

Se revolvió en la cama y se sentó en el borde. Después se levantó.

—Hasta luego, Jake —dijo—. ¿Nos damos la mano? ¿Quieres?

—Claro. ¿Por qué no?

Nos estrechamos la mano. En la oscuridad no veía bien su rostro.

—Bueno, hasta mañana.

—Me iré temprano.

—¡Ah, sí! —dije.

Salí. Cohn estaba de pie, junto a la puerta.

—¿Te encuentras bien, Jake? —me preguntó.

—Sí, estoy perfectamente.

No encontraba el cuarto de baño. Di con él al cabo de un buen rato. La bañera era grande y profunda. Abrí los grifos pero no salió agua. Me senté al borde de la bañera. Cuando me levanté para salir me di cuenta de que me había quitado los zapatos. Los busqué, di con ellos y los llevé en la mano hasta abajo. Encontré mi habitación, entré, me desnudé y me metí en la cama.

Me desperté con jaqueca y a causa del ruido de la banda de música que recorría las calles. Recordé que había prometido llevar a la amiga de Bill a ver el encierro. Me vestí, bajé las escaleras y salí a la calle, al frío de las primeras horas de la mañana. Mucha gente cruzaba la plaza apresurándose hacia la plaza de toros. En la plaza había dos filas de personas que hacían cola frente a las taquillas. Esperaban a que las entradas se pusieran a la venta a las siete. Crucé la calle a toda prisa hacia el café. El camarero me dijo que mis amigos habían estado allí y se habían vuelto a marchar.

—¿Cuántos eran?

—Dos caballeros y una señora.

Todo iba bien. Bill y Mike estaban con Edna. La joven había tenido miedo de que se emborracharan demasiado y no aguantaran. Por esa razón quiso asegurarse de que yo estaría allí para acompañarla. Me tomé un café y corrí, como todo el mundo, hacia la plaza de toros. Ya no me encontraba aturdido, aunque sí tenía una horrible jaqueca. Todo estaba claro, con los contornos bien definidos. La ciudad tenía el olor peculiar de las primeras horas de la mañana.

El terreno que mediaba entre el límite de la ciudad y la plaza de toros estaba embarrado. Las vallas de madera del pasillo que llevaba al ruedo estaban llenas de gente, y la multitud ocupaba también las ventanas exteriores de la plaza de toros y la parte alta de los tendidos. Oí el cohete y comprendí que no tenía tiempo suficiente para ver la llegada de los toros a la plaza, así que me apreté entre el gentío para situarme en la empalizada. Entre las dos vallas que formaban el corredor, la policía estaba despejando a la gente que caminaba o trotaba hacia la plaza. Empezaron a llegar los primeros mozos que corrían el encierro. Un borracho resbaló y cayó. Dos policías lo cogieron por debajo de los brazos y lo dejaron caer al otro lado de la valla. Los mozos seguían llegando, ahora corriendo ya a toda velocidad. La gente comenzó a gritar. Logré meter la cabeza entre dos tablones y alcancé a ver a los toros que salían de la calle para entrar en el largo pasillo. Iban muy deprisa y estaban ganando terreno a los mozos. En ese preciso momento otro borracho, utilizando una blusa como capote de toreo, trató de saltar la empalizada para probar su destreza taurina. Llegaron dos guardias, uno de ellos lo cogió del cuello de la camisa y el otro le dio un par de golpes de porra; después lo apretaron contra la valla como si estuviera pegado a ella y allí tuvo que quedarse inmóvil hasta que terminaron de pasar los mozos y la manada de toros. Iba tanta gente corriendo que en el momento de llegar a la puerta de la plaza la multitud se apelotonó y tuvo que detener parcialmente su carrera; los toros pasaron jadeantes, galopando juntos, con los costados llenos de barro y agitando los cuernos. Uno escapó hacia delante y enganchó a uno de los hombres que corrían, lo corneó por la espalda y lo lanzó al aire. El hombre tenía los brazos pegados al cuerpo y echó violentamente la cabeza hacia atrás en el momento en que el cuerno se clavaba en su cuerpo; el toro lo levantó en el aire y después lo dejó caer. Después cogió a otro hombre de los que corrían, pero éste desapareció de mi vista entre la multitud que atravesaba la puerta de entrada al ruedo perseguida por los toros. Se cerró la puerta roja del recinto y la gente que ocupaba los balconcillos exteriores empezó a empujar hacia dentro, se oyó un alarido y después otro.

El hombre que había sido corneado estaba boca abajo sobre el barro pisoteado. La gente trepó a la empalizada y ya no pude ver al hombre porque eran muchos los que lo rodeaban. Los gritos procedían del interior del ruedo y cada uno de ellos reflejaba la embestida de un toro contra la multitud. De la intensidad de los gritos podía deducirse la gravedad de lo que estaba ocurriendo. Después se oyó el cohete que indicaba que los toros habían entrado ya en los corrales. Bajé de la empalizada y emprendí el camino de vuelta a la ciudad.

Una vez en el centro volví al Iruña y me tomé otro café, ahora acompañado de unas tostadas con mantequilla. Los camareros estaban barriendo y limpiando las mesas. Se aproximó uno de ellos para ver lo que quería tomar.

—¿Ha pasado algo en el *encierro*?

—No lo he visto bien, pero un hombre ha sufrido una *cogida* grave.

—¿Dónde?

—Aquí —señalé con una mano la parte baja de mi espalda y después el pecho, como si quisiera indicarle que el cuerno le había atravesado desde atrás. El camarero movió la cabeza con resignación y continuó limpiando unas migas de pan que había sobre la mesa.

—Una *cogida* grave —murmuró—. Y todo por deporte, por placer.

Se marchó para volver casi enseguida con la cafetera y la jarra de leche de grandes asas. Me sirvió el café con leche. De los recipientes salían un chorro blanco y otro negro que caían en la taza simultáneamente. El camarero continuaba moviendo la cabeza.

—Una *cogida* grave por la espalda —dijo. Dejó las cafeteras sobre la mesa y se sentó en una silla—. Una grave herida de asta. Y todo por diversión. Sólo por diversión. ¿Qué opina usted de ello?

—No lo sé.

—Eso es. Sólo por diversión. Diversión, ¿lo entiende?

—¿No es usted *aficionado*?

—¿Yo? ¿Qué son los toros? Animales. Unas bestias salvajes. —Se levantó y se llevó la mano a la espalda—. Una *cornada* en la espalda. Una *cornada* que lo atraviesa. Por diversión… ¿lo entiende usted?

Se alejó sin dejar de mover la cabeza de un lado a otro, llevándose la cafetera y la jarra de leche. Dos hombres pasaron por la calle. El camarero les preguntó algo a gritos. Los dos hombres tenían un aspecto grave y serio. Uno de ellos movió la cabeza con gesto pesimista.

—*¡Muerto!* —fue lo único que dijo.

El camarero movió una vez más la cabeza. Los dos hombres siguieron su camino como si fueran a hacer algún encargo. El camarero volvió junto a mi mesa.

—¿Lo ha oído? *Muerto*. Está muerto. Atravesado por un cuerno. Todo por un pasatiempo mañanero. *Es muy flamenco.*

—Mala cosa.

—Eso no es para mí —añadió el camarero—. No veo dónde está la diversión en una cosa como ésa.

Más tarde, ese mismo día, nos enteramos de que el hombre que había resultado muerto se llamaba Vicente Gironés y procedía del cercano pueblo de Tafalla. Al día siguiente, en el periódico, leímos que tenía veintiocho años, era agricultor y tenía esposa y dos hijos. Había continuado acudiendo a los Sanfermines aun después de haberse casado, y no faltaba un año. Al día siguiente llegó su mujer desde Tafalla para velar el cuerpo y se celebró un servicio funerario en la capilla de San Fermín. El ataúd fue conducido a la estación de ferrocarril por miembros de la Sociedad de Danzarines y Bebedores de Tafalla.

El cortejo comenzó con un grupo de tambores y la música de los chistus y las gaitas. Detrás de los hombres que llevaban el féretro marchaban la viuda y los dos huérfanos; detrás de ellos, los miembros de todas las peñas de Pamplona, Estella, Tafalla y Sangüesa que pudieron quedarse para el funeral. El ataúd fue cargado en el furgón de equipajes del tren y la viuda y los dos hijos hicieron el viaje en un vagón abierto de tercera clase. El tren se puso en movimiento con un brusco tirón y después suavizó la marcha, descendiendo gradualmente por el margen de la meseta hasta entrar en los grandes trigales mecidos por el viento de la llanura que iban a cruzar camino de Tafalla.

El toro que mató a Vicente Gironés se llamaba Bocanegra, era el número 118 de la ganadería de Sánchez Tabernero, y fue lidiado y matado aquella tarde por Pedro Romero. El tercer toro de aquella corrida. Por aclamación popular se le concedió una oreja a Romero que a su vez se la regaló a Brett, quien la envolvió en un pañuelo; mío, por cierto. Después los dejaría olvidados, ambos, oreja y pañuelo, junto con un montón de colillas de cigarrillos Muratti en el cajón de la mesilla de noche que había junto a su cama en el hotel Montoya.

De regreso al hotel vi al guarda nocturno sentado en un banco del pasillo, cerca de la puerta. Se había pasado allí toda la noche y estaba medio dormido. Se levantó al verme entrar. En el mismo momento entraron tres camareras. Habían estado presenciando el encierro en la plaza de toros y subieron las escaleras riendo. Las seguí y entré en mi habitación. Me quité los zapatos y me eché en la cama. Estaban abiertas las puertas del balcón y el sol entraba en el cuarto. No tenía sueño, pese a que serían más de las tres y media cuando me metí en la cama y la banda de música me había despertado a las seis. Me dolía la mandíbula a ambos lados. Me la palpé con los dedos. ¡Ese maldito Cohn! Debería haber golpeado al primero que lo insultó y después haber desaparecido de aquí. Estaba completamente seguro de que Brett lo amaba. Pensó que si se quedaba, el amor verdadero lo conquistaría todo. Alguien llamó a la puerta.

—Adelante.

Eran Bill y Mike. Se sentaron en mi cama.

—¡Vaya *encierro*! —exclamó Bill—. ¡Vaya *encierro*!

—Y tú, ¿dónde estabas? —me preguntó Mike, que después se volvió a Bill—: Llama al camarero y que nos traigan unas cervezas.

—¡Qué mañana! —Se enjugó el rostro—. ¡Dios mío, vaya una mañana! ¡Y aquí tenemos al bueno de Jake, al pobre Jake convertido en saco de arena humano!

—¿Qué ha pasado en el ruedo?

—¡Jesús, Jesús...! —respondió Bill—. ¿Qué ha pasado en el ruedo, Mike?

—Entraron aquellos malditos toros —explicó Mike—, y delante de ellos la gente, en tropel. Uno de los mozos tropezó, cayó y los demás tropezaron y cayeron sobre él.

—Y los toros se lanzaron sobre ellos —añadió Bill.

—He oído los gritos.

—Debía de ser Edna —aclaró Bill.

—Los mozos salían agitando sus camisas.

—Uno de los toros corrió junto a la *barrera* y embistió a todos los que había por allí.

—Han llevado a la enfermería a veinte mozos —siguió contando Mike.

—¡Qué mañana, qué mañana! —siguió Bill—. La policía detenía a todos los que querían suicidarse con los toros.

—Y al final los cabestros se los han llevado a los corrales —terminó Mike.

—El encierro ha durado casi una hora.

—En realidad han sido sólo quince minutos —objetó Mike.

—¡Oh, vete al diablo! —se enfadó Bill—. Tú has estado en la guerra. Para mí han sido dos horas y media.

—¿Dónde están esas cervezas? —preguntó Mike.

—¿Qué habéis hecho con la adorable Edna?

—La acabamos de dejar en su hotel. Se ha ido a la cama.

—¿Le ha gustado el espectáculo?

—Mucho. Le hemos dicho que eso es lo que pasa cada mañana.

—Estaba muy impresionada —respondió Mike.

—Estaba empeñada en que también nosotros nos echáramos al ruedo —dijo Bill—. Le va la acción.

—Le he dicho que sería una traición para con mis acreedores —dijo Mike.

—¡Qué mañana! —siguió repitiendo Bill—. ¡Y vaya nochecita!

—¿Cómo tienes la mandíbula, Jake?

—Dolorida —respondí.

Bill se echó a reír.

—¿Por qué no le rompiste una silla en la cabeza?

—¡Mira quién habla! —dijo Mike—. Si hubieras estado allí te hubiese tumbado también a ti. Ni le vi venir. En un abrir y cerrar de ojos ya estaba tumbado en el suelo, en medio de la calle, y Jake debajo de una mesa.

—¿Dónde se fue después? —pregunté.

—Bueno, ya está aquí —dijo Mike—. Aquí tenemos a la bella dama con la cerveza.

La camarera dejó tres botellas de cerveza y tres vasos sobre la mesa.

—Tráiganos otras tres botellas —ordenó Mike.

—¿Adónde se fue Cohn después de pegarme? —le pregunté a Bill.

—¿No estás enterado? —me preguntó Mike, que estaba abriendo una botella de cerveza que vertió en uno de los vasos sin alejar demasiado la botella.

—¿De veras no lo sabes?

—Volvió al hotel y encontró a Brett y al torero en la habitación de éste. Le dio una tremenda paliza al pobre, maldito torero.

—¡No!

—¡Sí!

—¡Qué noche! —repitió Bill.

—Casi mata al pobre, maldito torero. Después intentó llevarse a Brett. Quería convertirla en una mujer decente, supongo. Una escena sentimental, melodramática.

Se bebió un buen trago de cerveza.

—Ese Cohn es un burro.

—¿Y qué pasó?

—Brett lo puso verde. Lo echó de allí. Creo que se portó estupendamente.

—Estoy seguro —dijo Bill.

—Cohn se derrumbó y comenzó a llorar y quiso hacer las paces con el amigo torero y estrecharle la mano. También quiso darle la mano a Brett.

—Lo creo. A mí me dio la mano.

—¿Lo hizo? Ellos no estaban dispuestos a aceptar sus disculpas. El amigo torero estuvo bastante bien. No habló mucho, pero se lanzaba de nuevo contra Cohn cada vez que éste volvía a tumbarlo. Cohn no lograba dejarlo sin sentido. Debió de ser muy divertido.

—¿Quién te ha contado todo eso?

—Brett. La he visto esta mañana.

—¿Cómo terminó la cosa?

—Parece que el amigo torero se quedó echado en la cama. Cohn lo había tumbado como quince veces, pero él se quería seguir peleando. Brett trató de sujetarlo, pero, pese a que el torero estaba resentido por los golpes, no logró contenerlo y se levantó de nuevo. Cohn dijo que no volvería a golpearle, que no podía hacerlo, que sería sucio y poco noble. El torero, casi sin poder sostenerse, trató de atacarle. Cohn retrocedió hasta encontrarse con la espalda en la pared. «¿Conque no quiere pegarme?» «No —dijo Cohn—, me arrepiento de haberlo hecho.» En vista de ello, el amigo torero le golpeó con todas las fuerzas que le quedaban en plena cara y se sentó en el suelo. No tenía fuerzas para levantarse y Cohn quiso ayudarle para llevarlo a la cama. Dijo que si Cohn lo ayudaba lo mataría, y que de todos modos lo mataría si esta mañana Cohn no se había largado de la ciudad. Cohn estaba llorando. Brett le había dicho que se largara de una vez y Cohn trataba de estrechar la mano a todo el mundo. Pero eso ya te lo he contado.

—Cuéntale el resto —dijo Bill.

—Parece ser que el compañero torero se quedó sentado en el suelo, en espera de recuperar la fuerza suficiente para poder levantarse y golpear de nuevo a Cohn. Brett no quiso darle la mano a Cohn y Cohn no cesaba de llorar y de decirle cuánto la quería, y ella le contestaba que se callara de una vez y no siguiera portándose como un completo idiota. Cohn se agachó para tenderle la mano al amigo torero. Sin rencores y todo eso, ya sabes. Cualquier cosa a cambio del perdón. Pero el compañero torero le volvió a dar un puñetazo en la cara.

—¡Ese chico! —dijo Bill.

—Ha dejado a Cohn hecho una piltrafa humana —añadió Mike—. ¿Sabes?, no creo que quiera volver a pegarle a nadie más.

—¿Cuándo has visto a Brett?

—Esta mañana. Ha venido a recoger unas cosas. Está cuidando a su Romero.

Se sirvió otra botella de cerveza.

—Brett tiene sus manías, pero le gusta cuidar a la gente. Eso es lo que nos unió. Me cuidaba.

—Lo sé.

—Estoy muy borracho —dijo Mike—. Creo que voy a seguir borracho. Esto es bastante divertido, pero nada agradable. No, no es agradable para mí.

Se terminó la cerveza.

—Me las tuve con Brett. Le hablé bien claro. Le dije que si pensaba seguir yendo por ahí con judíos, toreros y gente como ésa, debía esperar complicaciones. —Se echó hacia delante—. Eh, Jake, ¿no te importa si me bebo tu botella de cerveza? La camarera te traerá otra.

—No, tómala. Yo no la iba a beber.

Mike intentó abrir la botella sin éxito.

—¿Te importaría abrírmela?

Tomé la botella, empujé hacia arriba el alambre que sujetaba el tapón y se la serví.

—¿Sabéis? —continuó Mike—, Brett se portó muy bien. Ella siempre sabe quedar bien. Le solté un buen sermón sobre los judíos, los toreros y toda esa clase de gente. ¿Y sabéis qué me respondió?: «¡Desde luego! ¡He pasado una vida tan feliz con la aristocracia británica!». —Tomó otro trago—. Eso estuvo muy bien. Ashley, ese tipo del título era un marino, ¿sabes? Un noveno baronet. Cuando llegaba a casa no quería dormir en la cama y obligaba a Brett a dormir en el suelo. Al final, cuando su estado mental fue empeorando, solía decirle que acabaría matándola. Siempre dormía con un revólver oficial cargado. Brett solía sacarle las balas cuando su marido se quedaba dormido. No, no puede decirse que Brett haya tenido una vida feliz en absoluto. ¡Una verdadera lástima! Es lógico que ahora quiera disfrutar de las cosas. —Se levantó. Le temblaba la mano—. Me voy a mi habitación. Trataré de dormir un poco. —Sonrió—. No dormimos nada en estas fiestas. Voy a empezar ahora mismo y dormiré hasta hartarme. Es mala cosa no dormir lo suficiente. Uno se pone muy nervioso.

—Bien, nos veremos al mediodía en el Iruña —dijo Bill.

Mike salió. Lo oímos en la habitación de al lado. Tocó el timbre, la camarera llamó a la puerta.

—Tráigame seis botellas de cerveza y una botella de Fundador —le dijo Mike.

—*Sí, señorito.*

—Me voy a la cama —me dijo Bill—. Pobre Mike. Tuve una buena bronca por su culpa anoche.

—¿Dónde? ¿En ese sitio… el bar Milano?

—Sí. Había un tipo que en cierta ocasión ayudó a Mike y a Brett a pagar sus deudas para que pudieran salir de Cannes. Estuvo verdaderamente desagradable.

—Conozco la historia.

—Yo no. Nadie debería tener derecho a decir cosas como las que él dijo contra Mike.

—Eso es lo malo —dije.

—No deberían tener derecho. Me gustaría muchísimo que no tuvieran derecho. Me voy a la cama.

—¿Ha muerto alguien en el ruedo?

—No lo creo. Sólo heridos graves.

—Los toros han matado a un mozo en el callejón.

—¡No me digas…! —respondió Bill.

Capítulo 18

A mediodía nos encontramos en el café Iruña. Estaba de bote en bote. Tomamos gambas con cerveza. La ciudad estaba abarrotada de gente que llenaba todas las calles. Grandes automóviles llegados de Biarritz y San Sebastián circulaban por las calles y aparcaban alrededor de la plaza. En ellos llegaban los aficionados que querían ver la corrida. También llegaron algunos autobuses de excursionistas, entre ellos uno con veinticinco mujeres inglesas. Sentadas en el gran autobús miraban a través de las ventanillas cómo se celebraba la fiesta. Los bailarines estaban bastante bebidos. Era el último día de los Sanfermines.

Las fiestas seguían transcurriendo sólidas, sin rupturas, pero la presencia de los automóviles y los autobuses hacía surgir algunas islas de espectadores que no participaban directamente en ella. Cuando sus ocupantes descendían de los coches, los espectadores eran engullidos por la multitud. No se les volvía a ver más, salvo como ropas deportivas con aspecto raro junto a las mesas ocupadas por los campesinos de camisas negras. La fiesta absorbía incluso a los ingleses de Biarritz, hasta tal punto que no se les veía hasta que no se pasaba junto a una de las mesas que ocupaban. La música continuaba en la calle sin interrupción. Los tambores seguían redoblando, los chistus no callaban. Dentro de los bares los hombres, con las manos apoyadas en las mesas o cogidos por los hombros, seguían cantando sus roncas canciones con sus roncas voces.

—¡Ahí viene Brett! —dijo Bill.

Levanté la vista y la vi llegar, entre la muchedumbre de la plaza, caminando con la cabeza erguida como si las fiestas se estuvieran celebrando en su honor y las encontrara placenteras y divertidas.

—¡Hola, amigos! —nos saludó—. Vengo muerta de sed.

—¡Traiga otra cerveza grande! —le dijo Bill al camarero.

—¿Gambas?

—¿Se ha marchado Cohn? —preguntó Brett.

—Sí —le contestó Bill—, ha alquilado un automóvil.

Trajeron la cerveza. Brett levantó la gran jarra y le temblaba la mano. Se dio cuenta de ello y sonrió; se inclinó y tomó un gran trago.

—¡Buena cerveza!

—Sí, es muy buena —asentí.

Estaba muy nervioso por Mike. No creía que hubiera dormido. Debía de haberse pasado toda la mañana bebiendo, pero parecía estar bajo control.

—Me han dicho que Cohn te hizo daño, Jake —dijo Brett.

—No, sólo me noqueó. Eso es todo.

—Sabes, ha lastimado mucho a Pedro Romero —siguió Brett—. Le ha hecho mucho daño, mucho.

—¿Cómo está?

—Se pondrá bien. De momento no quiere salir de su habitación.

—¿Tan mal aspecto tiene?

—Muy malo. Le hizo bastante daño. Le he dicho que iba a salir un momento a ver a mis amigos.

—¿Va a torear?

—Creo que sí. Yo iré a la corrida con vosotros, si no os importa.

—¿Cómo está tu novio? —le preguntó Mike, que no había escuchado nada de lo que Brett había estado diciendo—. Brett tiene un torero —siguió—. Antes tenía un judío llamado Cohn, pero la cosa no resultó bien.

Brett se levantó.

—No voy a seguir escuchando todas esas estupideces, Michael.

—¿Cómo está tu novio?

—Maravillosamente —respondió Brett—. Fíjate bien en él esta tarde.

—Brett tiene un torero —repitió Mike—. Un maldito torero muy guapo.

—¿Quieres dar una vuelta conmigo, Jake? Quisiera hablar contigo.

—Háblale de tu torero —dijo Mike—. ¡Oh, que se vaya al diablo tu torero!

Inclinó la mesa de tal modo que las cervezas y los platos de gambas cayeron al suelo con estrépito.

—Vámonos de aquí —me dijo Brett—. Dejemos todo esto.

Entre la multitud, mientras cruzábamos la plaza, le pregunté:

—¿Cómo va la cosa?

—No voy a verlo, después del almuerzo, hasta que termine la corrida. Su gente vendrá a vestirlo. Dice que están todos muy enfadados conmigo —me explicó.

Brett estaba radiante. Era muy feliz. Había salido el sol y hacía un día luminoso.

—Me siento totalmente cambiada —siguió Brett—, no puedes hacerte una idea, Jake.

—¿Puedo hacer algo?

—No. Sólo venir a la corrida conmigo.

—¿Te veré durante el almuerzo?

—No. Voy a comer con él.

Habíamos llegado a la puerta del hotel. Los camareros estaban sacando las mesas y poniéndolas bajo las arcadas.

—¿Quieres dar una vuelta por el parque? —me preguntó—. No quiero subir todavía. Supongo que debe de estar durmiendo.

Dejamos atrás el teatro y salimos de la plaza y atravesamos las barracas y tenderetes de la feria, moviéndonos con dificultad entre el gentío. Llegamos a una calle transversal que llevaba al paseo de Sarasate. Los que paseaban por allí iban todos bien vestidos y a la moda. Caminaban hasta el extremo más alejado del parque.

—No vayamos allí —me pidió Brett—. No quiero ver ese paisaje ahora.

Marchábamos al sol. El calor resultaba agradable tras la lluvia y las nubes procedentes del mar.

—Confío en que cese el viento —declaró Brett—. Es muy malo para él, para su toreo.

—Yo también lo espero.

—Me ha dicho que los toros son buenos.

—Sí, están bien.

—¿Es ésa la de San Fermín?

Brett estaba mirando la fachada amarilla de la capilla.

—Sí. Ahí comenzó la fiesta el domingo.

—Entremos. ¿Te importa? Quiero rezar un poco por él o algo así.

Entramos cruzando la pesada puerta repujada de cuero que se movió con dificultad. Estaba oscuro en el interior del templo. Había muchos fieles rezando, según pudimos ver cuando nuestros ojos se acostumbraron a la penumbra. Nos arrodillamos en uno de los largos bancos de madera. Al cabo de un rato sentí cómo Brett se ponía rígida a mi lado. Vi que tenía la cara alta y la vista perdida al frente.

—Vamos, salgamos de aquí —murmuró en un tono gutural—. Esto me pone muy nerviosa.

Fuera, en el calor y luminosidad de la calle, Brett alzó los ojos para mirar las copas de los árboles agitadas por el viento. La plegaria no había tenido mucho éxito.

—No sé por qué razón siempre me pongo nerviosa en las iglesias —me confió Brett—. No me sirve de nada.

Nos alejamos.

—No me puedo adaptar en absoluto a un ambiente religioso —dijo Brett—. Eso no es para mí. ¿Sabes? —continuó—, no me preocupo en absoluto por él, simplemente, me siento feliz a su lado.

—Eso es bueno.

—Pero de todos modos me gustaría que se apaciguara el viento.

—Es fácil que se calme antes de las cinco de la tarde.

—Confiemos en ello.

—Reza por ello —me reí.

—Nunca me sirve de nada. Nunca he conseguido nada de lo que he pedido en mis oraciones. ¿Tú sí?

—¡Sí, claro!

—¡Tonterías! —opinó Brett—. Aunque es posible que surta efecto en algunas personas. Tú no me pareces muy religioso.

—Pues lo soy. Bastante.

—¡Tonterías! —repitió Brett—. No te dediques hoy a hacer proselitismo. Ya será un mal día sin necesidad de ello.

Era la primera vez, desde los días que precedieron a su aventura y escapada con Cohn, que la veía feliz y despreocupada. Habíamos regresado ya a la puerta del hotel. Las mesas estaban colocadas y algunas de ellas ocupadas por varios comensales.

—¡Cuida de Mike! —me pidió Brett—. No dejes que se desmande.

—Sus amigos han subido arriba —me dijo el maître d'hôtel alemán en su peculiar inglés. Era un curioso empedernido. Brett se dirigió a él.

—Muchísimas gracias. ¿Tiene alguna otra cosa que decir?

—No, señora.

—Está bien —dijo Brett.

—Resérvenos una mesa para tres —le dije al alemán.

Sonrió con su sonrisa repulsiva e hipócrita, blanca y rosada.

—¿Va a comerrr aquí la señora? —quiso saber.

—No.

—Entonces crrreo que una mesa para dos serrrá suffficiente.

—No hables con él —me dijo Brett—. Mike debe de encontrarse

mal —continuó cuando subíamos las escaleras. Nos encontramos a Montoya. Nos saludó con una leve inclinación, pero sin sonreírnos.

—Nos veremos en el café —dijo Brett—. Gracias, muchas gracias, Jake.

Nos detuvimos en el pasillo donde estaban nuestras habitaciones. Se dirigió directamente a la de Pedro Romero. No llamó. Se limitó a abrir la puerta y la cerró tras de sí.

Me detuve frente a la puerta de la habitación de Mike y llamé. No hubo respuesta. Intenté abrirla y la puerta cedió. En el cuarto reinaba el mayor de los desórdenes. Las maletas estaban abiertas y la ropa desperdigada por todas partes. Junto a la cama había varias botellas vacías. Mike estaba echado, con el rostro como una máscara funeraria. Abrió los ojos y me miró.

—Hola, Jake —dijo con mucha lentitud—. Estoy tratando de recuperar el sueño perdido. Quiero dormir mucho, mucho.

—Déjame taparte.

—No, tengo mucho calor... —Se detuvo un momento y continuó—: No te vayas... aún no me había dormido.

—Ya dormirás, Mike, no te preocupes, chico.

—Brett tiene un torero —dijo Mike—, pero su judío se ha largado. —Volvió la cara y me miró—: Un asunto muy feo, ¿no te parece?

—Sí. Ahora duerme, Mike. Tienes que dormir, lo necesitas.

—Me estoy quedando dormido... Voy a dormir... un poco.

Cerró los ojos. Salí de la habitación y cerré la puerta intentando no hacer ruido. Bill estaba en mi cuarto leyendo el periódico.

—¿Has visto a Mike?

—Sí.

—Vamos a comer.

—No quiero comer abajo, con ese maldito camarero alemán. Ha estado bastante grosero cuando acompañaba a Mike a su cuarto.

—También lo ha estado con nosotros.

—Iremos a comer a otro sitio.

Descendimos por la escalera y en ella nos encontramos a una de las camareras que llevaba una bandeja tapada.

—Ahí va el almuerzo de Brett —dijo Bill.

—Y del chico —añadí.

Fuera, en la terraza, el jefe de camareros, el alemán, se acercó a nosotros. Sus mejillas rojas relucían. Trataba de ser amable.

—Tengo una mesa parrra ustedes dos, caballeros —nos dijo en su terrible inglés.

—Siéntese usted en ella —le dijo Bill.

Cruzamos al otro lado de la calle.

Comimos en un restaurante situado en una calle adyacente a la plaza. Todos los clientes del restaurante eran hombres. Estaba lleno de humo, de bebidas y de canciones. La comida era buena y también el vino. Bill y yo no hablamos mucho. Después de comer nos dirigimos al café y vimos cómo los festejos estaban llegando a su punto de ebullición. Brett se unió a nosotros en cuanto acabó de comer. Nos dijo que había mirado en su habitación y que Mike estaba durmiendo.

Cuando los festejos empezaron a salirse de madre se desplazaron hacia la plaza de toros, nos fuimos con la multitud. Brett se sentó en la barrera, entre Bill y yo. Exactamente debajo de nosotros estaba el *callejón*, es decir, el pasadizo entre el graderío y la *barrera*. Detrás, como una sólida masa de cemento, se extendían los tendidos. Delante, al otro lado de las barreras pintadas de rojo, la arena del ruedo había sido apisonada cuidadosamente y tenía un color amarillento. Parecía un poco espesa a causa de la lluvia, pero el sol la había secado y estaba suave y firme. Los mozos de estoques y los monosabios aparecieron en el *callejón* llevando a hombros las cestas de mimbre con los capotes de faena y las *muletas*, que, manchadas de sangre y bien dobladas, se guardaban en aquellas cestas. Los mozos de estoques abrieron las pesadas fundas de cuero de las espadas de modo que sus empuñaduras, envueltas en cintas rojas, quedaran visibles, y dejaron las fundas apoyadas en la barrera. Desdoblaron las *muletas* rojas, llenas de manchas oscuras, y les colocaron las guías de madera que las desplegaban y que servían para que el matador pudiera sujetarlas con mayor fuerza. Brett lo observaba todo con gran atención, absorta en los detalles profesionales.

—Ha marcado con su nombre todos los capotes y *muletas* —me dijo—. ¿Por qué se llaman *muletas*?

—No lo sé.

—Me pregunto si las lavarán alguna vez…

—No lo creo, se estropearía el color.

—La sangre las debe endurecer —comentó Bill.

—Es curioso cómo la sangre puede llegar a sernos indiferente —observó Brett.

Debajo de nosotros, en el estrecho *callejón*, los mozos de estoques seguían disponiéndolo todo. Los tendidos estaban llenos, igual que, más arriba, los palcos. No quedaba un asiento libre, salvo en el palco de la presidencia. La corrida comenzaría cuando éste se llenara. Al otro lado de la arena del ruedo, en el alto portón que daba a los corrales, aguardaban los toreros y sus cuadrillas, con los capotes de paseo al hombro, charlando, en espera de la señal para comenzar el paseíllo. Brett los observó con los prismáticos.

—Aquí tienes, ¿quieres mirar?

Tomé los gemelos y a través de ellos miré a los tres matadores. Romero estaba en el centro, Belmonte a su izquierda y Marcial a su derecha. Detrás de ellos dos peones de brega, después los *banderilleros* y, todavía en el *callejón*, distinguí a los picadores. Romero vestía un traje negro y oro. Llevaba la montera echada sobre los ojos. No podía ver bien su cara, pero me pareció que estaba muy marcada por las huellas de su pelea con Robert Cohn. Tenía la cabeza erguida y la mirada fija al frente. Marcial fumaba un cigarrillo que escondía con disimulo en el hueco de la mano. Belmonte miraba al frente, pálido, con su prominente mandíbula y la mirada perdida sin ver nada de lo que tenía delante. Ni él ni Romero parecían tener nada que ver con los demás toreros. Estaban solos. El presidente entró en su palco. Oímos aplausos detrás de nosotros, en el graderío, y le ofrecí los gemelos a Brett. Hubo más aplausos. La música comenzó a sonar. Brett miró con los gemelos.

—Tómalos tú ahora —me ofreció.

Por los gemelos vi a Belmonte hablando con Romero. Marcial se irguió, arrojó su cigarrillo y fijó la vista al frente. Con las cabezas hacia atrás, y moviendo garbosamente su brazo libre, los tres matadores iniciaron el paseíllo. Detrás de ellos el desfile de todas sus cuadrillas, todos marcando el paso, con sus capotes doblados y recogidos sobre el hombro y un brazo, y moviendo el que les quedaba libre al compás de la música. Tras ellos los picadores, con sus picas alzadas como si fueran lanzas. Les seguían las dos cuadrillas de mulas y los monosabios. Frente al palco presidencial los matadores se descubrieron y se inclinaron levemente para saludar a la presidencia; después se aproximaron a la parte de la *barrera* en que nos encontrábamos nosotros. Pedro Romero cogió su pesado capote de paseo, bordado en oro, y por encima de la barrera se lo entregó a su mozo de estoques, al que le dijo unas palabras. Cuando Romero estuvo cerca de nosotros alcancé a ver que tenía los labios hinchados y los dos ojos morados. Todo su rostro estaba amoratado e hinchado. El mozo de estoques tomó el capote de paseo, miró a Brett, se acercó a nosotros y nos lo alargó.

—Extiéndelo delante de ti —le expliqué.

Brett se inclinó hacia delante. El capote era pesado y ligeramente rígido por el oro. El mozo de estoques volvió la cabeza para mirarnos y musitó algo entre dientes. Un hombre que estaba a mi lado se inclinó hacia Brett.

—No quiere que lo extienda —dijo—, ha dicho que lo doble y se lo ponga en el regazo.

Brett dobló el pesado capote como se le indicaba.

Romero no nos miraba. Estaba hablando con Belmonte, que había entregado su capote de paseo a unos amigos. Se volvió a mirarlos y sonrió con esa sonrisa de lobo que estaba sólo en sus labios.

Romero se apoyó en la *barrera* y pidió el botijo. Su mozo de estoques se lo entregó, Romero vertió un poco de agua sobre el percal de su capote de faena y luego pisó los pliegues inferiores con sus zapatillas de torear y los restregó sobre la arena.

—¿Para qué hace eso? —preguntó Brett.

—Para que pese más y resista mejor al viento.

—Tiene la cara hecha polvo —dijo Bill.

—Se encuentra muy mal, muy mal —nos informó Brett—. Debió haberse quedado en la cama.

El primer toro le correspondió a Belmonte. Era un torero excelente, pero como cobraba treinta mil pesetas por corrida y la gente se había pasado la noche haciendo cola para adquirir las entradas, el público exigía de él que fuera más que muy bueno. La cualidad más atractiva de Belmonte era su modo de arrimarse al toro. En términos taurinos se habla del «terreno del toro» y del «terreno del torero». En tanto que el torero se mantenga en su propio terreno, puede decirse que está relativamente a salvo. Cada vez que se mete en el terreno del toro se coloca en una situación de grave peligro. En sus mejores días, Belmonte toreaba siempre en el terreno del toro, lo cual creaba la sensación de que la tragedia era inminente. La gente que iba a ver a Belmonte buscaba esa sensación dramática, quizá con la esperanza de presenciar la muerte del torero. Años antes se solía decir que si se quería ver torear a Belmonte había que hacerlo enseguida, mientras aún seguía vivo. Desde entonces había matado más de mil toros. Cuando se retiró del toreo surgió la leyenda de su genial toreo. Cuando volvió a los ruedos, el público sufrió una decepción porque nadie puede torear tan cerca del toro como se había dicho que lo hizo Belmonte. Ni siquiera, naturalmente, el propio Belmonte.

Belmonte, últimamente, imponía condiciones e insistía en que sus toros no fueran demasiado grandes y no tuvieran los cuernos demasiado peligrosos, así que en gran parte desaparecía ese necesario elemento de tragedia. El público, que exigía de Belmonte

—quien además tenía una fístula— tres veces más de lo que éste jamás estuvo en condiciones de dar, se sintió defraudado y engañado, mientras Belmonte sacaba aún más su prominente mandíbula con aire despectivo y su rostro se hacía cada vez más amarillo. A medidas que aumentaban los dolores de su fístula se movía con mayor dificultad. El público se volvió contra él con creciente intensidad, y él persistía en su actitud de desprecio e indiferencia. Había pensado ofrecer una gran tarde de toreo, y en lugar de eso era una tarde de insultos y silbidos. Finalmente una nube de almohadillas, trozos de pan y verduras le fueron lanzados por el público a aquella plaza que había sido escenario de sus mayores triunfos. Con todo ello sólo se logró que sacara más la mandíbula. Cuando alguien le gritaba una frase lo suficientemente insultante, se volvía a sonreír con aquella sonrisa dentuda, en la que destacaba aún más su mandíbula y en la que los labios no jugaban ningún papel. El dolor que le producía cualquier movimiento se hacía cada vez más fuerte. Finalmente su rostro adquirió el color del pergamino viejo. Una vez hubo matado a su segundo toro y cesó la lluvia de pan y verduras, después de saludar al presidente con la misma sonrisa lupina, toda mandíbulas, con una mirada despectiva entregó su espada al mozo de estoques para que la limpiara y la guardara en su estuche. Entró en el *callejón* y se apoyó en la *barrera* exactamente debajo de nosotros, con la cabeza entre las manos, sin ver ni oír nada, dominado por el sufrimiento de sus terribles dolores. Cuando finalmente alzó el rostro pidió un trago de agua, lo tomó, se aclaró la boca, escupió el agua, cogió la montera y regresó al ruedo.

Precisamente porque estaba contra Belmonte, el público se volcó en favor de Romero. Desde el momento en que dejó la *barrera* para acercarse al toro, empezaron a aplaudirlo. Belmonte miraba a Romero, sin quitarle la vista de encima ni un solo momento, aunque tratando de que no se notara su interés. Por el contrario, no prestó atención a Marcial. Ya conocía su toreo y precisamente había vuelto a los toros después de su retirada para competir con él, sabiendo que era un duelo que tenía ganado desde antes de empezar. Había esperado rivalizar con Marcial y con otras estrellas de un período de decadencia del toreo, a sabiendas de que la sinceridad de su propio toreo no podía ser vencida por la falsa estética del período decadente y de que, para vencer, le bastaba con salir al ruedo. Su vuelta la había echado a perder Romero. Éste hacía siempre un toreo suave, tranquilo, armónico y bello que Belmonte ahora sólo lograba en pocas ocasiones. La gente se daba cuenta de ello, incluso los extranjeros que habían venido de Biarritz; incluso el embajador norteamericano acabó por verlo, finalmente. Era una competición, una rivalidad, un duelo en el que Belmonte no estaba dispuesto a entrar porque sabía que sólo podía conducir a una grave cornada o quizá a la muerte. Belmonte había dejado de ser suficientemente bueno. Ya no podía repetir sus grandes momentos de triunfo en los ruedos. Y ni siquiera estaba seguro de que hubieran sido de veras grandes momentos. Las cosas habían cambiado y ahora la vida sólo llegaba a ráfagas. A veces experimentaba alguna de estas ráfagas de su antigua genialidad con alguno de sus toros, pero no tenían gran valor porque les había quitado el mérito previamente, al elegir las reses a su gusto, preocupado por su seguridad, sin apenas salir del automóvil más que para acercarse a la valla de los corrales de la ganadería de alguno de sus amigos. Por esa razón aquella tarde se enfrentó a dos toros pequeños, fácilmente manejables, sin mucho trapío, y cuando tuvo la sensación de que volvía su antigua grandeza, aunque fuera ligeramente, entre los ramalazos de dolor que no lo dejaban ni un instante, ya había contado con ella y la había comercializado por adelantado, de modo que ya no le producía una sensación agradable. Era la misma grandeza, pero ya no bastaba para que torear siguiera pareciéndole maravilloso.

Pedro Romero sí tenía esa grandeza. Le gustaba el toreo, y creo que quería a los toros y también que amaba a Brett. Aquella tarde, cada vez que se le ofrecía la oportunidad de elegir el lugar donde hacer la faena, se colocaba delante de ella, donde la joven pudiera verlo perfectamente. Ni siquiera una sola vez alzó la vista para mirarnos. Su toreo adquiría mayor fuerza porque toreaba tanto por su propio placer como por complacerla a ella. Pero no levantaba la vista para saber si nos agradaba. Aquello ponía bien a las claras que lo estaba haciendo para su propia satisfacción íntima y le daba mayor fuerza y vigor a su faena, que dedicaba también a Brett, pues, en parte, todo aquello lo hacía también por ella, aunque sin mengua de su individualismo. Con ello se fue creciendo a lo largo de toda la corrida.

Su primer *quite* lo realizó exactamente debajo del lugar donde nosotros nos encontrábamos. Los tres matadores se hacían cargo del toro sucesivamente, después de cada una de las picas. Belmonte fue el primero. Marcial el segundo. Después le tocó el turno a Romero. Los tres estaban situados a la izquierda del caballo. El picador, con su sombrero caído hacia delante, hasta casi taparle los ojos, inclinó la pica apuntando directamente al lomo del toro; utilizó las espuelas para hacer adelantar al caballo mientras sostenía las riendas con fuerza en la mano izquierda. El caballo avanzó hacia el toro que parecía observar fijamente todos sus movimientos. Parecía estar vigilando al caballo blanco, pero lo que realmente observaba era la punta triangular de acero de la pica. Romero, que también lo observaba todo con gran atención, vio cómo el bravo comenzaba a volver la cabeza. No quería embestir al caballo. Romero agitó la capa de modo que su color* llamara la atención de los ojos del toro. Éste, empujado por un impulso reflejo, embistió, pero no encontró frente a él el relámpago de color sino a un caballo blanco. El picador, echado hacia delante, lo recibía con la punta de acero de su larga vara de nogal y la clavaba en el nudo muscular del cuello del toro, mientras echaba su caballo a un lado girando sobre la pica, hiriendo vio-

* Así en el original, aunque como es sabido el toro es daltónico y no distingue los colores. *(N. del T.)*

lentamente, hincando el acero en el lomo del toro, para desangrarlo y facilitar la faena de Belmonte.

El toro no insistió. La verdad es que su intención no había sido embestir al caballo. Se separó, se volvió y el grupo de los tres toreros se abrió. Romero se hizo cargo del animal, al que atrajo con su capote. Lo arrastró suavemente, sin brusquedades, y después se detuvo, situado en ángulo recto con el animal y ofreciéndole la capa. El toro alzó el rabo y embistió. Romero movió los brazos delante del toro, con los pies firmes en el suelo, e hizo que el animal girara describiendo una curva. La capa húmeda y llena de barro se desplegó hinchada como una vela, y Romero se volvió justamente en el momento en que los cuernos del toro llegaban a su altura. Al término del pase, toro y torero se quedaron inmóviles, uno frente a otro. Romero sonreía. El toro quería embestir de nuevo y la capa de Romero se desplegó otra vez, ahora en el lado contrario. En cada uno de los pases el toro se aproximaba tanto al torero que el hombre, el toro y la capa que giraba por delante de la cabeza del animal, parecían formar tan sólo una masa de fuertes contrastes. Todo transcurría muy despacio, perfectamente controlado. Parecía que Romero estuviera acunando al toro cariñosamente para hacerlo dormir. Realizó cuatro *verónicas* semejantes y terminó con una media *verónica*, para después volverle la espalda al toro avanzando hacia la barrera para recibir los aplausos, con las manos en la cadera, la montera bajo el brazo y el toro observándolo mientras se alejaba.

Romero estuvo perfecto con sus toros. El primero no se prestaba demasiado al lucimiento. Después de dos pases de tanteo con el capote, Romero se dio cuenta de que el toro tenía muy mal la vista y actuó en consecuencia. No fue un toreo brillante porque no podía serlo, pero sí un toreo perfecto. El público pidió el cambio de toro y organizó un gran escándalo. Ningún torero podría lucirse con un toro que no veía el señuelo. Pero el presidente no accedió al cambio.

—¿Por qué no lo cambian? —preguntó Brett.

—Han pagado por él y no quieren perder el dinero.
—Eso no es jugar limpio con Romero.
—Fíjate cómo maneja a un toro que no ve el capote —le dije.
—Ésas son las cosas que no me gusta ver.
Efectivamente, no era una faena agradable de ver si a uno le importaba algo la persona que la realizaba. Con un toro que no veía el color del capote, ni la franela escarlata de la *muleta*, Romero tenía que incitarlo con el cuerpo. Tenía que acercarse hasta que el toro lo viera a él y embistiera directamente al cuerpo, después atraerlo a la muleta y terminar el pase al estilo clásico. A la gente de Biarritz aquello no le gustaba. Pensaban que Romero tenía miedo y que ésa era la razón por la cual el torero daba un pasito hacia atrás en el momento en que trasladaba la embestida del toro de su cuerpo a la muleta. Preferían la imitación que Belmonte hacía del antiguo Belmonte, o la imitación que Marcial hacía del nuevo Belmonte. Había tres de aquellos individuos en la fila de detrás de la nuestra.
—¿Por qué tiene miedo del toro? El animal es tan estúpido que sólo sigue la capa.
—Es un torero muy joven, aún no ha aprendido lo suficiente.
—Antes, con la capa, me ha parecido que era bueno.
—Es posible que se haya puesto nervioso.
En el centro del ruedo, completamente solo, Romero continuaba su faena siempre igual, aproximándose al toro, entrando en su terreno hasta que éste lo veía, ofreciéndole el cuerpo para provocar la embestida y eludiéndola en el último momento, exactamente cuando los cuernos estaban a punto de alcanzarlo, ofreciéndole entones la *muleta* roja para que la siguiera y dando al mismo tiempo aquel pasito hacia atrás, pequeño y casi imperceptible, que tanto molestaba al juicio crítico de aquellos supuestos expertos taurinos llegados desde Biarritz.
—Va a entrar a matar —le dije a Brett—. El toro está aún muy fuerte, no piensa agotarse.
En el centro del ruedo, Romero se colocó de perfil frente al

toro, sacó el estoque de entre los pliegues de su capa, se empinó sobre la punta de los pies y encaró la hoja hacia el animal. El toro embistió y Romero cargó contra él. La mano izquierda del torero colocó la muleta en la cara del toro para taparle la visión. Su hombro izquierdo entró entre los dos cuernos en el momento en que el estoque se hundía y, por un momento, toro y torero formaron un todo. Romero eludió la embestida, el brazo derecho en alto hacia el sitio donde había quedado la empuñadura del estoque entre los omóplatos del toro. Seguidamente la figura se rompió. Se produjo una pequeña sacudida cuando Romero, limpiamente, salió del alcance del toro y se quedó frente a él, inmóvil, con una mano levantada, la chaquetilla desgarrada bajo la manga y el trozo de tela agitándose al viento como un pequeño gallardete blanco. El toro, con la espada clavada hasta tal punto que sólo la roja empuñadura sobresalía entre sus lomos, agachaba la cabeza y se mantenía firme sobre sus piernas rígidas.

—Ahí va —dijo Bill.

Romero estaba lo bastante cerca del toro como para que éste pudiera verlo. Con la mano todavía en alto le hablaba. El toro pareció concentrarse en sí mismo, después adelantó la cabeza y empezó a caer, primero con lentitud, pero casi enseguida, súbitamente, se derrumbó con las cuatro patas al aire.

Los peones extrajeron del cuerpo del toro el estoque, que devolvieron a Romero. Éste, con la espada en una mano y la muleta en la otra, avanzó hasta situarse delante del palco presidencial e hizo una leve inclinación de cabeza. Después regresó junto a la barrera y entregó la espada y la *muleta* a su mozo de estoques.

—Ha sido un mal toro —le dijo éste.

—Me ha hecho sudar —respondió Romero. Se secó el rostro con una toalla. El mozo le ofreció el botijo y Romero se mojó los labios. No nos miró ni por un instante.

Marcial tuvo un gran día. El público aún continuaba aplaudiéndolo cuando salió el último toro de Romero. Era el toro que se había desmandado durante el encierro y había matado al hombre aquella mañana.

Durante la lidia del primer toro el rostro del torero, abotargado e hinchado por los golpes, había sido perfectamente apreciable. Todo lo que hacía lo resaltaba aún más. La concentración en una faena terriblemente delicada, con un toro que resultaba difícil de lidiar, destacaba sus facciones deformadas. La pelea con Cohn no había afectado su espíritu, pero su rostro estaba desfigurado por los golpes y tenía el cuerpo dolorido. Ahora, en el segundo toro, todo eso quedó borrado. Cada pase parecía dejar su cara más limpia y en orden. Era un buen toro, grande, con buenos cuernos, que embestía pronto y se revolvía con rapidez para volver a embestir con facilidad. Era el tipo de toro que Romero siempre quería para sí.

Cuando terminó su faena con la *muleta* y se dispuso a matar, el público insistió para que siguiera. No querían que Romero dejara de torear, que matara al toro y diera la corrida por terminada. Romero continuó como si estuviera dando un curso de buen toreo. Los pases se ligaban entre sí, completos, lentos, templados y suaves. En su toreo no había trucos ni imposturas, ni tampoco brusquedades. En la culminación de cada pase el público se estremecía con una indescriptible emoción interna. La gente hubiera querido que aquel toro no muriera nunca y que la faena continuara indefinidamente.

El toro se había cuadrado y estaba listo para la suerte final. Romero le dio muerte exactamente debajo de donde nos encontrábamos nosotros. No tuvo que matarlo como a su primero, sino como él quiso, a su entera elección. Se perfiló directamente frente al toro, sacó el estoque de entre la capa y apuntó con él al lomo del animal, que lo observaba. Romero le dijo algo al toro y golpeó con uno de sus pies sobre la arena. El toro embistió y Romero aguantó la embestida a pie firme, sin apartar los ojos del estoque. Sin dar un paso atrás, Romero formó una unidad con el toro. El estoque estaba a la altura del lomo del animal, entre los dos omóplatos. El bravo siguió la muleta, que giraba con lentitud, y el estoque desapareció cuando Romero se desvió limpiamente hacia la izquierda. Todo había terminado. El toro trató de avanzar, pero le comenzaron a temblar las patas y su cuerpo se tambaleaba de un lado a otro, vacilante; después cayó de rodillas y el hermano mayor de Romero se agachó para darle la puntilla. Falló al primer intento, pero volvió a apuntillar y el toro se desplomó con una convulsión y quedó rígido. El hermano de Romero con un cuerno del toro en una mano y la puntilla en la otra se quedó mirando al palco presidencial. El público agitaba sus pañuelos por todo el graderío. El presidente miró hacia abajo y, a su vez, hizo una señal agitando su pañuelo. El hermano del torero cortó una de las orejas negras del toro muerto y se dirigió hacia su hermano con el trofeo en la mano. El toro, pesado y negro, reposaba sobre la arena con la lengua fuera. Los jóvenes saltaron al ruedo y se colocaron a su alrededor formando un círculo. Casi de inmediato empezaron a bailar con el toro en el centro del corro.

Romero tomó la oreja que le ofrecía su hermano y la alzó hacia el palco presidencial. El presidente saludó con una inclinación de cabeza y Romero, corriendo para escapar de sus admiradores, llegó hasta donde estábamos nosotros, se apoyó en la *barrera* y le entregó la oreja a Brett, movió la cabeza y sonrió. La multitud lo rodeaba. Brett sujetaba su capote de paseo.

—¿Te ha gustado? —preguntó Romero.

Brett no respondió nada. Se miraron y sonrieron. Brett tenía en la mano la oreja del toro.

—No te manches de sangre —dijo Romero con un guiño.

Sus admiradores lo esperaban. Algunos mozos le gritaron algo a Brett. La muchedumbre estaba formada por mozos, bailarines y borrachos. Romero se volvió y trató de avanzar entre ellos, pero los jóvenes intentaban alzarlo a hombros. Romero se resistió y luchó por evitarlo. Comenzó a correr en dirección a la puerta de salida. No quería ser sacado a hombros, pero lo alcanzaron y lo alzaron. Resultaba incómodo, con las piernas colgando y el cuerpo dolorido. Con el torero a hombros, la multitud corrió hacia la puerta de salida. Romero se sujetaba con la mano en el hombro de uno de los mozos. Nos miró como si nos pidiera disculpas. La gente desapareció por la puerta llevándoselo.

Nosotros tres regresamos al hotel. Brett subió a la habitación. Bill y yo nos quedamos en el comedor de abajo y nos comimos unos huevos duros acompañados de varias botellas de cerveza. Belmonte bajó la escalera, vestido ya de calle y acompañado de su apoderado y otros dos hombres. Se sentaron a comer en la mesa contigua a la nuestra. Belmonte apenas si probó bocado. Iban a tomar el tren de las siete para Barcelona. Belmonte vestía un traje oscuro con una camisa azul a rayas. Sólo tomó unos huevos pasados por agua. Los otros tres acompañantes comieron copiosamente. Belmonte no habló con ellos salvo para contestar alguna pregunta.

Bill se sentía cansado después de la corrida. Yo también. Ambos nos tomábamos muy en serio las cosas del toreo. Seguimos sentados un rato, comiendo huevos duros mientras yo observaba a Belmonte y a sus acompañantes, que parecían hombres de negocios duros y poco escrupulosos.

—Vamos al café —dijo Bill—, quiero tomarme una absenta.

Era el último día de las fiestas. Fuera comenzaba a llover de nuevo. La plaza estaba llena de gente y los pirotécnicos estaban colocando sus castillos de fuegos artificiales para la noche, que cubrían con ramas de árboles con el fin de evitar que la lluvia los mojara. Los chiquillos observaban su trabajo. Pasamos junto a varias filas de cohetes con sus rabos de caña. En la terraza del café había mucha gente. Continuaban la música y los bailes. Estaban pasando los gigantes y los cabezudos.

—¿Dónde está Edna? —le pregunté a Bill.

—No lo sé.

Observamos los preparativos para la última noche de las fiestas. La absenta hizo que todo nos pareciera más agradable. Yo la bebía sin azúcar en el vaso donde caía gota a gota. Tenía un sabor agradablemente amargo.

—Siento lástima por Cohn —dijo Bill—, ha pasado unos días terribles.

—¡Que se vaya al infierno! —respondí.

—¿Adónde crees que se habrá ido?

—A París.

—¿Qué piensas que va a hacer?

—¡Olvídate de él! ¡Que se vaya al infierno!

—¿Qué piensas que va a hacer? —insistió.

—Probablemente volverá junto a su antigua amante.

—¿Quién es?

—Una que se llama Frances.

Tomamos otra absenta.

—Y tú, ¿cuándo piensas volver? —le pregunté.

—Mañana.

Al cabo de un rato, Bill dijo:

—Bien, han sido unas fiestas estupendas.

—Sí —asentí—, sin un momento de descanso, siempre de juerga en juerga.

—No te lo creerás, pero para mí es como una maravillosa pesadilla.

—Desde luego. Yo me lo creo todo, incluso las pesadillas —añadí.

—¿Qué te ocurre? ¿Bajo de ánimos?

—Sí, mucho.

—Tómate otra absenta. ¡Eh, oiga, camarero; otra absenta para este *señor*!

—Estoy fatal —dije.

—Bébetela. Despacio, muy despacio —me aconsejó Bill.

Comenzaba a anochecer. La fiesta continuaba. Empezaba a sentirme borracho, pero eso no mejoraba mi estado de ánimo.

—¿Qué tal?

—Fatal.

—Tómate otra.

—No me servirá de nada.

—Inténtalo. Si no lo intentas no lo sabrás. Quizá ésta sea la que cambie tu humor. ¡Camarero, otra absenta para este *señor*!

En vez de dejarla gotear me la serví de golpe y la mezclé con el agua. Bill añadió un trozo de hielo. Moví la mezcla opaca de color amarillento pardusco con una cucharilla.

—¿Cómo está?

—Estupenda.

—No la bebas deprisa. Te sentará mal.

Dejé la copa sobre la mesa. No había pasado por mi mente la idea de bebérmela de una vez.

—Estoy un poco mareado.

—Es lógico.

—Eso es lo que querías, ¿verdad?

—Claro. Emborráchate. Supera tu maldita depresión.

—Bueno, pues ya estoy borracho. ¿Era eso lo que querías? —repetí.

—Siéntate.

—No quiero sentarme —dije—. Me voy al hotel.

Estaba borracho, muy borracho, mucho más borracho que nunca. En el hotel subí al primer piso. La puerta de la habitación de Brett estaba abierta. Asomé la cabeza por la puerta. Mike estaba sentado en la cama. Agitó la botella que tenía en la mano.

—¡Hola, Jake! —me saludó—. Entra.

Así lo hice y me senté. La habitación me daba vueltas, a no ser que fijara la vista en un punto.

—¿Sabes?, Brett se ha ido con su novio, con el amigo torero.

—No.

—Sí. Ha estado buscándote para decirte adiós. Se han ido en el tren de las siete.

—¿Se han ido?

—No ha hecho bien —dijo Mike—. No debería haber hecho una cosa así.

—No.

—¿Quieres un trago? Espera un momento mientras pido unas cervezas.

—Estoy borracho —le dije—. Me voy a echar un rato.

—¿Estás trompa? Yo también lo estaba.

—Sí —le respondí—. Lo estoy.

—De acuerdo. Cuídate —me aconsejó Mike—. Vete a dormir un poco, amigo Jake.

Salí y me dirigí a mi cuarto. Me eché en la cama, que me pareció una lancha navegando por un mar agitado, así que me incorporé, me senté y miré a la pared para detener el mareo. Fuera, en la plaza, la fiesta continuaba. Para mí ya no significaba nada en absoluto. Después Bill y Mike llegaron con la intención de que bajara a cenar con ellos. Fingí estar dormido.

—Duerme —dijo Bill—. Dejémoslo solo.

—Tiene una trompa como un piano —añadió Mike.

Salieron.

Me levanté y me dirigí al balcón. Contemplé a los mozos que bailaban en la plaza. El mundo ya no giraba a mi alrededor. Todo me parecía muy claro y brillante, con los bordes algo borrosos. Me lavé y me cepillé el pelo. Al mirarme en el espejo me vi extraño. Bajé las escaleras para dirigirme al comedor.

—¡Aquí lo tenemos! —dijo Bill—. Vaya con el viejo Jake. Ya sabía que no te ibas a quedar en la cama. Tú aguantas mucho.

—¡Hola, viejo borracho! —me saludó Mike.

—El hambre me ha despertado.

—Toma un poco de sopa —me aconsejó Bill.

Los tres nos sentamos a la mesa, y tuve la impresión de que faltaban como seis personas más.

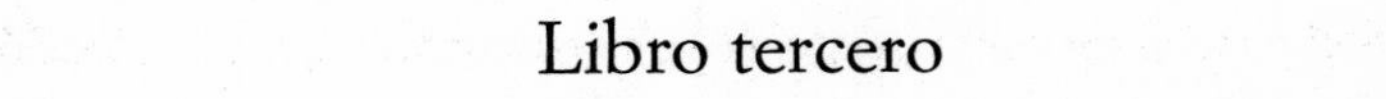

Libro tercero

Capítulo 19

A la mañana siguiente todo había pasado. Las fiestas habían terminado. Me desperté a eso de las nueve, me bañé, me vestí y bajé. La plaza estaba vacía y tampoco había gente en las calles. Unos cuantos chiquillos estaban recogiendo las varillas de los cohetes que habían quedado en la plaza. Los cafés estaban abriendo y los camareros colocaban los confortables sillones de mimbre en torno a las mesas de mármol a la sombra de las arcadas. Las calles estaban siendo barridas y regadas con una manguera.

Me senté en uno de los sillones de mimbre y me acomodé a mi gusto. El camarero no tenía ninguna prisa en venir a servir. Los carteles blancos que anunciaban las horas de las desencajonadas y el horario de los trenes especiales seguían pegados a los pilares de las arcadas. Salió un camarero con un delantal azul, un cubo de agua y un trapo, y empezó a despegarlos, regándolos abundantemente primero y después arrancándolos a tiras, para terminar frotando enérgicamente los trozos de papel que aún seguían adheridos a la piedra.

Las fiestas habían concluido.

Me tomé un café. Al cabo de un rato llegó Bill. Lo vi aproximarse cruzando la plaza. Se sentó a mi mesa y pidió también un café.

—Bien —dijo—. Todo ha terminado.

—Sí —asentí—. ¿Cuándo te marchas?

—No lo sé. Creo que lo mejor es que tomemos un taxi. ¿Piensas regresar a París?

—No, pienso quedarme otra semana en España. Creo que me iré a San Sebastián.

—Yo quiero volver.

—¿Qué piensa hacer Mike?

—Se va a San Juan de Luz.

—Alquilemos un automóvil que nos lleve hasta Bayona. Puedes tomar un tren allí esta misma noche.

—Bien. Podemos irnos después del almuerzo.

—De acuerdo. Yo me ocuparé del coche.

Comimos y pagamos la cuenta. Montoya no se acercó a nosotros, y fue una de las camareras la que nos trajo la factura. El automóvil esperaba fuera. El chófer cogió las maletas, colocó algunas en el portaequipajes, sobre el techo, y las restantes delante, en el asiento contiguo al suyo. Subimos al automóvil, que se puso en marcha, atravesó las calles laterales, pasó bajo los árboles y descendió por la colina para alejarse de Pamplona. No parecía que el viaje fuera a hacerse muy largo. Mike llevaba una botella de Fundador. Yo sólo tomé un par de tragos. Cruzamos las montañas, salimos de España y bajamos por las carreteras blancas entre la húmeda vegetación típica del País Vasco. Finalmente llegamos a Bayona. Dejamos en la estación el equipaje de Bill, que sacó su billete para París. Su tren salía a las siete y diez de la tarde. Dejamos la estación. El automóvil nos esperaba a la salida.

—¿Qué hacemos con el coche?

—No te preocupes por él —dijo Mike—. Que se quede de momento.

—De acuerdo —asintió Bill—. ¿Adónde queréis ir?

—Vamos a Biarritz a tomar unas copas.

—Mike siempre tan derrochador —dijo Bill.

Nos dirigimos a Biarritz y aparcamos el automóvil delante de un local tipo Ritz. Entramos en el bar, nos sentamos en los altos taburetes de la barra y pedimos whisky con soda.

—Las copas las pago yo —dijo Mike.

—Vamos a dejarlo a la suerte.

Tomamos un cubilete y unos dados de póquer. Bill fue el primero en ganar. Mike perdió conmigo y le entregó al camarero un billete de cien francos. Los whiskies costaban doce francos cada uno.

Pedimos otra ronda y volvió a perder Mike. Cada vez que pagaba le daba al camarero una buena propina. En un salón anexo al bar tocaba una buena banda de jazz. Era un bar muy agradable. Pedimos otra ronda. A la siguiente jugada yo gané la primera tirada con un póquer de reyes. Bill y Mike siguieron jugando. Mike ganó la primera tirada con cuatro jotas y Bill la segunda. En la jugada definitiva, Mike sacó tres reyes a la primera y se plantó. Le tendió los dados a Bill, que tiró y sacó tres reyes, un as y una dama.

—Has perdido, Mike —dijo Bill—. ¡Pobre Mike, el gran jugador!

—Lo siento —dijo Mike—. No puedo pagar.

—¿Qué te pasa?

—No tengo dinero. Estoy en la ruina —dijo Mike—. Sólo me quedan veinte francos. Tómalos.

El rostro de Bill cambió de expresión.

—Tenía lo justo para pagar a Montoya, por suerte.

—Te cambiaré un cheque —dijo Bill.

—Muy amable de tu parte, pero la verdad es que no puedo darte un cheque.

—¿Cómo vas a conseguir dinero?

—Ya me las arreglaré. Estoy pendiente de la asignación de dos semanas, que ya debe de haber llegado. Puedo vivir a crédito en aquella fonda de San Juan.

—¿Qué piensas hacer con el coche? —me preguntó Bill—. ¿Quieres seguir con él?

—Me da igual. Aunque me parece un poco tonto.

—Vamos a tomar otra copa —sugirió Mike.

—Estupendo. Esta ronda es mía —dijo Bill. Se volvió a Mike—: ¿Brett tiene dinero?

—Creo que no. Tuvo que poner la mayor parte de lo que le di a Montoya.

—¿Quieres decir que no llevaba dinero cuando se fue? —le pregunté.

—Creo que no. Brett nunca tiene dinero. Cobra una renta de quinientas libras al año y de ellas tiene que pagar trescientas cincuenta libras de intereses a los judíos.

—Supongo que esos tipos saben explotar una buena fuente —comentó Bill.

—Así es. La verdad es que no se trata realmente de judíos, aunque los llamamos así. Son escoceses, según creo.

—¿No llevaba nada de dinero? —pregunté.

—No, estoy seguro de que no. Antes de irse me lo dio todo —dijo Mike.

—Bien —sugirió Bill—, creo que debemos tomar otra copa.

—Una excelente idea, desde luego —asintió Mike—. No se va a ninguna parte discutiendo asuntos financieros.

—No —concedió Bill.

Bill y yo nos jugamos las dos rondas siguientes. Bill perdió y pagó. Salimos y nos dirigimos al coche.

—¿Hay algún sitio especial al que quieras ir, Mike? —le preguntó Bill.

—Vamos a dar un paseo. Es posible que eso favorezca mi crédito. Demos un paseo en coche.

—Estupendo. Me gustaría ver la costa. Vayamos hasta Hendaya.

—En la costa no tengo crédito.

—Nunca se sabe.

Recorrimos la carretera que discurría bordeando la costa, entre el verde de las colinas, la blancura de las villas con sus tejados rojos, tierras cubiertas de bosques y el mar, muy azul, con la marea baja y las aguas retirándose a lo largo de las grandes playas. Cruzamos San Juan de Luz y otras aldeas. De nuevo entramos en un paisaje rústico, ondulado como el que cruzamos camino de Pamplona, y vimos otra vez aquellas montañas. La carretera se extendía ante nosotros. Bill miró su reloj. Ya era hora de volver. Golpeó el cristal de la separación entre nuestros asientos y el del conductor y le ordenó que diera la vuelta. El chófer sacó el coche fuera de la carretera para poder maniobrar. Detrás de nosotros quedaban los bosques, debajo unos prados y a continuación el mar.

Hicimos detener el coche en la puerta del hotel en el que Mike pensaba alojarse durante su estancia en San Juan de Luz y descendimos. El chófer llevó sus maletas al hotel. Mike se quedó unos momentos junto al automóvil.

—Adiós, amigos —dijo Mike—. Han sido unas fiestas realmente fantásticas.

—¡Hasta siempre, Mike! —se despidió Bill.

—Ya nos veremos por ahí —le dije yo.

—No os preocupéis por el dinero —dijo Mike—. Paga tú el automóvil, Jake, yo te mandaré mi parte.

—Hasta luego, Mike.

—Adiós, amigos. Habéis sido muy amables conmigo.

Nos estrechamos las manos. Desde el coche nos despedimos de Mike con la mano. Se quedó en la calle mientras nos alejábamos. Llegamos a Bayona con el tiempo justo para que Bill pudiera tomar el tren. Un mozo llevó sus maletas desde la consigna al vagón y yo los acompañé hasta la entrada del andén.

—Hasta luego, amigo.

—¡Hasta luego, muchacho!

—Lo hemos pasado bien. Unos días magníficos.

—¿Estarás en París?

—No. Tengo que embarcar el día diecisiete. ¡Hasta luego, compañero!

—¡Hasta siempre, amigo!

Entró en el andén y se dirigió al tren. El mozo iba delante con las maletas. Me quedé hasta que el tren arrancó. Bill iba asomado a una de las ventanillas. La ventanilla pasó, después lo hizo el resto del tren y los raíles se quedaron vacíos. Salí de la estación y volví al automóvil.

—¿Cuánto le debo? —le pregunté.

Habíamos fijado el trayecto hasta Bayona en ciento cincuenta pesetas.

—Doscientas pesetas.

—¿Cuánto me cobrará si me lleva hasta San Sebastián?

—Cincuenta pesetas.

—No me tome el pelo.

—Treinta y cinco pesetas.

—No vale la pena —le dije—. Lléveme al hotel Panier Fleuri.

En el hotel pagué al chófer y le di una propina. El coche estaba cubierto de polvo. Arrastré la bolsa de las cañas de pescar sobre el polvo. Era lo último que me relacionaba con España y los Sanfermines. El chófer puso en marcha el automóvil y se alejó calle abajo. Lo vi dar media vuelta para tomar la carretera que conducía a España. Fui al hotel y tomé una habitación. La misma en la que había dormido cuando Bill, Cohn y yo estuvimos en Bayona. Parecía que hubiera pasado mucho tiempo desde entonces. Me lavé, me cambié de camisa y salí a pasear por la ciudad.

En un quiosco de periódicos compré un ejemplar del *Herald* de Nueva York y me senté en un café a leerlo. Me parecía raro volver a estar en Francia. Experimentaba una sensación de seguridad hogareña. Pensé que me hubiera gustado regresar a París con Bill, pero eso hubiera significado continuar las juergas. Por el momento ya había tenido suficientes fiestas y juergas. Haría una vida tranquila en San Sebastián. Allí la temporada no comenzaba hasta agosto. Podía tomar una buena habitación en un hotel, leer y nadar. Había una playa excelente. El paseo que bordeaba la playa estaba jalonado por árboles maravillosos y muchos niños paseaban por allí con sus niñeras, aun antes de que sus padres llegaran a pasar las vacaciones. Por las noches había conciertos de la banda de música bajo los árboles, frente al café Marinas, donde podría sentarme a escuchar.

—¿Cómo se come aquí? —le pregunté al camarero. Dentro del café había un restaurante.

—Bien. Muy bien. Se come muy bien.

—Bueno.

Entré y cené allí. Fue una cena abundante para Francia, pero parecía cuidadosamente proporcionada si se la comparaba con las comilonas de España. Acompañé la cena con una botella de vino. Un Château Margaux. Resultaba muy agradable beber despacio y saborear el vino. Y beber en soledad. Una botella de vino era una compañía excelente. Después de cenar me tomé un café y el camarero me recomendó un licor vasco llamado Izarra. Llegó con la botella y me llenó hasta el borde una copa de licor. Me aclaró que el Izarra estaba aromatizado con extractos de flores de los Pirineos. Parecía brillantina y olía como el *strega* italiano. Le pedí que se llevara de allí las flores de los Pirineos y que me sirviera un *vieux marc*. El *marc* era excelente y después del café tomé una segunda copa.

El camarero dio muestras de sentirse molesto por mi actitud con respecto a las flores de los Pirineos, así que le di una propina un tanto exagerada; lo que hizo que volviera a sentirse feliz. Por mi parte, me alegraba de estar en un país donde resultaba tan sencillo hacer feliz a la gente. En España uno nunca está seguro de si el camarero le va a dar las gracias o no. Por el contrario, en Francia todo descansa sobre bases financieras más claras. Es, por lo tanto, el país donde más fácil resulta vivir. Nadie busca complicar las cosas para hacerse amigo de uno, o por otra oscura razón más o menos difícil de entender. Si uno quiere que la gente lo aprecie sólo tiene que gastar un poco de dinero. Y así lo hice; le di una buena propina al camarero y logré que me apreciara, es decir, que llegara a apreciar mis valiosas cualidades. Se alegraría de volver a verme, y si regresaba por aquel restaurante desearía que me sentara a alguna de las mesas que él servía. Sería una estimación sincera, porque tenía una base firme. Estaba de nuevo en Francia.

A la mañana siguiente di espléndidas propinas a todo el personal del hotel para hacer más amigos y tomé el tren de la mañana hacia San Sebastián. En la estación, sin embargo, no le di al mozo una propina especial porque no pensaba volver a verlo nunca. Sólo deseaba tener buenos amigos franceses, unos pocos, en Bayona, para ser bien recibido en caso de que volviera alguna vez. Sabía que, si me recordaban, su amistad sería fiel.

En Irún tuvimos que cambiar de tren y enseñar los pasaportes. Odiaba tener que salir de Francia. La vida era muy fácil en ese país. Me daba cuenta de que era una locura regresar a España. En España no se podía predecir nada. Me daba cuenta de que actuaba como un estúpido al regresar a España, pero hice cola con mi pasaporte en la mano, abrí las maletas ante el aduanero, compré un billete de tren, entré en el andén, subí al tren y, al cabo de cuarenta minutos y ocho túneles, estaba en San Sebastián.

Incluso en un día caluroso, San Sebastián tiene un cierto aire matutino. Da la impresión de que las hojas de los árboles no se secan jamás. Las calles parecen como acabadas de regar. Siempre hace fresco y hay sombra en ciertas calles, incluso en los días de más calor. Me dirigí a un hotel del centro, en el cual me había alojado en otra ocasión, y me dieron una habitación con una ventana que se abría sobre los tejados de la ciudad. Más allá de los tejados se extendía la verde ladera de una montaña.

Deshice las maletas y coloqué los libros en la mesilla de noche, saqué los chismes de afeitar, colgué algo de ropa en el armario e hice un montón con la que debía enviar a la lavandería. Después me duché y me fui a almorzar. España aún no había adaptado sus relojes al horario de verano, así que era muy temprano. Puse mi reloj de nuevo a la hora española. Había ganado una hora por el simple hecho de venirme a San Sebastián.

Cuando me dirigía al comedor, el conserje me entregó la ficha que debía rellenar para la policía. La firmé y le pedí dos impresos para telegramas, envié uno de ellos al hotel Montoya rogándoles que me remitieran aquí toda la correspondencia que llegara a mi nombre. Calculé los días que pensaba quedarme en la ciudad y envié otro telegrama a mi despacho diciéndoles que guardaran el correo hasta mi llegada, pero que me enviaran a San Sebastián cualquier telegrama que llegara durante los seis días siguientes. Luego salí a almorzar.

Después de comer volví al hotel, leí un rato y me quedé dormido. Cuando me desperté eran las cuatro y media. Cogí el traje de baño, lo envolví en una toalla, bajé y me encaminé hacia La Concha. La marea estaba en su punto medio. La playa era suave y firme y la arena tenía un color amarillento. Tomé una caseta, me puse el traje de baño y caminé por la fina arena hasta el mar. Notaba la arena caliente bajo mis pies desnudos. Había bastante gente en la playa y en el agua. Más allá, donde los dos pequeños cabos de La Concha casi se encuentran formando el puerto natural, destacaba una línea espumosa que producían las aguas al chocar con los rompientes. Después, el mar abierto. Aunque la marea estaba bajando, había algunas olas lentas que llegaban en forma de ondulaciones del agua cada vez más altas y que rompían suavemente sobre la cálida arena. Me adentré en el agua. Estaba bastante fría. Cuando llegó una ola la pasé por debajo y cuando volví a la superficie ya había desaparecido la sensación de frío. Nadé hasta una balsa situada a cierta distancia de la orilla, subí a ella y me tendí en sus tablas caldeadas por el sol. Una pareja joven estaba al otro extremo. La chica se había desanudado la cinta del bañador para que el sol bronceara completamente su espalda. El muchacho estaba boca abajo y charlaba con ella. La joven se reía de las cosas que le decía su acompañante y volvía al sol la espalda bronceada. Seguí en la balsa, tumbado al sol, hasta que me sequé. Luego ensayé varios saltos. Una vez buceé hasta alcanzar el fondo. Nadé con los ojos abiertos y el agua era de un color verde oscuro, pues la balsa proyectaba una gran sombra. Salí a la superficie cerca de la balsa, volví a subir a ella y me zambullí de nuevo, me mantuve un buen rato bajo el agua y después nadé hacia la playa. Una vez allí me tumbé en la arena hasta que estuve seco, luego regresé a la caseta, me quité el traje de baño, me di una ducha de agua dulce y me sequé frotándome con la toalla.

Paseé por la zona del puerto, bajo los árboles, hasta llegar al casino, y desde allí me desvié por una de las calles sombreadas para ir al café Marinas. En su interior tocaba una orquesta, pero yo me senté en la terraza, disfrutando de la brisa que refrescaba el caluroso día; tomé un granizado de limón y después un whisky doble con soda. Estuve un buen rato sentado ante el café Marinas, leyendo, observando a la gente que pasaba por allí y escuchando la música.

Más tarde, cuando ya empezaba a oscurecer, volví a recorrer el puerto y el paseo, y finalmente regresé al hotel para cenar. Se estaba celebrando la Vuelta al País Vasco, una carrera ciclista, y sus participantes se habían detenido a pasar la noche en San Sebastián. En el comedor del hotel, en el extremo opuesto a donde yo me encontraba, había una mesa larga ocupada por los ciclistas, que comían con sus entrenadores y representantes. Todos ellos eran belgas y franceses, que dedicaban especial atención a su comida y se divertían. En la cabecera de la mesa había dos jóvenes francesas, muy bonitas y con toda la elegancia chic de la rue du Faubourg Montmartre. No logré adivinar con quién formaban pareja. Usaban un lenguaje de jerga y se gastaban bromas y contaban chistes, algunos de ellos privados y contados en voz baja, en el extremo más apartado del que ocupaban las chicas, y no los repetían cuando éstas decían que no los habían oído. La carrera continuaría a la mañana siguiente, a las cinco, para recorrer la última etapa, San Sebastián-Bilbao. Los corredores le daban bien al vino y estaban quemados y bronceados por el sol. Excepto entre ellos, no se tomaban la carrera en serio. Habían corrido juntos tantas veces que ya no parecía importarles demasiado quién ganara. Sobre todo cuando se corría en un país extranjero. La cuestión del dinero siempre podía arreglarse.

El hombre que llevaba dos minutos de ventaja en la carrera tenía una infección furunculosa que le causaba grandes dolores. Se sentaba en la silla apoyando el peso sobre los riñones. Tenía el cuello completamente rojo y el cabello rubio descolorido por el sol. Los demás corredores se burlaban de él a causa de sus diviesos. Él tamborileaba la mesa con el mango de su tenedor.

—Oídme, muchachos —les dijo a sus compañeros—. Mañana llevaré la nariz tan pegada al manillar de la bicicleta que lo único que tocará estos furúnculos será la agradable brisa marina.

Una de las dos muchachas lo miró por encima de la mesa y el corredor hizo un guiño y enrojeció aún más. Comentaron que los españoles no sabían pedalear.

Tomé el café en la terraza con el jefe de equipo de uno de los grandes fabricantes de bicicletas. Me contó que había sido una buena carrera, cómoda y agradable, y que hubiera valido la pena seguirla de cerca si Bottechia no hubiese abandonado en Pamplona. El polvo era muy desagradable, pero en general las carreteras españolas eran mejores que las francesas. Las carreras ciclistas eran el único deporte auténtico del mundo, afirmó. ¿Había seguido yo alguna vez el Tour de Francia? Solamente por los periódicos. El Tour de Francia era el acontecimiento deportivo más importante del mundo entero. El seguir y organizar carreras ciclistas le había hecho conocer bien Francia. Poca gente conocía Francia. Él se pasaba la primavera entera, todo el verano y todo el otoño en la carretera, acompañando a un equipo ciclista. Había que ver el gran número de automóviles que seguían las carreras, de un pueblo a otro, en sus etapas de carretera. Francia era un país rico y más *sportif* cada año. Llegaría a ser el más *sportif* del mundo, y eso se lo debería a las carreras ciclistas. Y al fútbol. Él conocía bien toda Francia. *La France Sportive*. Y sabía bien lo que eran las carreras ciclistas.

Nos tomamos un coñac. Al fin y al cabo no le desagradaba volver a París. Únicamente existe un Paname* en todo el mundo. ¿Ha-

* Paname es el nombre que dan a su ciudad los parisienses cuando hablan en dialecto. *(N. del T.)*

bía estado en la Chôpe du Nègre? No, nunca había estado. Lo vería allí alguna vez. Sí, claro. Nos tomaríamos otro *fine* juntos. Desde luego. La carrera comenzaba a las seis menos cuarto de la mañana. ¿Asistiría a la salida? Sí, trataría de hacerlo. ¿Me gustaría que me llamara?, era muy interesante. No era necesario, yo dejaría una nota en la recepción para que me despertaran. A él no le molestaba en absoluto hacerlo. No, no, no estaba dispuesto a causarle esa molestia, diría en recepción que me llamaran. Nos despedimos hasta la mañana siguiente.

A la mañana siguiente, cuando me desperté, los ciclistas y su séquito de automóviles llevaban ya tres horas en la carretera. Me hice servir el café y los periódicos en la cama y después me vestí, tomé mi traje de baño y me fui a la playa. Todo era agradable, fresco y húmedo en las primeras horas matinales. Niñeras y nodrizas de uniforme o con sus trajes regionales caminaban bajo los árboles con los niños confiados a su cuidado. Los niños españoles son muy guapos. Había varios limpiabotas sentados bajo un árbol y hablando con un soldado que sólo tenía un brazo. La marea estaba alta, soplaba una buena brisa y la playa era batida por las olas.

Me cambié en una de las casetas, crucé la estrecha franja de playa y entré en el agua. Traté de alejarme de la playa nadando contra el oleaje que me obligaba a sumergirme en muchas ocasiones. Ya lejos de la orilla, con el mar más tranquilo, me volví de espaldas, hice el muerto y me quedé flotando sobre el agua. En esa posición sólo veía el cielo mientras me sentía mecer por las olas. Nadé de nuevo hasta la orilla y me dejé arrastrar, boca abajo, por una gran ola. Después di la vuelta y nadé hacia fuera tratando de evitar que las olas rompieran sobre mí y me obligaran a interrumpir el ritmo de mi natación. Esto me fatigó y nadé hacia la balsa. El mar estaba agitado y frío, pero yo tenía la sensación de que resultaba imposible hundirse en él. Nadé despacio lo que me pareció un largo recorrido en la marea alta, después subí de nuevo a la balsa y me senté goteando sobre las tablas que empezaban a calentarse bajo los rayos del sol. Dirigí la vista en torno a la bahía, la vieja torre, el casino, las hileras de árboles a lo largo del paseo y los grandes hoteles, con sus blancos porches y las letras doradas que anunciaban sus nombres. Fuera, a la derecha, casi lindando con el puerto, había una colina verde con un castillo. La balsa se movía acunada por las aguas. Al otro lado, junto al angosto entrante que llevaba a la mar abierta, había otro promontorio elevado. Por unos momentos pensé en cruzar a nado la bahía, pero tuve miedo de que me diera un calambre.

Sentado al sol contemplé a los bañistas de la playa, muy pequeños por la distancia. Al cabo de un rato me puse de pie, me apoyé con los dedos de los pies en el borde la balsa y salté limpiamente al agua, sumergiéndome profundamente. Salí en las aguas límpidas y luminosas, sacudí el agua que me había quedado en la cabeza y nadé a ritmo lento y continuado en dirección a la orilla.

Una vez me hube vestido y pagado el precio de la caseta, regresé andando al hotel. Los ciclistas habían dejado por todas partes varios números de *L'Auto*, los recogí en el salón de lectura y me senté al sol, en un cómodo sillón de la terraza, con el propósito de leerlas y enterarme del estado de cosas en la vida deportiva francesa. Mientras estaba sentado allí llegó el conserje con un sobre azul en la mano.

—Un telegrama para usted, señor.

Con un dedo abrí el telegrama y lo leí. Me había sido remitido desde París.

Podrías venir hotel Montana Madrid estoy metida en lío Brett.

Le di una propina al conserje y leí de nuevo el mensaje. En esos momentos un cartero se acercaba por la acera. Entró en el hotel. Llevaba un gran bigote y tenía un aire típicamente militar. Casi inmediatamente volvió a salir del hotel seguido por el conserje, que de nuevo volvió junto a mí.

—Otro telegrama para usted, señor.

—Muchas gracias.

Lo abrí. Éste me había sido remitido desde Pamplona:

> Podrías venir hotel Montana Madrid estoy metida en lío Brett.

El conserje se había quedado junto a mí, seguramente esperando otra propina.

—¿A qué hora hay tren para Madrid?

—Había uno a las nueve de la mañana. A las once hay un tren lento, un correo, y a las diez de la noche sale el Expreso del Sur.

—Resérveme una litera en el Expreso del Sur. ¿Quiere el dinero ahora?

—Como prefiera. Podemos ponérselo en la cuenta —dijo.

—Hágalo así.

Bueno, adiós San Sebastián. Mis planes se iban al cuerno. Supongo que, vagamente, había esperado algo semejante. Vi al conserje junto a la puerta del hotel.

—Deme un formulario para telegramas, por favor.

Saqué la estilográfica y llené el formulario, escribiendo con letra de imprenta:

> Lady Ashley hotel Montana Madrid llegaré Expreso Sur mañana con cariño Jake.

Eso me pareció lo adecuado. Así son las cosas. Pon a una chica en los brazos de un hombre. Preséntale a otro para que se largue con él. Ahora ve a buscarla y hazla volver. Y ante la firma pon las palabras «con cariño». Así es como eran las cosas. Me fui a almorzar.

No dormí mucho aquella noche en el expreso. A la mañana siguiente desayuné en el vagón restaurante mientras contemplaba por la ventanilla el paisaje rocoso y cubierto de pinos que se extiende entre Ávila y El Escorial. Un paisaje gris, frío e inacabable bajo el sol, y que me importaba un comino. Vi cómo Madrid se acercaba en la meseta, una línea compacta en el firmamento, sobre un montículo, allá a lo lejos, al otro lado de la tierra seca, endurecida por el sol.

La línea férrea terminaba en la estación del Norte. Allí terminaban todos los trenes. No continuaban a ninguna parte. Fuera había coches de caballos y taxis, y un buen número de mozos de hotel en busca de clientes. Madrid era como una ciudad provinciana. Tomé un taxi y subimos por una calle empinada, atravesamos unos jardines, pasamos por el palacio vacío y por delante de una iglesia a medio construir sobre una peña, hasta llegar a la ciudad moderna, en la parte alta y calurosa. El taxi tomó una calle estrecha que desembocaba en la Puerta del Sol y después, a través del tráfico, continuó por la carrera de San Jerónimo. Los escaparates de las tiendas tenían desplegados los toldos para protegerse de los rayos del sol. El taxi se detuvo junto a la acera. Vi el letrero del hotel Montana en la segunda planta. El taxista descargó las maletas y las dejó junto al ascensor, que no funcionaba, de modo que tuve que subir andando. Al llegar a la segunda planta encontré el letrero de latón partido del hotel. Llamé al timbre y no acudió nadie. Insistí y una doncella con el rostro abotargado me abrió la puerta.

—¿Se hospeda aquí lady Ashley?

Me miró con la cara más inexpresiva.

—¿Vive aquí una inglesa?

Se volvió a llamar a alguien en el interior de la casa. Una mujer muy gorda se acercó a la puerta. Tenía el pelo canoso, grasiento por la brillantina y con rizos que rodeaban la cara. Era baja de estatura y tenía un aire enérgico y mandón.

—*Muy buenas* —la saludé—. ¿Vive aquí una inglesa? Me gustaría ver a esa señora.

—*Muy buenas*. Sí, hay una señora inglesa. Puede usted verla si ella lo desea.

—Claro que lo desea.

—La *chica* se lo preguntará.

—¡Qué calor!

—En Madrid siempre hace mucho calor en verano.

—Y frío en invierno.

—Sí, en invierno hace mucho frío.

Me preguntó si pensaba alojarme en el hotel Montana. De momento no estaba seguro, pero me haría un favor si hacía subir mis maletas, que había dejado abajo, para que no me las robaran. En el hotel Montana nadie robaba nada. Eso podía ocurrir en otras *fondas*. Allí no. No, los huéspedes y el personal del hotel eran cuidadosamente seleccionados. Me agradaba mucho saberlo. No obstante, preferiría que subieran las maletas.

Volvió la criada que dijo que la inglesa quería ver al inglés inmediatamente.

—Bien, ya ve —le dije—, era tal y como le dije.

—Claro, claro.

Seguí a la doncella por un largo pasillo bastante oscuro. Al final se detuvo y llamó a una puerta.

—¡Hola! —dijo Brett desde dentro—. ¿Eres tú, Jake?

—Sí, soy yo.

—Entra, entra.

Abrí la puerta. La criada la cerró detrás de mí. Brett estaba en la cama. Había estado arreglándose el pelo y aún tenía el cepillo en la mano. La habitación tenía ese desorden propio de quienes están acostumbrados a tener siempre sirvientes.

—¡Cariño! —me saludó Brett.

Me dirigí a la cama y la abracé. Me besó, pero noté que mientras me besaba estaba pensando en otra cosa. Temblaba en mis brazos. Se sentía pequeña y desamparada.

—¡Cariño...! He pasado unos días infernales.

—Cuéntamelo.

—No hay nada que contar. Se marchó ayer. Le obligué a irse.

—¿Por qué no lo retuviste?

—No lo sé. No fue una de esas cosas que se hacen sin más ni más. No creo que le hiciera mucho daño.

—Seguramente fuiste muy buena con él.

—No está hecho para vivir con nadie. Me di cuenta de ello enseguida.

—No.

—No hablemos de ello. No hablemos nunca más de ese asunto.

—De acuerdo.

—Fue un duro golpe ver cómo se avergonzaba de mí. Sí, durante algún tiempo se avergonzaba de mí, ¿te das cuenta?

—No.

—¡Oh, sí! En el café le gastaban bromas sobre mí. Quería que me dejara crecer el pelo. ¡Yo con el pelo largo! ¡Estaría de lo más ridícula!

—Es gracioso.

—Decía que me daría un aire más femenino. Pero así parecería un espantajo, creo.

—¿Qué más sucedió?

—Eso pasó pronto. Enseguida dejó de avergonzarse de mí.

—¿Qué era eso de que estabas en apuros?

—No estaba segura de conseguir que se marchara y yo no tenía un céntimo para irme y dejarlo. Trató de darme dinero, mucho dinero, ¿sabes? Pero yo le dije que el dinero me sobraba. Él sabía que era mentira. Pero no podía aceptar su dinero.

—No.

—Por favor, no hablemos más de ello. A pesar de todo hemos tenido buenos momentos y lo pasamos bien. Dame un cigarrillo.

Se lo encendí. Brett continuó:

—Había aprendido inglés trabajando de camarero en Gibraltar.

—Sí.

—Al final incluso quería casarse conmigo.

—¿De veras?

—Desde luego. Ni siquiera podría casarme con Mike.

—Quizá Romero pensaba que lo convertirías en lord Ashley.

—No. No era eso. Quería casarse conmigo de verdad. De ese modo no podría abandonarlo, me dijo. Quería asegurarse de que nunca me separaría de su lado. Naturalmente, después de que me hubiera hecho más femenina.

—Debes alegrarte de que todo haya acabado así.

—Me alegro. Ahora ya estoy bien. Me ha servido para librarme de aquel maldito Cohn.

—Muy bien.

—¿Sabes? Hubiera vivido con él, con Romero, de no haberme dado cuenta de que eso le perjudicaba. Nos llevábamos divinamente bien.

—Aparte de tu apariencia personal.

—Ya se había acostumbrado.

Dejó el cigarrillo.

—Tengo treinta y cuatro años —continuó—, y no soy una de esas zorras que van por ahí destruyendo niños.

—No.

—No quiero ser así. Ahora estoy mejor, ¿sabes? Me siento mucho más asentada, más segura.

—Bien.

Apartó la mirada. Pensé que andaba buscando otro cigarrillo. Enseguida me di cuenta de que estaba llorando. Temblando y sollozando. No quería levantar los ojos. La abracé.

—No hablemos más de ello. Por favor, no vuelvas a hablarme de ello.

—¡Mi querida Brett!

—Volveré al lado de Mike. —Me di cuenta de que seguía llorando cuando la apreté contra mí—. Es tan buen chico, tan maravilloso y al mismo tiempo tan horrible. Es la persona adecuada para mí.

No quería levantar los ojos. Le acaricié el cabello. La sentí temblar.

—No, no quiero ser una de esas zorras —siguió—. Por favor, Jake, no me hagas volver a hablar de esto.

Dejamos el hotel Montana. La mujer que lo dirigía no me permitió pagar la cuenta. Me dijo que ya estaba pagada.

—Está bien, déjalo estar —dijo Brett—. Ahora ya no importa.

Tomamos un taxi hasta el hotel Palace, dejamos allí las maletas, reservé dos literas para el Expreso del Sur de la noche y nos fuimos al bar del hotel a tomar un cóctel. Nos sentamos en los taburetes mientras el camarero nos preparaba los martinis en una gran coctelera niquelada.

—Es curiosa la amabilidad con que te tratan en los bares de los grandes hoteles —comenté.

—Ahora los únicos que siguen siendo educados son los camareros y los jockeys.

—Con independencia de lo vulgar que pueda ser un hotel, su bar siempre es estupendo.

—Sí, es curioso.

—Los camareros siempre han sido estupendos.

—¿Sabes, Jake? Era cierto, sólo tiene diecinueve años. ¿No te parece asombroso?

Entrechocamos las copas y las dejamos una al lado de otra sobre la barra. Estaban empañadas por el frío. Al otro lado de las ventanas, protegidas por cortinas, estaba el ardiente verano de Madrid.

—Me gustaría que me pusiera una aceituna en el martini —le pedí al barman.

—Como desee, señor. Aquí la tiene.

—Gracias.

—Debí habérselo preguntado antes, disculpe.

El barman se alejó al otro extremo de la barra para no oír nuestra conversación. Brett tomó un sorbo de la copa sin levantarla. Después la cogió. Su mano, después del primer trago, estaba ya suficientemente firme para levantarla sin derramarla.

—Está muy bueno. ¿Verdad que es un bar estupendo?

—Todos los bares son estupendos.

—¿Sabes? Al principio no me lo creía. ¿Te das cuenta? Nació en 1905. Yo ya estaba en el colegio, en París. Diecinueve años. Piénsalo.

—¿Quieres que piense alguna otra cosa?

—No seas burro. ¿Por qué no invitas a una dama a tomar otra copa?

—Dos martinis más.

—¿Como los anteriores, señor?

—Estaban muy buenos. —Brett le sonrió.

—Gracias, señora.

—Bien, ¡salud! —brindó Brett.

—¡Salud!

—¿Sabes una cosa? Pedro sólo había estado con dos mujeres en su vida —dijo Brett—. Lo único que le importaba era el toreo.

—Le queda tiempo más que suficiente.

—No sé. Está convencido de que era por mí, nada más.

—Bien, de acuerdo, era por ti.

—Sí, por mí.

—Creía que no querías volver a hablar de ese tema.

—No puedo evitarlo.

—Se te pasará antes si hablamos de ello.

—Sólo es hablar por hablar. Me encuentro bastante bien, Jake.

—Así debe ser.

—¿Sabes que me alegro de haberme decidido a no ser una zorra?

—Sí.

—Es como algo con lo que quisiéramos sustituir a Dios.

—Hay gente que aún tiene a Dios —dije—. Mucha gente.

—Nunca me ha ayudado mucho a mí.

—¿Tomamos otro martini?

El camarero preparó otros dos martinis y nos los sirvió en copas limpias.

—¿Dónde vamos a comer? —le pregunté a Brett. Se estaba cómodo en el bar, sin calor. A través de la ventana se adivinaba el bochorno exterior.

—¿Aquí? —sugirió Brett.

—Aquí la comida es mala. —Me volví al camarero—: ¿Conoce usted un sitio que se llama Botín? —le pregunté.

—Sí, señor. ¿Quiere usted que le escriba la dirección?

—Muchas gracias.

Comimos en Botín, en el comedor de arriba. Es uno de los mejores restaurante del mundo. Cochinillo asado acompañado de un *rioja alta*. Brett apenas comió. Nunca comía mucho. Yo hice una comida muy copiosa y me bebí tres botellas de *rioja alta*.

—¿Cómo te encuentras, Jake? —me preguntó Brett—. ¡Dios mío, qué cantidad de comida te has tragado!

—Me encuentro bien. ¿Quieres postre?

—¡Jesús, no!

Brett estaba fumando.

—Te gusta comer, ¿eh? —preguntó.

—Sí, son muchas las cosas que me gusta hacer.

—¿Y qué te gusta hacer?

—Bueno, muchas cosas. ¿Quieres tomar postre?

—Ya me lo has preguntado —respondió Brett.

—Sí, es cierto —dije—. ¡Tomemos otra botella de *rioja alta*!

—Es buenísimo.

—Tú no has bebido mucho —dije.

—Sí he bebido. Es que no te has dado cuenta.

—Pidamos dos botellas.

Nos las sirvieron. Eché un poco de vino en mi copa, llené la de Brett y, después, acabé de llenar la mía. Brindamos.

—¡Salud! —dijo Brett.

Apuré mi copa y me serví otra. Brett me puso la mano sobre el brazo.

—¡No te emborraches, Jake! —me pidió—. No hay razón para ello.

—¿Cómo lo sabes?

—No lo hagas —insistió—. Todo irá bien.

—No me estoy emborrachando —respondí—. No hago más que beber un poco de vino. Me gusta mucho el vino.

—No te emborraches —repitió una vez más—. No lo hagas, Jake, no te emborraches.

—¿Quieres dar un paseo en coche? —propuse—. ¿Te gustaría dar una vuelta por la ciudad?

—De acuerdo —asintió Brett—. No he visto Madrid. Debería hacerlo.

—Déjame terminar esto.

Descendimos y tras cruzar el comedor de la planta baja salimos a la calle. Un camarero nos llamó un taxi. Hacía un día claro y caluroso. Un poco más arriba, en una placita, había una parada de taxis y el camarero volvió subido en uno, de pie en el estribo.

Le di una propina al camarero y le dije al taxista adónde debía llevarnos. Subí y me senté al lado de Brett. El taxi emprendió la marcha calle arriba. Me puse cómodo en el asiento y Brett se acercó a mí. Nos sentamos muy juntos, uno apoyado en el otro. Le pasé el brazo por encima de los hombros y ella se apoyó en mí, cómodamente. Hacía mucho calor y el cielo estaba radiante. Las casas resultaban extraordinariamente blancas. Entramos en la Gran Vía.

—¡Oh, Jake! —dijo Brett—. ¡Podríamos haberlo pasado tan bien juntos!

Delante de nosotros un policía a caballo, con uniforme caqui, dirigía el tráfico. Levantó la vara indicando al chófer que se detuviera. El taxi aminoró la marcha repentinamente y Brett se apretó aún más contra mí.

—Sí —dije—. No está nada mal pensarlo, ¿verdad?

ÍNDICE

PRÓLOGO, por Juan Villorio 7

FIESTA

Libro primero 25
Capítulo 1 27
Capítulo 2 32
Capítulo 3 38
Capítulo 4 50
Capítulo 5 61
Capítulo 6 67
Capítulo 7 79

Libro segundo 93
Capítulo 8 95
Capítulo 9 108
Capítulo 10 117
Capítulo 11 131
Capítulo 12 140
Capítulo 13 155
Capítulo 14 177
Capítulo 15 182
Capítulo 16 202

Capítulo 17 221
Capítulo 18 239

Libro tercero 261
Capítulo 19 263